Klarant Verlag

Rolf Uliczka ist geboren und aufgewachsen am Rande der romantischen Holsteinischen Schweiz und lebt mit seiner Frau seit einigen Jahren im Saterland. Menschen in all ihren Facetten und ihre Geschichten haben ihn schon immer fasziniert. Auch das Schreiben war und ist eine seiner größten Leidenschaften. Ostfriesland, das Land der Leuchttürme, des Wattenmeeres, der grünen Landschaften mit seinen geheimnisvollen Mooren und Inseln, wo jährlich Millionen ihren Urlaub verbringen, bietet ihm viel Stoff für das Unerwartete. Genau das macht auch die Spannung seiner Ostfrieslandkrimis aus.

Rolf Uliczka

Fetenmord in Neuharlingersiel

Die Kommissare Bert Linnig und Nina Jürgens ermitteln: 11. Fall

Ostfrieslandkrimi

Klarant Verlag

Anmerkung des Autors: Es handelt sich bei dem Ostfrieslandkrimi
»Fetenmord in Neuharlingersiel« um eine frei erfundene Geschichte.
Eventuelle Ähnlichkeiten mit realen Personen, Firmen, Gesellschaften,
Behörden, Vereinen oder Örtlichkeiten wären grundsätzlich rein
zufälliger Natur. Lediglich einige Orte und Personen der Handlungen
wie zum Beispiel der Kurverein Neuharlingersiel e.V. –
Marketingleiterin Susanne Mäntele –, die Kite- und Windsurfschule
Windloop – Geschäftsführer Fabian (Fabbel) Bertschat und Stefan Oest
–, die Fußballschule von Hannover 96 – Trainingsleiter
des Sommercamps in Neuharlingersiel, Michael Wolf – sind real, aber
im Zusammenhang mit der frei erfundenen Geschichte ausschließlich
fiktiv eingebunden. Dies gilt auch für das Seemannshus auf Langeoog
und das Captains Dinner in Greetsiel.

Printed in the EU.

Prolog

DJ Carsten Kröger lag mit dem Kopf gegen den Fußsockel des Küchenschranks gelehnt auf dem Boden. Seine toten Augen starrten verwundert ins Leere. Auf seinem T-Shirt hatte sich in der Bauchgegend ein riesengroßer blutiger Fleck ausgebreitet. Neben ihm lag ein blutverschmiertes großes Küchenmesser.

Gestern noch quicklebendig auf der Bühne und jetzt mausetot in seinem komfortablen Wohnmobil.

Draußen vor dem Wagen nahm eine junge Frau ihr Handy und wählte den Notruf der Polizei.

»Ich möchte einen Leichenfund melden in einem Wohnwagen auf dem Campingplatz Neuharlingersiel.«

»Kennen Sie den Toten? Befindet er sich noch im Wagen?«

Die Frau blickte auf ihre hellblauen Latexhandschuhe. »Ja, ich kenne ihn. Es ist DJ Carsten Kröger, der hier gestern die Strandfete musikalisch begleitet hat. Und jetzt liegt er alleine tot im Wagen. Was soll ich nur machen?«

1. Kapitel

Grundsätzlich galt in Ostfriesland, dass es in Bezug auf das Wetter nur auf die passende Kleidung ankam. Und bevor dem Ostfriesen das Wort Schietweer über die Lippen kam, brauchte es schon ein paar sehr feuchte Windstärken. Die jährliche Strandfete am Funny Beach in Neuharlingersiel aber brauchte vor allem warmen Sonnenschein. Fröhliche und durstige Strandbesucher fanden sich dann von ganz alleine ein. Ganz besonders, wenn Schulferien noch hinzukamen.

Hier hätte man im abgewandelten Sinne den alten münsterländischen Spruch anwenden können:»Wenn es im katholischen Münster regnet und es läuten die Glocken, dann ist Sonntag.« So hätte für Ostfriesland gelten können:»Wenn in Neuharlingersiel die Sonne scheint und es sind Ferien, dann ist Strandfete am Funny Beach.«

Mit dem Wetter lief in diesem Jahr schon mal alles wunschgemäß. Die Prognosen konnten nicht besser sein. Die Vorbereitungen für die Beachparty waren in vollem Gange und der Kurverein war zuversichtlich, dass alle Kur- und Feriengäste voll auf ihre Kosten kommen würden. Wie unzählige positive Rückmeldungen zeigten, freuten sich schon sehr viele Besucher ganz besonders auf das Highlight des Abends, die angekündigte Achtzigerjahre-Kultband mit ihren beliebten Fetenhits.

Die Nachricht am Montagmorgen, dass der Tourbus der Band am Wochenende während der Heimfahrt von einem Auftritt in einen schweren Unfall verwickelt gewesen war, schlug bei der Kite- und Windsurfschule Windloop in Neuharlingersiel, die für die Durchführung der Veranstaltung verantwortlich war, ein wie eine Bombe. Der Drummer und der Frontmann der Band lagen schwer verletzt im Krankenhaus. Die Band konnte ohne die beiden nicht auftreten.

Fabian Bertschat, den alle nur Fabbel nannten, und sein Kompagnon Stefan Oest klapperten telefonisch an diesem Montagmorgen alle Kontakte ab, um eine Ersatzband zu finden. Innerhalb von drei Tagen bis zum Fetenabend ein schwieriges Unterfangen. Überall Fehlanzeige. Nächste Woche, ja. Vielleicht auch am Wochenende, aber in drei Tagen am Donnerstag, leider nein.

»Wir müssen absagen«, stellte Stefan enttäuscht fest. »Meine Kontaktliste ist durch.«

»Meine auch«, stimmte ihm Fabbel zu. Die beiden leiteten gemeinsam die Kite- und Windsurfschule Windloop in Neuharlingersiel. Das war ihnen auch noch nicht passiert. Das jährliche Sommerhighlight in der Ferienzeit absagen, und das bei solch tollen Wetterprognosen, das hatte es noch nicht gegeben.

»Ich werde mal mit Susanne telefonieren. Vielleicht hat sie noch eine Idee«, wollte Fabbel die Hoffnung nicht aufgeben.

Susanne Mäntele war die Marketing- und Veranstaltungsleiterin des Kurvereins Neuharlingersiel e. V. Für Susanne stand fest: Absagen geht gar nicht. Es war Ferienzeit, und viele Gäste, insbesondere die Eltern von Schulkindern, kamen gerade deswegen zur Strandfete auf dem Funny Beach, um die Hits aus ihrer Jugendzeit, den achtziger und neunziger Jahren, zu hören. Doch woher so schnell eine Ersatzband mit dem gleichen Repertoire bekommen? Vor allem, nachdem Fabbel und Stefan ihre Kontakte bereits alle abtelefoniert hatten.

Schließlich hatte die Marketingleiterin bei einem kurzfristig einberufenen Krisenmeeting eine Idee: »Leute, wie heißt es im Marketing immer so schön: Kontakte schaden nur dem, der keine hat. Ich habe vielleicht noch ein Ass im Ärmel, die Visitenkarte von Carsten Kröger. Vielleicht kennt ihr ihn. Er ist hier in der Region als DJ und Spezialist für die achtziger und neunziger Jahre bekannt. Ihn könnte ich mal anrufen. Vielleicht steht er ja kurzfristig zur Verfügung. Dann hätten wir zwar keine Band zu bieten wie angekündigt, könnten aber den Gästen zumindest ihre geliebten und erwarteten Jugendhits bieten.«

»Aber es geht doch nichts über das Flair eines Open-Air-Konzertes einer Live-Band«, wand Fabbel ein.

»Warst du schon mal auf einer Veranstaltung von Carsten?«, fragte Susanne.

»Stefan war schon mal da und hat mir davon erzählt. Ich weiß, im Saal macht der einen guten Job«, antwortete der Angesprochene.

»Ich glaube, ich weiß, was du meinst, Susanne«, meldete sich Stefan zu Wort. » Fabbel, der macht als DJ keine Musik aus der Büchse. Der präsentiert seine Show mit Videos über große LED-Wände. Das ist eine Stimmung, fast wie bei dem Auftritt von Live-Bands. An Carsten hab ich gar nicht gedacht, weil ich den bisher nur zweimal in Sälen gesehen habe. Susanne, meinst du, dass der das auch Open Air kann?«

»Jedenfalls hat er sich dafür beim Kurverein beworben, als wir die Veranstaltung noch selbst organisiert haben. Ich rufe ihn an. Wir werden sehen«, schlug die Marketingleiterin vor.

Carsten meldete sich sofort und zeigte sich sehr erfreut über den Anruf des Kurvereins aus Neuharlingersiel. Er müsste nur klären, ob seine Helfer auch unter der Woche von ihren Hauptjobs freibekämen. Er und seine Freundin hätten ohnehin zufällig in dieser Woche Urlaub. Und Open Air, gar kein Problem, wenn eine überdachte Bühne vorhanden wäre.

Carsten hatte gerade die Telefonate mit seinen Kumpels, Fokke Kopmann und Malte Berens, beendet, als seine Freundin, Meite Hansen, von einem Besuch bei ihrer Mutter zurückkam. »Wir haben für Donnerstag einen Auftrag«, überfiel er sie, noch bevor sie die Küchentür schließen konnte.

»Wer feiert denn mitten in der Woche eine Party, bei der du gefragt sein könntest?«, wunderte sich Meite.

»Strandfete am Funny Beach in Neuharlingersiel«, antwortete ihr Freund und hielt beide Daumen hoch.

»Wow! Aber du hast mir doch erzählt, dass die dafür eine Band engagiert hätten. Wieso auf einmal dieser Sinneswandel?«

»Ben liegt mit seinem Drummer nach einem Unfall am Wochenende schwer verletzt im Krankenhaus«, antwortete Carsten. »Hoffe, dass die beiden es gut überstehen.«

»Fuck! Was ist denn passiert?«, konnte Meite es nicht fassen.

»Mehr weiß ich auch nicht. Das hat mir die Marketingleiterin des Kurvereins erzählt. Aber so spielt manchmal das Leben. Wobei es mir um Ben und seine Leute leidtut.«

»Mir auch«, bestätigte die junge Frau.

»Fokke und Malte haben mir gerade am Telefon bestätigt, dass sie Donnerstag und Freitag freibekommen. Du weißt ja, bei einer Samstagsfete wäre der Sonntag zum Klarwerden. Nun muss dafür der Freitag ran«, zwinkerte Carsten seiner Freundin mit einem breiten Grinsen zu.

Meite wusste nur zu gut, wovon er in diesem Moment sprach. Bei Veranstaltungen durften sie, Carsten und die beiden Jungs den ganzen Abend zuschauen, wie sich die Gäste die Kante gaben, während sie bis nach dem Abbau des Equipments nüchtern bleiben mussten. Das holten die vier dann meistens, wenn alles verladen war, mit ein, zwei Flaschen Single Malt in Carstens komfortablem Wohnmobil – sozusagen als Druckbetankung – nach. Oft hatte einer der Jungs auch noch etwas Dope für Joints dabei.

»Ich kann am Donnerstag aber erst am Abend kommen«, dämpfte Meite dann etwas die Vorfreude ihres Freundes.

»Wieso das denn, wir haben doch Urlaub?«

»Ich war doch gerade bei meiner Mutter. Sie und ihre Damen-Teerunde feiern an diesem Tag den Geburtstag bei einer Freundin, die etwas außerhalb wohnt. Da soll ich sie hinfahren und auch wieder abholen, weil mein Vater einen dienstlichen Auswärtstermin hat. Aber ich denke, bis spätestens achtzehn Uhr bin ich in Neuharlingersiel«, beruhigte sie ihren Freund. Zudem war sie für den Aufbau der großen Anlage ohnehin nicht so sehr gefragt. Das war die Aufgabe der Jungs.

Die Jungs waren schon seit dem Kindergarten ein unzertrennliches Trio. Streiche waren ihr Markenzeichen gewesen. Eine Nachbarin hatte damals gemeint: »Sind wir jetzt hier in Astrid Lindgrens Bullerbü oder noch in Ostfriesland?!« Aber niemand konnte ihnen ernsthaft böse sein. Insbesondere Carsten mit seinem Charme und seiner Eloquenz hatte es schon als Kind immer wieder geschafft, dass letztlich Gnade vor Recht erging.

Schon damals fiel er mit seinen langen gelockten blonden Haaren unter den anderen Jungs seines Alters auf. Das hätte eigentlich in die siebziger Jahre gepasst. Aber seiner Mutter gefiel das im Gegensatz zu seinem Vater, der immer sagte: »Theda,

Carsten ist ein Junge und kein Mädchen!« Insider munkelten aber unter vorgehaltener Hand, dass sich unter dem langen gelockten Haarschopf ein kleines Ohrproblem verbarg. Später fanden die Mädchen und Frauen seine Haarpracht schon fast wieder kultig cool. Fokke und Malte wirkten dazu fast wie ein Kontrast-programm mit ihren kurzen Jungenhaarschnitten, die sie auch heute noch trugen. Nur Fokke hatte sich seit einigen Jahren einen dunklen Dreitagebart zugelegt.

Schon in der Pubertät hatte Carsten begonnen, sich für Popmusik zu interessieren. Als sich sein Vater den ersten großen Flachbildfernseher mit neuestem Dolby-Surround-System anschaffte, durfte sich Carsten über die alte Anlage seines Vaters freuen. Als selbstständiger Elektromeister war Hans Kröger diesbezüglich immer auf dem neuesten Stand. Wen wunderte es da, dass Carsten schon als Sechzehnjähriger mit der abgetretenen Anlage seines alten Herrn die ersten Gartenhaus-Partys seiner Klassenkameraden zum Discoevent machte. Den Transport seiner Anlage erledigten dann zumeist die Väter seiner Klassen-kameradinnen und Kameraden. Mit siebzehn bekam er zum Geburtstag seine erste Nebelmaschine geschenkt. Mit dem Ergebnis, dass bei der nächstfolgenden Gartenparty die Feuerwehr anrückte. Inzwischen nannte sich das Trio das Big Apple Team. Sie hatten sich sogar das Apple-Emblem als roten Apfel auf schwarzem Grund als Poster drucken lassen. Dass dieses Emblem urheberrechtlich geschützt war, interessierte dabei weder die Teenies noch ihre Auftraggeber.

Als Carsten mit achtzehn seinen Führerschein in der Tasche hatte und von seinem Vater einen ausgedienten Ford Transit aus dem Geschäft geschenkt bekam, begann das Trio, als mobiles Discoteam Dorfsäle, Turnhallen und größere Gartenevents von Vereinen zu beschallen. Das nötige Equipment dafür liehen sie sich am Anfang bei entsprechenden Verleihern aus. Nach und nach rüstete Carsten von den Einnahmen seine Anlagen auf. Beim Neubau einer Lagerhalle seines Vaters erhielt er dazu einen eigenen abgeschlossenen Raum, sogar mit einem separaten Rolltor.

Schon sehr früh war Carsten ebenfalls als Elektromeister Juniorpartner seines Vaters geworden. Aber zu Hause war er bereits vor Jahren ausgezogen. Insbesondere in Bezug auf sein Liebesleben fühlte er sich von seiner Mutter – so gerne er sie sonst auch mochte – zu stark kontrolliert. Er war einfach in eines der Ferienhäuser gezogen, von denen seine Eltern einige besaßen. Anfang dieses Jahres konnte er in sein eigenes Haus ziehen. Es gab zwar außenrum noch viel zu tun, aber im Haus war alles bereits fertig.

Meite war vor einigen Monaten bei ihm eingezogen. Eigentlich hatte er sie schon als Kind gekannt. Er war acht Jahre älter als sie. Ihre und seine Eltern waren seit vielen Jahren eng befreundet. Kurz nach seinem Einzug in sein eigenes Haus waren Meite und er sich bei einer Veranstaltung von ihm zufällig begegnet und sich auf einmal nähergekommen. In dieser Nacht sogar sehr nahe und Meite hatte ihm gestanden, dass sie schon als Teenager in ihn verliebt gewesen sei, er aber in ihr immer nur die kleine Tochter der Freunde seiner Eltern gesehen hatte. Jetzt war sie mit zwanzig eine erwachsene und attraktive junge Frau geworden. Sicher hätte sie bei der Wahl der Miss Ostfriesland nicht unbedingt die besten Chancen gehabt. Aber sie hatte eine tolle Figur und mit ihren blonden langen Haaren und ihren meeresblauen Augen eine sehr sympathische Ausstrahlung.

Am nächsten Morgen fuhr Carsten nach Neuharlingersiel, um mit der Marketingleiterin des Kurvereins, den beiden Geschäftsführern der Kite- und Windsurfschule sowie dem Leiter des Trainingscamps der Fußballschule von Hannover 96 die Details des Nachmittags- und Abendprogrammes abzuklären.

Die Höhe der Gage hatte er mit Susanne Mäntele bereits telefonisch abgestimmt. Da für die Band natürlich ein höheres Budget eingeplant war, hatte es dafür genügend Verhandlungsspielraum gegeben, sodass man sich schnell einig geworden war. Auch war bereits abgeklärt, dass auf dem Campingplatz für ihn mit Freundin und seine zwei Helfer unweit vom Strand zwei Standplätze reserviert waren. Dass die beiden Plätze nicht nebeneinander lagen, war dabei für Carsten kein Problem. Seinen

Anhänger für das Equipment würde er bei der Bühne abstellen können, was für ihn und seine beiden Roadies kurze Wege bedeutete. In Neuharlingersiel schien – auch bildhaft gesprochen – wieder die Sonne.

Beim Meeting mit den Veranstaltern war man sich sehr schnell einig geworden, dass Carsten auch gleich das gesamte musikalische Begleitprogramm ab zwölf Uhr dreißig übernehmen würde. Dabei hätte sowohl die 96-Fußballschule als auch die Kite- und Windsurfschule Windloop die Möglichkeit, über Carstens Equipment und die LED-Wände Teile ihrer Programme und auch Ausschnitte der aktuellen Trainingshighlights in kurzen Video-Spots vorzustellen.

Am Donnerstagmorgen war Carsten mit Malte auf dem Weg nach Neuharlingersiel. Mit seinem großen Wohnmobil zog er den Anhänger mit der Anlage und den großen LED-Wänden. Fokke folgte ihnen mit seinem Audi und dem inzwischen in die Jahre gekommenen Campinganhänger. Sie sollten sich bei der Anmeldung des Campingplatzes melden. Dort würden sie eingewiesen.

Sie wurden bereits von einer Angestellten des Kurvereins erwartet. Carmen Niehus arbeitete dort in der Saison als Aushilfe. »Schau mal, wer uns da empfängt«, sagte Malte, als er Carmen vor dem Gebäude der Campingplatzanmeldung stehen sah.

»Die hat mir gerade noch gefehlt!«, entfuhr es Carsten. Vor etwa einem Jahr war er einige Monate mit Carmen zusammen. Seine Freunde und er waren mit ihr in der Realschule in einer Klasse gewesen, bis Carmen von ihren Eltern in ein Internat geschickt wurde, wo sie ihr Abi machte. Und dann waren sie sich im letzten Jahr wieder begegnet. Es war Carmens Verführungskünsten geschuldet gewesen, dass sie zusammenkamen. Im Bett konnte sie aus einem Mann auch wirklich das Letzte herausholen, wie Carsten es mal seinen Freunden bei einem Saufgelage gestanden hatte. Aber seine große Liebe wurde sie nicht. Sie fand es gar nicht lustig, als er ihr schließlich gestand, dass für ihn Sex nicht alles sei. Seitdem versuchte er, Begegnungen mit ihr zu vermeiden.

Trotzdem begrüßte er sie nach dem Aussteigen mit einem flüchtigen Wangenkuss. Sie stieg mit ihrem Fahrrad hinten in das Wohnmobil. Dann lotste sie Carsten zu Fokkes Standplatz. Nachdem dieser Hänger und Auto abgestellt hatte, stieg auch er im Wohnmobil zu. Von da aus fuhren sie mehr als hundert Meter weiter, wo Carsten nachher sein Mobil abstellen sollte. Obwohl sie sich alle gut kannten, wurde kaum gesprochen. Irgendwie schien das geplatzte Verhältnis von Carsten und der jungen Frau noch nachzuwirken. Am Strand war die Bühne bereits aufgebaut, sodass jetzt nur noch der Aufbau der Anlage und der LED-Wände von Carsten und seinen Freunden erfolgen musste.

Carmen verabschiedete sich mit einem kühlen »Macht's gut, viel Erfolg!« und radelte davon.

»War nicht besonders drauf, die Gute«, kommentierte Fokke. »Schade eigentlich, mich hat sie ja nicht gewollt. Aber so spielt das Leben.«

»Fokke, komm, pack an!«, würgte ihn Carsten ab. »Wir haben jetzt keine Zeit für Gefühlsduseleien.« Er wusste natürlich, dass sein Freund schon in der Schule ein Auge auf Carmen geworfen hatte. Das war auch vielleicht mit ein Grund dafür gewesen, dass er sich nicht in Carmen hatte verlieben können.

Die Jungs packten kräftig zu und kurz nach elf Uhr hatten sie sogar schon den Soundcheck erfolgreich abgeschlossen. Die Party konnte beginnen. Meite würde ja erst gegen Abend mit eigenem Wagen nachkommen, da sie an diesem Nachmittag mit ihrer Mutter zu der Geburtstagsfeier fahren musste.

Gegen Mittag waren die Deichwiesen und der Strand bereits gut gefüllt. Feriengäste, überwiegend Familien mit ihren Kindern, aber auch Einheimische, deren Nachwuchs an den Programmen der vergangenen Tage, sowohl der 96-Fußballschule als auch der Kite- und Windsurfschule Windloop, teilgenommen hatte, warteten gespannt auf die Ehrungen ihrer Kiddies.

Pünktlich um zwölf Uhr dreißig eröffneten Fabbel als Veranstaltungsleiter und die Marketingleiterin des Kurvereins, Susanne Mäntele, das Programm. Fabbel begrüßte die zahlreichen Gäste. »Schön, dass Sie den Weg zu uns gefunden haben. Nordseeurlaub in Neuharlingersiel, das heißt: Relaxen im

Strandkorb, spazieren im Watt oder sportlich aktiv sein mit Kite- und Windsurfen, Fußball oder Beachvolleyball, aber auch die vielfältigen Thalasso-Angebote im BadeWerk nutzen – hier haben Sie die freie Wahl. Einfach mal die Seele baumeln lassen, den Wind und die Weite genießen und beim Strandspaziergang tief durchatmen. Als besonderes jährliches Highlight haben wir dieses Jahr zum elften Mal die Fußballschule von Hannover 96 mit einem Trainingscamp für die Nachwuchskicker von nah und fern im Programm. Freuen Sie sich später auf die Beiträge und Ehrungen der jungen Akteure unserer Kite- und Windsurfschule Windloop und der 96-Fußballschule. Aber zunächst haben wir heute Nachmittag den Kindern viel zu bieten. Unsere Kinder-Animateure vom ›Leuchttürmchen-Club‹ des Kurvereins, die Teams der ›Kirche unterwegs‹ und des ›Bibellesebundes‹ haben sich wieder viele Spiele und Wettkämpfe für euch ausgedacht. Unsere Clowns werden ab sechzehn Uhr mit den Kids eine Kinderdisco veranstalten. Wir wünschen euch viel Spaß dabei!«

Um achtzehn Uhr übernahm Fabbel erneut das Mikro von DJ Carsten. Einleitend ging er kurz auf die rasante Entwicklung ein, die der Kite- und Windsurfsport, aber auch das sogenannte SUP, das Stand-up-Paddeln, in den letzten Jahren genommen und damit inzwischen viele Fans gewonnen hatte. Dann zeigte er auf den LED-Wänden Ausschnitte aus den Trainingsprogrammen seiner Trainerinnen und Trainer der vergangenen Tage hier am Strand von Neuharlingersiel. Wenn Jubel aus verschiedenen Ecken des Platzes aufbrauste, zeigte das die Begeisterung der Jugendlichen, die sich in den Spots als die Akteure wiedererkannten.

Zum Abschluss legte Carsten den Surfklassiker der Beach Boys auf, Surfin' U.S.A., wobei er über sein Mikrofon den Refrain umdichtete in »Surfin' Neuharlingersiel«, was auch gleich von den Gästen begeistert mitgesungen wurde.

Anschließend übernahm der Leiter des Sommercamps der 96-Fußballschule, Michael Wolf, das Mikrofon: »Das Nordsee-Sommercamp der 96-Fußballschule und Neuharlingersiel sind inzwischen mit der elften Veranstaltung zu einer festen und bekannten Institution geworden. Aus den Anmeldungen und Gesprächen mit unserem Kickernachwuchs und ihren Eltern wissen wir, dass für manche dieses Sommercamp bereits zum regelmäßigen Bestandteil ihrer Urlaubsplanung geworden ist. Darüber freuen wir uns ganz besonders. Aber natürlich freuen wir uns genauso über die rege Teilnahme aus der hiesigen Region. Ihnen allen ein herzliches Willkommen und … das Motto der Sechsundneunziger: ›Niemals allein – wir gehen Hand in Hand!‹.«

Bevor er weiterreden konnte, schaltete ihm DJ Carsten das Mikrofon ab und spielte den Fußballklassiker, die 96-Hymne »Alte Liebe« von Dete und Ossy, ein. Über die LED-Wände flimmerte ein Liveauftritt der Band im 96-Stadion. Davon inspiriert wurde die Deichwiese des Funny Beach fast zum Fußballstadion und schien nur von 96-Fans belagert zu sein, die ihr Schlachtlied begeistert mitsangen. Überall sprangen Mädchen und Jungs in 96-Trikots herum, die sie beim Trainingscamp erhalten hatten.

»Danke! Besser kann man unser 96-Motto gar nicht umsetzen!«, übernahm Michael Wolf wieder das Mikrofon, als der Song ausgeklungen war. »Ich dachte, ich bin zu Hause in unserer Fußball-Arena! Mit so einer gelebten authentischen Begeisterung motiviert man Kids für Sport und Bewegung im Freien und unseren geliebten Fußball!

Aber wir haben noch mehr für euch im Gepäck. Gleich bei den Ehrungen unserer jungen Kickerinnen und Kicker werdet ihr noch kurze Spots mit den Highlights eurer Kiddies zu sehen bekommen.«

Nachdem die ersten Kurzvideos mit den jungen Akteuren aus dem Publikum über die LED-Wände gelaufen waren, spürte man förmlich die Spannung, die in der Luft lag.

Als Nächstes erhielten die Teilnehmer ihre Urkunden und Pokale. Die Zeit verging wie im Flug. Carsten wusste die Stimmung auch musikalisch am Kochen zu halten. Nachdem die letzte Ehrung der Champions über die Bühne war, legte er den Song der Songs hierzu auf: Freddy Mercury – We are the Champions. Der Strand am Funny Beach wurde mit Sonne, Wellen und blauem Himmel fast zur Sport-Arena und tobte.

***

Der Erste Kriminalhauptkommissar Bert Linnig, Leiter des Polizeikommissariats Wittmund, und seine Teampartnerin und seit einfeinhalb Wochen frischgebackene Ehefrau, Kriminalhauptkommissarin Nina Jürgens, hatten es heute nach Dienstschluss eilig gehabt, nach Hause zu kommen. Heute Abend wollten sie zur Strandfete am Funny Beach von Neuharlingersiel. Auf Abendessen zu Hause hatten sie verzichtet. Sie wollten sich ein paar maritime Köstlichkeiten bei den Buden am Strand gönnen.

Nachdem sie eine Woche auf Langeoog geflittert hatten, waren sie erst seit Montag wieder im Dienst. Die Woche war bisher sehr ruhig gewesen, obwohl Ferienzeit und Hochsaison für Tausende Urlaubsgäste an der ostfriesischen Küste war.

Das Ja-Wort hatten sich die beiden Kommissare in der historischen Friesenstube des Seemannshus auf Langeoog nur im ganz kleinen Kreis gegeben. Selbst im Kommissariat wussten nur wenige von diesem Ereignis.

Die Besonderheit einer Hochzeit im Seemannshus auf Langeoog lag darin, dass sich die Eheleute anschließend – wohl im wahrsten Sinne des Wortes – verewigen konnten. Denn der Hof des liebevoll erhaltenen Insulanerhauses von 1844 war mit roten Backsteinen gepflastert, die das Hochzeitsdatum und die Initialen der Brautpaare enthielten, wie man auf der Website der Insel nachlesen konnte. Nina hatte in ihrem schlichten weißen, knielangen Chiffonkleidchen chic ausgesehen. Daneben wirkte Bert in seinem dunklen Anzug, dem violetten Hemd und der schwarzen Fliege wie ihr Bodyguard aus einem James-Bond-Film.

Da beide ihre bisherigen Namen behalten hatten, war es für Außenstehende nicht erkennbar, dass aus der Lebensgemeinschaft Linnig/Jürgens eine Ehegemeinschaft geworden war. Es war zwar inzwischen auch für Eheleute kein Problem mehr, in einer Polizeidienststelle gemeinsam Dienst zu tun, aber Bert und Nina waren immer wieder auch in gemeinsamen gefährlichen Einsätzen gewesen, was eigentlich vom Dienstherrn nicht gern gesehen wurde. Allerdings hatte die höher besoldete Einsicht, wie Bert gerne seine Dienstvorgesetzten nannte, immer wieder beide Augen zugedrückt. Denn die beiden zusammen waren ein äußerst effizientes und erfolgreiches Team, wie viele gelöste Fälle belegten.

Jetzt waren sie mit ihren Fahrrädern auf dem Radweg neben der Straße Friedrichsgroden unterwegs von ihrem Wohnort Carolinensiel aus nach Neuharlingersiel. Auf dem gut ausgebauten Fahrradweg konnten die beiden gemütlich nebeneinander herfahren und sich unterhalten. »Vor einer Woche waren wir noch auf der Insel unterwegs«, schwärmte Nina. »Wir hätten vielleicht doch noch eine Woche dranhängen sollen. Urlaub haben wir doch noch genug.«

»Habe ich auch gerade überlegt«, sagte Bert. »Aber dann hätten wir heute nicht zur Strandfete nach Neuharlingersiel mit dem Achtziger-Musikprogramm fahren können.«

»Das stimmt natürlich, Bert. Ich freue mich schon riesig auf die Musik aus unserer Jugendzeit, wobei ich ja eher der Neunziger-Fan bin. Eine Zeit, die meinen Musikgeschmack stark geprägt hat.«

»Bei mir waren das die achtziger Jahre. Da hatte ich gerade in Essen mit meiner Polizeikarriere begonnen. Wenn in der Grugahalle der Punk abging, hatten wir meistens Einsatz. Damals wurden die Rockpalastnächte von ARD und WDR live im Fernsehen übertragen. Und wenn Depeche Mode, ZZ Top, The Who oder Prince auftraten, dann war die Hölle los. Wir hatten alle Hände voll zu tun, wenn die Stars mit ihren Karossen angereist kamen. Dafür hast du draußen aber auch eine Menge von den Konzerten mitbekommen. Und dafür mussten wir noch nicht einmal bezahlen«, schob Bert noch lachend nach.

»So ging es mir in Hannover auch zu Beginn meiner Ausbildung in den neunziger Jahren. Nur da war es die Eilenriedehalle, wenn zum Beispiel AC/DC, Bon Jovi oder Mike Oldfield auftraten.«

Die Nachmittagshitze war einer angenehmen Wärme gewichen und die beiden Polizisten genossen die Sonne des frühen Abends und die Fahrt hinter dem Deich.

»Schade, dass man von hier das Meer nicht sehen kann«, bedauerte Nina. »Wir sollten oben auf dem Deich fahren können.«

»Wäre fürs Auge sicher sehr schön, aber für die Deichschafe Stress pur, wenn sie dauernd durch Spaziergänger, Jogger und Radfahrer gestört würden«, erwiderte Bert.

Schon bald hatten sie Neuharlingersiel erreicht, ihre Fahrräder abgestellt und waren auf dem Weg zum Strand. Dort waren die Ehrungen der Fußballjugend gerade abgeschlossen und es dröhnte »We are the Champions« aus den Lautsprechern und unzähligen Kehlen der Besucher.

»Tolle Stimmung. Da sind wir ja schon mittendrin«, freute sich Bert.

Das schien auch DJ Carsten so empfunden zu haben, denn er nutzte die Stimmung seines Publikums, um nahtlos in sein Abendprogramm mit »The Final Countdown« von Europe überzuleiten. Auch dieser Refrain wurde begeistert mitgesungen. Alle hatten die Hände oben und über die LED-Wände tobte die Band in einem Livemitschnitt aus einem ihrer Konzerte.

»In die Band hätte unser DJ hier mit seiner blonden Mähne aber auch gut reingepasst«, stellte Nina auf dem Weg zum Bierstand fest und Bert zeigte mit dem emporgestreckten Daumen seine Zustimmung an.

Dort trafen sie, als sie sich gerade mit Bier versorgten, den Leiter der Spurensicherung, Sören Nansen, und seine Frau Lene. Sören war wie Bert über einen Meter achtzig, aber im Gegensatz zu seinem Freund, der eine kräftige Figur hatte, meinte man bei Sören, sogar durch das Hemd sein Sixpack sehen zu können. Lene war von der Optik her eine typische Ostfriesin. Mittelblondes und mittellanges Haar, blaue Augen und ovale sympathische Gesichtszüge. Mit Facestyling und Klunkern, wie Nina es immer nannte, hatte sie es genauso wenig wie die Kommissarin.

Als dann aus den Lautsprechern »Highway to Hell« von AC/DC dröhnte, sangen auch die vier begeistert mit. Da Sören und Lene ebenfalls noch nichts zu Abend gegessen hatten, zogen sie danach weiter zum Fischwagen, um sich frische Krabben- und Matjesbrötchen zu holen. Dort mussten sie zwar ein wenig

Schlange stehen, was sich allerdings durch das Musikprogramm sehr kurzweilig gestaltete.

Carsten war inzwischen bei der Neuen Deutschen Welle angekommen und der »Kommissar« von Falko dröhnte aus den Boxen. »Der singt von euch«, kommentierte Lene lachend.

Dann wollten die Krabben und der Matjes schwimmen und die vier zogen wieder an den Getränkestand um.

»Wir hätten ein Taxi nehmen sollen«, stellte Bert fest, nachdem sie das zweite Bier geleert hatten. »Ich denke, so ist es besser, wenn wir jetzt auf was Alkoholfreies umsteigen, denn andernfalls ist auch auf dem Fahrrad der Führerschein weg. Die Kollegen sind nämlich heute Abend mit Alkoholkontrollen im Einsatz.«

»Ihr könntet aber auch eure Räder stehen lassen«, bot Sören an. »Wir sind mit dem Auto da und Lene fährt zurück. Wir können euch mitnehmen. Und morgen fahrt ihr auf dem Weg zum Dienst mit Berts Kombi hier vorbei und holt eure Räder ab. Da passen die doch sicher beide rein, oder?«

»Die passen rein, wäre nicht das erste Mal«, bestätigte Nina lachend.

»Danke, Sören, und ich übernehm die nächste Runde«, fügte Bert grinsend hinzu.

Die beiden Männer verband schon seit längerer Zeit eine über das Dienstliche hinausgehende Freundschaft. Und auch Nina und Lene hatten sich inzwischen angefreundet. So waren die beiden auch die Trauzeugen vor eineinhalb Wochen in der romantischen Friesenstube des Seemannshus auf Langeoog gewesen. Da war es nicht verwunderlich, dass sich Bert und Sören inzwischen die Frage stellten, warum sie sich eigentlich nicht gleich für den Abend verabredet hatten. Aber es war bei Sören eine spontane Entscheidung gewesen, weil Lene aufgrund des sehr guten Wetters gerne zu der Strandparty gewollt hatte. Sonst wäre er wohl gar nicht hier gewesen.

Carsten heizte unterdessen von der großen Open-Air-Bühne vor der malerischen Kulisse des Wattenmeeres dem Publikum ordentlich ein. Sein Repertoire umfasste nicht nur Rock- und Popsongs beispielsweise von den Scorpions, Michael Jackson, Rolling Stones oder Pink, sondern auch bekannte Hits aus den sechziger und siebziger Jahren oder deutsche Schlager, die er auf Wunsch seines Publikums flexibel einspielte. Dazu liefen Auszüge aus Liveauftritten der Interpreten und Bands über die Show-Wände. Für die Gäste der Strandfete hatte es dadurch schon fast den Charakter eines Open-Air-Konzerts.

Nina war inzwischen auf Softdrinks umgestiegen, während die beiden Männer immer noch beim Bier geblieben waren. »Was haltet ihr davon, wenn wir einen Ortswechsel auf den Deich vornehmen?«, fragte Lene. »Wir werden gleich einen tollen Sonnenuntergang erleben und den sieht man am besten entweder direkt vom Wasser oder von der Deichkrone aus.«

Nachdem sich die beiden Männer noch mit einem frischen Bier versorgt hatten, zogen die vier um auf den Deich, wo sich allerdings inzwischen schon viele Gäste der Strandparty eingefunden hatten. Hämmerten gerade noch die Rolling Stones »Satisfaction« über den Strand, wechselte der DJ in dem Moment, als die Sonne langsam begann in der Nordsee zu versinken, zu George Michael und Elton John im Duett mit »Don't Let the Sun Go Down on Me«.

Wildfremde Menschen nahmen sich auf dem Deich und am Strand bei der Hand und bildeten eine Menschenkette. Manche verdrückten vor Ergriffenheit ein Tränchen oder fielen sich spontan um den Hals. Nachdem die Sonne in der Nordsee versunken war, drehte Carsten wieder auf. Die Getränkestände hatten erneut regen Zuspruch.

Als der DJ gegen zweiundzwanzig Uhr das Ende seines Programms ankündigte, forderten nicht wenige Zuschauer in Sprechchören »Zugabe«.

Es war bereits zweiundzwanzig Uhr fünfzehn, als Susanne Mäntele, die Marketingleiterin des Kurvereins, das Mikrofon ergriff und die Anwesenden darüber informierte, dass die für einen Kurort geltenden Ruheregeln einzuhalten seien. Schließlich wollte man keine Anzeige bei der Polizei provozieren.

»Die ist schon da«, schrie ein Mann am Bierstand. »Ich sehe hier sogar drei Kommissare vom Wittmunder Kommissariat.« Er zeigte auf Nina, Bert und Sören.

Nina hatte den Zeigefinger über ihre Lippen gelegt und rief dem Mann lachend zu: »Wir sind hier doch heute Abend undercover!« Sie hatte mit Schmunzeln einen alten Bekannten erkannt, der schon einige Male die Ausnüchterungszelle in Wittmund von innen gesehen hatte.

Aber Susanne konnte ihn auf der Bühne sowieso nicht hören und Carsten beendete jetzt endgültig sein Programm. Danach begann er mit Meite und seinen Freunden mit dem Abbau. Der Platz leerte sich rasch, zumal auch der Bierausschank inzwischen geschlossen hatte. Ebenso machten sich die Kommissare auf den Heimweg. Vorher hatten sie sicherheitshalber ihre beiden Fahrräder noch mit einem weiteren Fahrradschloss, welches Sören im Auto gehabt hatte, zusammengekettet.

$$***$$

Es war kurz vor Mitternacht, als Carsten endlich seinen Anhänger abschließen und damit sein teures Equipment sichern konnte. Er machte sich mit Meite, Fokke und Malte auf den Weg zu seinem Wohnmobil. Sie hatten einiges nachzuholen. Und wie sich rausstellte, hatte Fokke auch etwas Dope dabei.

Es war schon gegen zwei Uhr, als Meite eine WhatsApp-Nachricht auf ihrem Smartphone erhielt. Sie konnte nicht glauben, was sie da sah, und ging mit ihrem Handy in das kleine Bad des Wohnmobils. Sie ließ das Video ein paar Mal ablaufen. Aber es gab keinen Zweifel: Bei dem Mann, der nackt unter einer weiblichen Person lag, von der bei dem Selfie nur Teile des nackten Busens zu sehen waren, handelte es sich eindeutig um Carsten.

Wutschnaubend ging Meite zu den Jungs zurück und sagte zu Fokke und Malte: »Es ist besser, wenn ihr jetzt sofort geht! Carsten und ich haben was zu klären.«

Die beiden Angesprochenen verzogen sich mit einem breiten Grinsen. Sie glaubten zu wissen, worauf sich Meite inzwischen in dem kleinen Bad vorbereitet hatte. Und vor allem, warum sie so plötzlich mit ihrem Freund alleine sein wollte. Von der nun folgenden lauten Auseinandersetzung der beiden bekamen sie in ihrem Wohnwagen, der über hundert Meter entfernt stand, nichts mehr mit.

Es sollte der letzte Abend dieses Freundschaftstrios, das schon seit der Kindheit durch dick und dünn gegangen war, gewesen sein.

2. Kapitel

Nina und Bert waren mit dem Volvo auf dem Weg nach Neuharlingersiel, als sich das Kommissariat über Handy meldete. Polizeihauptmeisterin Silke Jansen war am Telefon: »Wir haben einen Toten in Neuharlingersiel auf dem Campingplatz. Ihr wollt doch dort eure Fahrräder abholen. Seid ihr schon da?«

»Noch nicht, aber gleich«, antwortete Nina, die den Wagen fuhr, über die Freisprechanlage. »Was ist denn passiert? Es war doch gestern alles ruhig bei der Strandfete.«

»Jemand vom Kurverein hat gemeldet, dass DJ Carsten Kröger tot, wahrscheinlich erstochen, in seinem Wohnmobil gefunden wurde. Die Leute vom Bühnenabbau wollten am Strand den Anhänger des DJs, der ihnen im Weg stand, weghaben. Deswegen ist jemand vom Kurverein zu seinem Wohnmobil gefahren, um ihn zu wecken. Rita und Oke sowie die Spurensicherung sind schon unterwegs zum Campingplatz.«

»Silke, wir fahren direkt dorthin. Ist die Rechtsmedizin in Oldenburg schon informiert?«

»Noch nicht. Ich wollte als Erstes euch Bescheid sagen. Werde aber gleich bei Dr. Rabe anrufen«, sagte die Polizistin.

Kurz darauf kamen die beiden Kommissare bei der Anmeldung des Campingplatzes an. Vor dem Eingang stand eine junge Frau, die Nina gleich nach dem Aussteigen ansprach: »Moin, ich bin Carmen Niehus vom Service des Kurvereins. Sie sind doch von der Polizei. Ich hab sie schon mal gesehen, als Sie hier bei uns im Hafen im Einsatz waren. Ich habe den Toten gefunden und bei Ihnen in Wittmund angerufen. Und jetzt habe ich hier auf Sie gewartet.«

»Moin. Kommissarin Nina Jürgens vom Kommissariat Wittmund«, stellte die Angesprochene sich vor. »Zeigen Sie uns bitte, wo der Wagen des Toten steht. Sie können hier einsteigen.« Gut, dass wir die Fahrräder noch nicht hinten drin liegen haben, dachte Nina, als sie die rechte hintere Wagentür öffnete.

Nachdem Bert die Frau begrüßt und sich vorgestellt hatte, fragte er: »Unsere Kollegin sagte uns, dass der Tote der DJ von gestern

Abend, Carsten Kröger, ist und wahrscheinlich erstochen wurde. Was können Sie uns dazu sagen?«

»Am Ende der Straße rechts und dann etwa hundert Meter«, gab die junge Frau Anweisung, bevor sie antwortete. »Carstens Disco-Anhänger stand den Leuten von der Firma für den Bühnenabbau am Strand im Weg. Deswegen haben sie bei uns im Info-Zentrum des Kurvereins angerufen. Ich bin dann mit dem Fahrrad zu seinem Wohnmobil gefahren und wollte ihn wecken. Ich kenne ihn und weiß, dass er nach einem Auftritt mit seinen Kumpels gerne einen säuft. Daher war ich auch nicht überrascht, dass er sich auf mein Klopfen nicht rührte. Die Tür war nicht abgeschlossen und so habe ich sie aufgemacht. Da rechts, das silberfarbene Wohnmobil«, unterbrach sie sich.

»Okay, sprechen Sie weiter. Mein Chef hört zu. Ich schau mich mal um«, sagte Nina, bevor sie ausstieg.

»Also, Sie haben die Tür aufgemacht, und dann?«, ermunterte Bert die junge Frau.

»Da sah ich ihn dann liegen. In der Bauchgegend alles voll Blut. Und neben ihm auf dem Boden ein großes blutiges Messer. Ich bin zu ihm hin, um zu sehen, ob man ihm noch helfen kann. Obwohl ich dafür nicht viel Hoffnung hatte. So wie er mit seinem Kopf gegen den Küchenschrank gelehnt dalag und einen mit leblosen Augen ganz verwundert anzustarren schien, wusste ich schon, der hat es hinter sich. Dann habe ich nur geschaut, ob noch jemand im Wagen war. Aber er war allein.«

»Das war zwar mutig, aber auch nicht ganz ungefährlich. Sie hätten sich damit ja auch selbst in Gefahr bringen können«, stellte der Kommissar fest. »Dabei schildern Sie das Ganze so cool, als würden Sie eine Szene aus einem Fernsehkrimi beschreiben oder wären Polizistin in unserer Forensik. Sie sind aber doch beim hiesigen Kurverein angestellt, oder?«

»Bin ich, allerdings nur als Saisonaushilfe«, bestätigte sie lachend. »Ich kenne mich mit Leichen aus. Mein Vater hat ein Bestattungsunternehmen und ich arbeite mit ihm zusammen, auch beim Herrichten der Toten. Da man da manchmal sehr spontan mit zupacken muss, habe ich immer ein paar Latexhandschuhe in meiner Jeans. Daher werden Sie Fingerabdrücke von mir auch nur an der Türklinke finden. Und da Sie mich mit Sicherheit gleich fragen werden, woher ich das mit Carstens Besäufnissen weiß. Ich war vor einem Jahr eine Zeit lang mit ihm zusammen. Aber dann hatte er mir doch zu viele Fans, vor allem weibliche, wenn Sie verstehen, was ich meine.«

In diesem Moment kam Nina an die Beifahrertür und Bert ließ die Scheibe runter. »Es ist der DJ. So wie es aussieht, Stich in den Bauch. Vermutliche Tatwaffe liegt neben ihm auf dem Boden. Sonst scheint niemand im Wagen zu sein. Ich habe aber darauf verzichtet reinzugehen. Das wollte ich der Rechtsmedizin und unserer Forensik überlassen. Hoffentlich haben Sie drinnen nichts angefasst«, sagte sie dann noch an die junge Frau gewandt.

Bert informierte seine Kollegin über das, was er gerade erfahren hatte.

»Hatte mich auch schon gewundert, wie gefasst Sie waren, als Sie bei uns in den Wagen stiegen«, sagte Nina. »Aber wenn Sie den DJ so gut kennen, es waren gestern noch eine Frau und zwei Männer bei ihm mit auf der Bühne. Wissen Sie, wer das war und wo wir die finden?«

»Als ich gestern Abend den Platz verließ, waren die vier noch beim Verladen ihrer Anlage. Das war seine derzeitige Freundin, Meite Hansen, mit der er auch zusammenwohnt, und seine beiden Freunde Fokke Kopmann und Malte Berens, die ihm beim Auf- und Abbau helfen. Und wo Sie die finden? Meite müsste eigentlich bei ihm im Wagen gewesen sein. Jedenfalls kann ich mir nicht vorstellen, dass sie alleine nach Hause ist. Und seine Freunde werden in ihrem Campingwagen hier auf dem Platz ihren Rausch ausschlafen. Da kann ich Sie gleich hinführen. Schließlich habe ich die Plätze für Carsten und seine Leute organisiert.«

»Entschuldigen Sie, wenn ich so direkt frage«, konnte Nina es sich nicht verkneifen. »Auch wenn Sie im Unternehmen Ihres Vaters den Umgang mit Leichen gewohnt sind, aber der Tod von Carsten Kröger scheint Sie ja erstaunlich kaltzulassen. Wie kommt das?«

»Ist eine lange Geschichte«, antwortete die Angesprochene.

»Gibt es auch eine Kurzfassung?«, wollte die Kommissarin wissen.

Aber bevor es zu einer Antwort kam, näherten sich einige Polizeifahrzeuge. Vorneweg Polizeihauptmeisterin Rita Schneider und Polizeiobermeister Oke Helmers mit einem Einsatzwagen, dahinter die Wagen der Forensik. Rita und Oke gehörten genauso wie Silke zum Stammteam von Kommissar Bert Linnig.

Polizeihauptmeisterin Silke Jansen war bereits am längsten im Team. Eine Ostfriesin, blond und ganz leicht barock in der Form, aber nicht unbeweglich. Wenn sie gelobt wurde oder aufgeregt war, sah man das ihrer Gesichtsfarbe an. Auch war Silke absolut verlässlich und oft schon vor der Zeit im Dienst. Da sie mal das Haus ihrer Oma erben sollte und einen festen Freund hatte, kam der heimatliche Dienstort bei ihr vor Karriereambitionen.

Im Gegensatz dazu hatte ihre Kollegin, Polizeihauptmeisterin Rita Schneider, bis vor Kurzem eine Karriere als Kommissarin angestrebt. Sie war vor noch nicht allzu langer Zeit von Osnabrück nach Ostfriesland versetzt worden. Doch als Bert sie schon für einen Laufbahnwechsel vorschlagen wollte, hatte Rita überraschend der Pfeil Amors getroffen und sie hatte ihre Karrierepläne – zumindest vorerst – auf Eis gelegt. Dabei war sie eine geistig und körperlich äußerst quirlige Polizistin. Zu ihrem Ehrgeiz passte absolut, dass sie bereits in der Jugend Landesmeisterin im Sprint gewesen war. Mit ihrer mittelblonden praktischen Kurzhaarfrisur war sie nicht gerade das Modelgesicht für Kosmetik. Das wurde aber durch sehr sympathische, ebenmäßige Gesichtszüge mehr als ausgeglichen. Trotz ihres sehr gewinnenden Lächelns konnte sie allerdings einen sehr bissigen Humor entwickeln.

Polizeiobermeister Oke Helmers war der Jüngste im Team und mit seinen gut zwei Metern Länge und den blonden Strubbelhaaren ein typischer Ostfriese. Er war Nachfolger des bei einem Anschlag ums Leben gekommenen Polizeihauptmeisters Bernd Guben. Schon in kurzer Zeit hatte er sich mit guten Beiträgen als Computerfreak ins Team einbringen können und war deswegen vor Kurzem zum Polizeiobermeister befördert worden. Wie auch Silke war er fest in der ostfriesischen Scholle verwurzelt. Von seinen Eltern besaß er bereits ein Grundstück, auf dem er demnächst sogar bauen wollte.

Rita und Oke meldeten sich bei ihrem Teamleiter und seiner Vertreterin zum Einsatz. Nina, die sich bereits einen ersten Überblick verschafft hatte, wies Bert und die gerade angekommenen Kollegen der Spurensicherung kurz am Tatort ein.

»Wir brauchen die Fingerabdrücke der Angestellten des Kurvereins, die im Wohnmobil gewesen ist«, sagte Sören zu Nina, »und am besten auch gleich eine DNA-Probe, wenn sie einverstanden ist.«

»Können Sie alles von mir bekommen, auch wenn ich nur die Tür ohne Handschuhe angefasst habe«, sagte die junge Frau, die noch in Berts Auto saß, durch die geöffnete Scheibe und stieg aus.

»Heißt das, Sie waren im Wagen drin, aber mit Handschuhen?«, fragte Sören ungläubig.

»Ja«, bestätigte Carmen Niehus. »Sowas hab ich immer in der Tasche.« Sie zog ein paar hellblaue Latexhandschuhe aus der Gesäßtasche ihrer Jeans. »Die können Sie haben, die hatte ich vorhin an, als ich kurz nach dem Toten geschaut habe, ob ich ihm noch helfen könnte. Wäre möglich, dass ein paar Blutspuren vom Toten drangekommen sind, als ich nach seinem Puls gefühlt habe. Er hat Blut auch im Gesicht und am Hals.«

»Sie kennt den Umgang mit Leichen. Ihr Vater ist Bestatter«, informierte Nina den Leiter der Spurensicherung, als sie seinen fragenden Blick sah. »Eigentlich müsste auch die Freundin des Toten hier im Wagen gewesen sein, wie uns Frau Niehus gerade gesagt hat.«

»Ah, du sprichst von der jungen Frau, die wir gestern bei ihm auf der Bühne gesehen haben. Und die beiden Männer, die dabei waren, sind bestimmt seine Roadies gewesen«, vermutete Sören.

»Zu denen wollen wir gleich, sobald deine Leute mit der Erfassung der forensischen Daten von Carmen Niehus fertig sind«, sagte Nina. »Da könnte auch noch Arbeit auf euch zukommen, denn die beiden Roadies waren vermutlich zur Tatzeit auch hier.«

»Wir können los«, sagte Bert, nachdem Carmen ihre forensischen Daten abgeliefert hatte. »Frau Niehus, Sie fahren bitte mit unseren Kollegen im Einsatzwagen vorneweg. Wir folgen.«

Als die beiden Kommissare wieder in ihrem Privat-PKW saßen, sagte Bert: »Später wird vielleicht Dr. Rabe schon hier sein und wir können noch kurz mit ihm sprechen. Rita hat mir gerade gesagt, dass er sich schon von unterwegs gemeldet hat.«

»Wir sollten uns auch auf jeden Fall nochmal mit Carmen Niehus unterhalten. Ich bin gespannt, was sie uns noch zu ihrer ›langen Geschichte‹ über ihr Verhältnis zu dem Toten zu erzählen hat. Sein Tod schien sie ja völlig kaltgelassen zu haben. Ist doch nicht normal, selbst wenn man es öfter mit Leichen zu tun hat. Aber zu den Leichen hat sie in aller Regel keine emotionale Beziehung gehabt, was man in Bezug auf den Ex sicher nicht sagen kann. Wer weiß, vielleicht könnte sie selbst auch noch eine alte Rechnung mit dem DJ offen gehabt haben.«

»Nicht auszuschließen, ich fand das auch sehr merkwürdig«, bestätigte Bert. »Auf jeden Fall scheint sie sich nicht nur mit den früheren Gepflogenheiten des DJs gut auszukennen, sie ist auch aktuell sehr gut informiert. Weiß zum Beispiel, wie seine derzeitige Freundin mit Vor- und Zunamen heißt und dass sie normalerweise nicht alleine nach Hause fahren würde. Obwohl das alleine hier auf dem Land, wo unter den Einheimischen fast jeder jeden kennt, nichts heißen muss.«

»Aber sie war nach eigener Aussage bis zum Schluss der Veranstaltung gestern Abend noch hier am Strand. Das sollten wir mal im Hinterkopf behalten«, ergänzte Nina.

»Dabei denkst du jetzt sicher an den Klassiker bei Brandstiftungen, bei dem der Brandstifter selbst später als cooler Helfer zur Stelle ist, oder?«

»Alles denkbar, Bert. Warten wir mal ab, was sie uns zu sagen hat. Aber jetzt zu den beiden Roadies. Theoretisch könnten die ja auch für den Tod des DJs verantwortlich sein. Vielleicht gab es eine körperliche Auseinandersetzung. Der Tote hatte nämlich Blut an der Nase und im Gesicht.«

»Zu blöd, wir haben jetzt keine Sicherheitswesten im Auto. Ist nicht auszuschließen, dass die beiden bewaffnet sind. Daher denke ich, dass es zur Vorsicht besser ist, wenn Rita und Oke gleich mit ihren Schutzwesten vorangehen, während wir beide sie sichern. Die Frau setzen wir so lange in unseren Wagen, den wir etwas abseits stellen«, gab Bert Anweisung.

Nachdem die Angestellte des Kurvereins in Berts Privatwagen untergebracht war und er Rita und Oke eingewiesen hatte, klopfte die uniformierte Polizistin mehrmals hefig an die Tür des Campingwagens. Es dauerte trotzdem eine ganze Weile, bis sich drinnen etwas rührte. Dann steckte Fokke mit ziemlich zerknautschtem Gesichtsausdruck seinen Kopf zur Tür heraus. »Polizei!?«, entfuhr es ihm, als er Rita und ihren Kollegen mit ihrer Sicherheitsausrüstung vor der Tür stehen sah. »Ist was passiert? Brennt es irgendwo?«

»Brennen nicht«, antwortete Rita. Sie hatte ihre rechte Hand, wie auch Oke und ihre beiden Vorgesetzten, griffbereit auf dem geöffneten Holster ihrer Waffe liegen. »Können wir mal reinkommen?«

Fokke öffnete die Tür und machte den Weg frei. »Von mir aus. Sie werden mir ja sicher gleich sagen, was los ist. Hey, Malte! Wir haben Besuch, die Polizei!«

Der Angesprochene schälte sich im Bett aus seiner Decke und schaute genauso verknittert die Beamten an wie sein Kollege eben an der Tür. »Haben wir was verbrochen? Oder was wollen Sie von uns?«, entfuhr es ihm dann.

Auch Nina und Bert hatten inzwischen den engen Wohnwagen betreten. Nach gefährlichen Aktionen sah das hier im Moment allerdings nicht aus. Die größte Gefahr schien in der Luft zu liegen. Alleine beim Atmen hatten die Beamten das Empfinden, eine Alkoholvergiftung zu bekommen. Nina, die als Letzte den Wagen betreten hatte, ließ deshalb die Tür offen, um ein bisschen Frische hereinzulassen. Auch der Geruch nach Joints lag immer noch in der abgestandenen Luft, was sich durch einen Blick in den auf dem Tisch stehenden Aschenbecher bestätigte.

»Gestern Abend auf der Bühne saht ihr noch ganz frisch aus. War wohl eine lange Nacht, oder wie sehe ich das?«, sprach Bert die beiden an, nachdem er sich und seine Leute vorgestellt hatte.

»Kann sein«, räumte Fokke ein. »Aber um was geht es eigentlich, dass Sie uns hier so überfallen?«

»Wann haben Sie Ihren Kollegen Carsten Kröger zuletzt gesehen?«, fragte Nina.

»Wieso?«, wollte Malte wissen. »Fragen Sie ihn doch selbst, der steht mit seinem Wohnmobil auch hier auf dem Platz.«

»Ich frage aber Sie und will eine Antwort«, wurde die Kommissarin energisch.

»Keine Ahnung. Vielleicht zwischen zwei und drei. Oder was meinst du, Fokke? Wie spät war es, als Meite uns rausgeschmissen hat?«

»Könnte sein«, bestätigte dieser. »Aber wieso fragen Sie danach? Ist denn was passiert?«, wollte er erneut wissen.

»Warum hat Krögers Freundin Sie denn rausgeschmissen?«, hakte Nina nach, ohne auf die Frage einzugehen.

»Na, warum schmeißt wohl eine Frau die Saufkumpane ihres Freundes raus? Natürlich, weil sie mit ihm ins Bett will, warum denn sonst?«, platzte es aus Malte heraus.

»Hat sie das gesagt? Oder entspringt das Ihrer männlichen Fantasie?«, wollte Rita es ganz genau wissen.

»Ist was mit Meite oder Carsten? Oder warum stellen Sie uns so komische Fragen?« Fokke begann sich langsam Sorgen zu machen. Irgendetwas war heute Nacht mit Meite schon merkwürdig gewesen. Sonst hatte sie doch meistens mit ihnen bis morgens durchgemacht. Nur einmal hatte sie sie tatsächlich rausgeschmissen, weil sie Carsten für sich haben wollte. Da war der Rausschmiss aber ganz anders verlaufen. Da hatte sie gelacht und mit den Augen gezwinkert.

»Was überlegen Sie, Herr Kopmann?«, versuchte Nina den genauen Ablauf herauszufinden.

»Ich bin mir auf einmal nicht mehr so sicher, dass Malte mit seiner Vermutung recht hat. Irgendwie war Meite anders als sonst. Sie kam aus der Toilette von Carstens Wohnmobil und sagte zu uns, dass wir gehen sollen, weil sie was mit Carsten zu klären hätte. Wir sind dann gegangen. Wollten doch dem Liebesglück nicht im Wege stehen. Und außerdem hatten wir hier auch noch eine volle Flasche kalt stehen.«

»Die hier?« Nina zeigte auf eine leere Whiskyflasche, die auf dem Tisch neben dem Aschenbecher stand. Fokke nickte. »Und dann noch ein paar Joints, oder?« Fokke zuckte die Schultern.

»Aber deswegen sind wir nicht hier«, hakte jetzt Bert ein. »Es tut mir leid, aber Ihr Freund Carsten Kröger ist heute Nacht verstorben.«

»Nein, das kann doch nicht wahr sein!«, entfuhr es Fokke. »Wie ist das denn passiert? Der war doch noch putzmunter, als wir gingen.«

»So eine Scheiße! Sagen Sie, dass das nicht wahr ist!« Malte vergrub sein Gesicht in der Bettdecke und die Polizisten hatten nicht den Eindruck, dass das gespielt war.

»Näheres können wir Ihnen im Moment noch nicht sagen. Tut uns sehr leid«, sagte Nina, die beiden die Erschütterung durch diese Nachricht ansah.

»Der kann doch nicht so einfach versterben!«, versuchte Fokke die Situation zu erfassen.

»Wenn Sie zur Klärung der Todesumstände beitragen wollen, dann sollten Sie mit uns kooperieren. Zunächst ist es eine Tatsache, dass Sie heute Nacht noch mit dem Toten zusammen waren. Das heißt, als Erstes müssen wir alles tun, um ausschließen zu können, dass Sie etwas mit seinem Tod zu tun haben. Gab es vielleicht eine Auseinandersetzung zwischen Ihnen?«

»Um Gottes willen, nein!«, entfuhr es Malte, dem die Tränen in den Augen standen. »Carsten ist unser bester Freund. Wir kennen uns seit dem Kindergarten. Wir haben uns als Jugendliche schon mal mit anderen geprügelt. Dabei haben wir drei immer zusammengehalten.«

»Na gut, würden Sie uns denn freiwillig Ihre Fingerabdrücke und eine DNA-Probe geben?«, wurde Bert konkret.

»Natürlich«, kam es wie aus einem Mund, und Fokke fügte noch hinzu: »Alles, was Sie wollen.«

»Das heißt, Sie wären auch damit einverstanden, dass unsere Spurensicherung sich hier in Ihrem Wohnwagen umsieht?«, hakte Nina ein.

»Ich sagte doch, alles, was Sie wollen. Außer ein paar Gramm Hasch werden Sie nichts bei uns finden. Wir haben nichts zu verbergen«, bestätigte Fokke.

»Okay, dann ziehen Sie sich was über. Wir nehmen Sie dann zu einer offiziellen Zeugenbefragung mit ins Kommissariat nach Wittmund«, entschied Bert. »Sie werden anschließend wieder hierher gefahren. Inzwischen wird unsere Spurensicherung sich hier in Ihrem Camper und Ihrem Auto umsehen. Bitte übergeben Sie meiner Kollegin, Frau Jürgens, Ihre Schlüssel. Sie bekommen diese in Wittmund wieder zurück.«

Carstens Freunde zogen sich nur jeder einen Trainingsanzug über. Dann sagte Fokke: »Irgendjemand müsste die Eltern von Carsten informieren, Theda und Hans Kröger. Da er nicht mehr zu Hause wohnt, haben die ja keine Ahnung, dass ihr Sohn tot ist.«

»Das hätten wir sicher noch herausgefunden«, erwiderte Bert. »Aber es ist gut, dass Sie darauf hinweisen. Dann kann sich meine Kollegin nachher gleich darum kümmern. Vielen Dank!«

Nachdem Fokke der Kommissarin die Anschrift gegeben hatte, stiegen er und sein Freund zu Rita und Oke in den Einsatzwagen, während Bert und Nina zu ihrem Privatfahrzeug gingen, wo die Angestellte des Kurvereins immer noch wartete.

»Frau Niehus, wir brauchen Ihre Zeugenaussage im Kommissariat in Wittmund. Kommen Sie bitte mit mir«, wies Bert die junge Frau an. »Sie werden gleich in unserem Einsatzwagen die beiden Freunde des Toten treffen. Bitte zu den beiden kein Wort! Sie kennen sich ja, aber trotzdem!«

»Bert, ich bringe Sören die Schlüssel und werde warten, bis Dr. Rabe kommt. Dann hole ich unsere Räder, fahre zu den Eltern des Toten und komme danach ins Kommissariat«, sagte Nina, bevor sie ins Auto stieg. Bert machte sich mit der Aushilfskraft des Kurvereins und den beiden Roadies im Einsatzwagen von Rita und Oke auf den Weg ins Kommissariat.

Während sich Rita und Oke um die erkennungsdienstliche Erfassung kümmerten, rief Bert den Bereitschaftsgruppenführer zu sich. Er wies ihn kurz in die Lage ein. Dazu hatte er sich einen Parzellenplan des Campingplatzes aus dem Internet heruntergeladen und ausgedruckt. Um den Tatort herum machte er einen Kreis, dann sagte er:»Nehmen Sie fünf Ihrer Leute mit und fahren Sie zum Campingplatz Neuharlingersiel. Dort soll Ihr Team alle Camper in diesem Kreis nach Auffälligkeiten und Wahrnehmungen in der letzten Nacht befragen. Sollten schon Camper heute abgereist sein, lassen Sie sich von der Campingplatzverwaltung die Kontaktdaten dieser Feriengäste geben und holen Sie bei diesen die Auskünfte telefonisch ein. Sollten sich dabei wichtige Erkenntnisse ergeben, informieren Sie mich bitte sofort über den internen Messenger.«

Dann warteten die Vernehmungen auf ihn. Rita und Oke hatten schon alles dafür vorbereitet.

***

Als Nina beim Wohnmobil des Toten ankam, war der Rechtsmediziner bereits im Einsatz. Sören sagte ihr, dass seine Leute mit der Spurensicherung in Kürze fertig sein würden, und Nina übergab ihm die Schlüssel der beiden Freunde des Toten. Anschließend fuhr sie kurz mit ihm zu deren Camper, um ihren Kollegen an Ort und Stelle einzuweisen.

Als sie wieder zurückkamen, war Dr. Rabe gerade mit seiner vorläufigen Untersuchung fertig.»Ein Stich in den Bauch, durch den wahrscheinlich die Aorta durchtrennt wurde und er innerlich verblutete. Aber vorher muss eine körperliche Auseinandersetzung stattgefunden haben, bei der der Tote einen Schlag gegen die Nase bekam, sodass diese ziemlich heftig blutete. Todeszeitpunkt wahrscheinlich zwischen ein und vier Uhr heute Nacht. Genauere Informationen erhalten Sie nach der Obduktion. Das Messer, welches neben der Leiche gelegen hat, könnte die Tatwaffe sein. Aber auch da müssen wir die Blutuntersuchungen abwarten.«

Nina bedankte sich und machte sich auf den Weg, um ihre Fahrräder abzuholen. Anschließend fuhr sie zu den Eltern des toten jungen Mannes. Vieles war für die erfahrene Kriminalhauptkommissarin in ihrer dienstlichen Laufbahn zur Routine geworden. Angehörige über den Tod eines geliebten Menschen zu informieren gehörte nicht dazu.

Auch in ihrem Leben war nicht alles glatt gelaufen.

Die Scheidung von ihrem Mann war nicht spurlos an ihr vorübergegangen. Als höherer Beamter in einer Landesbehörde in Hannover hatte er sie mit einer Kollegin betrogen. Der Wechsel nach Ostfriesland hatte sie wieder zu sich selbst finden lassen. Dabei war zwischen ihr und Bert mehr als eine dienstliche Partnerschaft entstanden. Aber die schlimmste Herausforderung war für sie gewesen, als sie bei einem Einsatz im ›Wattmordfall‹ in Carolinensiel ihr ungeborenes Kind verlor. Für sie und Bert eine der schlimmsten Erfahrungen. Dabei hätte das nicht sein müssen. Wenn es in Deutschland keine Funklöcher gäbe, hätte sie Verstärkung anfordern können. So jedoch war sie in einen Hinterhalt geraten und den körperlichen Attacken der Verbrecher ausgesetzt, wodurch sie fast sogar ihr eigenes Leben verloren hätte.

Auch Bert hatte bereits in Essen eine Ehe dem Dienstgott geopfert, wie er es immer auszudrücken pflegte. Noch schlimmer war aber für ihn, dass ein Psychopath, den er mit einer Kollegin in Essen eigentlich lebenslänglich hinter Gitter gebracht hatte, nach fünfzehn Jahren Hafterleichterung bekam und untertauchen konnte. In dem im Kommissariat unter ›Strandmord‹ geführten Fall rächte sich der Mann an der inzwischen pensionierten Kollegin, die sich in Neuharlingersiel zur Ruhe gesetzt hatte. Aber das Schlimmste war für Bert, als durch einen Anschlag, den dieser Verbrecher auf ihn selbst geplant hatte, ein Kollege aus seinem Team sein Leben verlor.

Die Krögers bewohnten ein stattliches Haus mit einem großen, fast parkähnlich angelegten Grundstück. Hier wohnten keine armen Leute. Und doch arm, dachte die Kommissarin, was nützt alles Geld, wenn man als Eltern sein eigenes Kind zu Grabe tragen muss? Nina rief sich selbst zur Ordnung, bevor sie klingelte.

Solche Gedanken waren nicht gerade hilfreich bei der Durchführung ihres dienstlichen Auftrages.

Eine schlicht, aber elegant gekleidete dunkelhaarige Frau um die fünfzig öffnete die Tür. Nina stellte sich vor und bat, kurz reinkommen zu dürfen.

»Ist was mit meinem Mann?«, fragte die Frau entsetzt.

»Nein, Frau Kröger. Aber lassen Sie uns erst einmal reingehen.« Für die Polizistin erübrigte sich damit die Frage nach dem Vater des toten Sohnes. Wahrscheinlich befand sich dieser bei der Arbeit.

Die Frau machte die Tür frei und wies auf eine offen stehende Tür zur Küche.

Nachdem beide am Sitzplatz einer erweiterten Kochinsel Platz genommen hatten, sagte Nina: »Frau Kröger, es geht nicht um Ihren Mann. Es geht um Ihren Sohn und ich habe leider keine gute Nachricht für Sie. Ihr Sohn ist heute Nacht ums Leben gekommen. Es tut mir sehr leid. Mein aufrichtiges Mitgefühl.«

Theda Kröger brauchte einen Moment, bis sie die Mitteilung in ihrer ganzen Tragweite erfasst hatte. Sie war kreidebleich und Nina hatte die Befürchtung, dass sie einen Kreislaufkollaps erleiden könnte. Sie nahm ein Glas, das auf dem Tisch stand, und holte der Frau damit Wasser aus dem Wasserhahn der Spüle.

»Soll ich einen Arzt rufen?«, fragte Nina besorgt.

»Hatte mein Sohn einen Autounfall?«, wollte Theda wissen, ohne auf die Frage der Kommissarin einzugehen. Sie bekam auch langsam wieder etwas Farbe ins Gesicht.

»Nein, Frau Kröger. Er ist aber auch keines natürlichen Todes gestorben. Die genaueren Umstände ermitteln wir gerade. Es tut mir sehr leid.«

»Wieso tot?« Die Frau presste ihre Hände vors Gesicht. »Wieso mein Junge?«

»Frau Kröger, wir müssten Ihren Mann verständigen. Wie können wir ihn erreichen?«

»Im Moment ist er nicht zu erreichen. Er ist mit seiner Elektrofirma auf einer Neubaustelle im Einsatz. Diese liegt in einem Funkloch. Mein Mann schimpft immer darüber: ›Nur weil dort kein Netzbetreiber genügend Kunden wohnen hat, werden da keine Antennen aufgestellt.‹«

»Oh, da kenne ich mich aus, Frau Kröger. Das hätte mich selbst bald einmal das Leben gekostet. Ihr Mann hat recht. Die vielen Funklöcher hier hängen mit der geringen Besiedlungsdichte in Ostfriesland zusammen. Haben Sie eine Adresse für mich? Dann fahre ich selbst gleich hin zu ihm und schicke ihn zu Ihnen nach Hause.«

Nachdem Nina die Adresse notiert und nochmals angeboten hatte, einen Arzt kommen zu lassen, machte sie sich schweren Herzens auf den Weg zum Vater des Toten. Hans Kröger, ein grauhaariger, großer schlanker Mann Mitte fünfzig mit einer sehr dominanten Hakennase war zwar auch die Betroffenheit anzumerken, als Nina ihn in seinem Baufahrzeug informierte. Aber er nahm es doch – zumindest nach außen hin – gefasster auf als seine Frau. Er wollte gleich zu ihr fahren und sich um sie kümmern.

Als Nina im Kommissariat ankam, hatte Bert mit Rita gerade die Anhörungen der beiden Zeugen Fokke und Malte abgeschlossen. Die Aushilfskraft des Kurvereins hatte er zu Silke ins Büro gebracht. Ostfriesland war ja doch irgendwo ein Dorf. Jedenfalls hatte es ihn nicht überrascht, dass die beiden sich von der Schule her kannten. Silke war auf der Realschule in die Parallelklasse von Carmen Niehus gegangen und ihr war auf einmal bewusst geworden, dass sie daher auch den Toten kannte. Der Name war ihr schon bekannt vorgekommen.

Das Team aus der Bereitschaft hatte keine Auffälligkeiten gemeldet. Fast alle kontaktierten Camper waren bei der Strandfete gewesen und hatten sich dort mehr oder weniger lang und mit mehr oder weniger Getränkekonsum aufgehalten. Die meisten waren aber nach eigenen Aussagen nach Ende der Veranstaltung bald zur Ruhe gegangen und hatten daher weder etwas gesehen noch gehört. Nur ein Feriengast, der auf der anderen Straßenseite gegenüber vom Wohnmobil des Toten seinen Standplatz hatte, war nachts mal gegen ein Uhr zur Toilette gewesen und hatte bei Carsten noch Licht gesehen und im Wagen Stimmen gehört.

Bert hatte inzwischen telefonisch mit Sören gesprochen. Dieser wollte auf jeden Fall mit den Auto- und Wohnwagenschlüsseln warten, bis die beiden jungen Männer mit einem Streifenwagen bei ihrem Camper eintreffen würden. Seine Leute hätten noch eine ganze Weile zu tun.

Nina und Bert holten Carmen Niehus von Silke ab und setzten sich gemeinsam mit ihr in Ninas Dienstzimmer zusammen. Dann begann Nina das Gespräch: »Ihr Verhältnis zu Carsten Kröger sei eine lange Geschichte, haben Sie vorhin gesagt. Jetzt haben wir Zeit. Also, dann erzählen Sie mal.«

»Wir kennen uns schon seit unserer Schulzeit. Carsten, Fokke, Malte und ich gingen ab der Realschule in eine Klasse. Silke Jansen ging übrigens in eine Parallelklasse von uns. Die drei Jungs kannten sich aber bereits vom Kindergarten und der Grundschule her. Damals war ich schon als Teenager in Carsten verknallt. Aber wie das in dem Alter so ist, die drei hatten damals ganz andere Spinnereien im Kopf. Die waren so mit sich selbst beschäftigt, dass Carsten das damals noch nicht einmal bemerkt hat. Dann kam eine Zeit, wo er mit seiner Disco-Geschichte anfing und da nur Augen für andere Mädchen hatte. Darunter habe ich, wenn ich ehrlich bin, sehr gelitten.«

»Aber Sie sagten doch, dass Sie im letzten Jahr mit ihm zusammen waren. Wie kam es denn dazu?«, versuchte Bert sich ein Bild zu machen und die Sache abzukürzen.

»Ich sagte ja, eine lange Geschichte. Und Ihre Kollegin meinte gerade, Sie hätten Zeit. Vielleicht tut es mir auch gut, wenn ich mir das, was ich die ganzen Jahre in mich hineingefressen habe, mal loswerden kann.«

»Schon gut«, beruhigte Nina die junge Frau und warf Bert, der ja nicht nur ihr Chef, sondern auch ihr Ehemann war, einen strafenden Blick zu. »Wir haben Zeit.«

»Na ja, Sie hören solche Geschichten sicher öfter und ich will Ihnen auch wirklich keine Zeit stehlen. Jedenfalls waren wir schon siebzehn, als Carsten mal wieder von einem anderen Mädchen abserviert worden war. Da kam er zu mir nach Hause, um sich auszuheulen. Meine Eltern waren an dem Abend bei Freunden eingeladen und auch mein älterer Bruder war mit

Kumpels unterwegs. Und ich dummes Huhn sah darin meine Chance, ihn für mich zu gewinnen.«

»Und haben sich mit ihm eingelassen, oder?«, hakte Nina ein.

»Genau. Leider blieb das nicht ohne Folgen. Ich habe mich dann einer Cousine meiner Mutter anvertraut, bei der ich kurz danach in Berlin die Ferien verbrachte. Die hatte jemand im Bekanntenkreis, der dann in einer kleinen Privatklinik in Berlin professionell das Problem aus der Welt schaffte. Als ich aus den Ferien nach Hause kam, war alles wieder weitgehend verheilt und in Ordnung. Trotzdem steckten mich meine Eltern danach in ein Internat, wo ich dann später mein Abitur machte. Vielleicht hatte die Cousine meiner Mutter doch etwas gesagt. Denn ihr hatte ich von Carsten erzählt. Jedenfalls haben Carsten und ich uns damals aus den Augen verloren. Aber ich konnte ihn trotzdem nicht vergessen.«

»Haben Sie denn wieder versucht, Kontakt zu ihm aufzunehmen?«, unterbrach Nina sie.

»Habe ich versucht, aber ich hatte immer das Gefühl, dass er sich schon wieder mit einer anderen getröstet hatte. Ich bin zwar nicht die Hässlichste, aber die Schönste eben auch nicht, obwohl ich eine ganz gute Figur habe und mich mit meinen schönen langen braunen Haaren auch nicht gerade verstecken muss, wie ich glaube. Aber ich machte mir auch nichts vor. Carsten hatte inzwischen nebenbei als DJ angefangen und die freie Auswahl.«

»Wusste er denn davon, dass er beinahe Vater geworden wäre?«, tastete sich Nina einfühlsam weiter vor.

»Damals nicht. Mein Vater wollte, dass ich nach dem Abitur Betriebswirtschaft studiere. Damit sollte ich eines Tages in seine Geschäftsführung mit einsteigen. Er hatte damals große Pläne, wollte hier an der Küste unter anderem eine Seebestattung mit eigenem Schiff auch für andere Kollegen anbieten. Mein Bruder sollte das Schiff als Kapitän führen. Während seiner Ausbildung zum Kapitän lernte der allerdings seine jetzige Frau in Schweden kennen und ist zu ihr gezogen.«

»Haben Sie denn das Studium abgeschlossen?«, wollte Bert wissen.

»Leider nein. Ich hatte zu der Zeit auch wieder eine unglückliche Beziehung mit einem Kommilitonen, der mich lange hingehalten hat. Aber man entwickelt, schon als reinen Selbstschutz, mit der Zeit ein dickes Fell. Sogar im wahrsten Sinne des Wortes. Ich habe seinerzeit ziemlich zugenommen. Davon sieht man heute Gott sei Dank nicht mehr viel. Jedenfalls habe ich hingeschmissen und bin wieder nach Hause gezogen. Seitdem arbeite ich voll bei meinem Vater in der Bestattung mit. Der Firmenausbau war aufgrund einer Erkrankung von ihm inzwischen auch Geschichte. Aber es reicht, um über die Runden zu kommen. Da man mit Bestattungen ja nicht jeden Tag und nicht rund um die Uhr eingespannt ist und die administrativen Arbeiten immer noch mein Vater erledigt, suchte ich nach einem Nebenjob. Und da der Kurverein in Neuharlingersiel für die Administration in der Saison Aushilfen suchte, habe ich mich beworben.«

»Und was war mit Carsten Kröger in dieser Zeit?«, fragte Nina.

»Der hatte nach der Mittleren Reife eine Lehre als Elektriker gemacht und war inzwischen Meister im Betrieb seines Vaters. Es ist hier in Ostfriesland durchaus üblich, dass die Fischerei und das Handwerk in der Familie bleiben. Dadurch konnte er auch seine Nebentätigkeit als DJ betrieblich gut koordinieren. Zudem hat ihm sein Vater zu seiner sehr guten Ausstattung, sogar mit riesigen LED-Wänden, verholfen. Das können sich die meisten DJs und Bands in der Region doch gar nicht leisten.«

»Davon haben wir gestern Abend bei der Strandfete am Funny Beach einen starken Eindruck bekommen. Ich hatte schon vermutet, dass er sich die LED-Wände ausgeliehen hätte«, staunte Bert.

»Nee, das gehört ihm alles. Ich glaube auch, seinem Vater schuldete er inzwischen nichts mehr. Der hatte das alles vorfinanziert.«

»Interessant, aber es erklärt immer noch nicht so richtig Ihr heutiges – ich drücke es mal vorsichtig aus – sehr unterkühltes Verhältnis zu ihm«, versuchte Nina wieder auf den Kern zurückzukommen.

»Stimmt«, bestätigte die junge Frau. »Dass Carsten ein Super-DJ war, davon konnten Sie sich gestern überzeugen. Dass es ihm viele meiner Geschlechtsgenossinnen sehr leicht machten, haben Sie sicher auch inzwischen rausgehört. Aber er hatte eine Schwäche. Wenn er mal wieder von einer abserviert wurde, dann brach für ihn die Welt zusammen. Dann litt wohl sein Ego. Nur wenn *er* Schluss machte, war für ihn die Welt in Ordnung. Jedenfalls brauchte er dann Frauen wie mich, an deren Brust er sich dann ausheulen konnte. Und das dürfen Sie wörtlich nehmen.«

»Na, dann kommen wir der Sache doch schon näher«, sagte Bert und schaute demonstrativ auf die Uhr.

»Ich sehe Ihre Ungeduld, Herr Kommissar. Deswegen will ich zum Schluss kommen. Letztes Jahr brauchte er mal wieder eine Brust zum Ausheulen, und das war meine. Dabei hat er auch von mir erfahren, dass er schon beinahe einmal Papa geworden wäre. Das nahm er nur cool zur Kenntnis. Ich dachte, er braucht noch Zeit, um das zu verarbeiten. Es ging auch einige Wochen ganz gut mit uns. Ich hielt mich bei Veranstaltungen da auf, wo Sie gestern Meite Hansen gesehen haben. Anschließend saßen wir mit den Jungs in seinem Wohnmobil mit meistens zwei Flaschen Single Malt.«

»Dann sind diese Besäufnisse nach einem Auftritt also schon so etwas wie eine Tradition, oder?«, warf Nina ein.

»Kann man so sagen. Angeblich brauchte er das, um runterzukommen, wie er immer sagte. Jedenfalls ging es mir an einem Abend dabei nicht so gut und ich legte mich schon im Wohnmobil alleine ins Bett, während die drei Kumpels am Esstisch weitersoffen. Dann bekam ich mit, wie ihn Fokke darauf ansprach, ob es denn diesmal mit mir Ernst würde. Die Jungs wussten, wie verknallt ich in Carsten war. Fokke war es damals nicht entgangen, wie ich gelitten habe, als ich ins Internat musste. Ich glaube, dass er selbst zu der Zeit ein Auge auf mich geworfen hatte. Aber Fokke war einfach nicht mein Typ. Carstens Antwort auf die Frage seines Kumpels, ob es mit mir Ernst würde, erklärt Ihnen, warum ich mich heute über seinen Tod weder freuen noch darüber weinen kann.«

»Jetzt bin ich aber mal gespannt«, unterbrach Bert die junge Frau erneut und erntete wieder einen strafenden Blick seiner Frau und dienstlichen Partnerin.

»Carsten sagte zu Fokke und Malte: ›Ob es mit ihr Ernst wird? Mal bloß nicht den Teufel an die Wand. Beim ersten Mal ist dieser Kelch an mir vorübergegangen, wie ich erst jetzt von ihr erfahren habe. Eine Cousine ihrer Mutter hat damals, als wir siebzehn waren, für eine Abtreibung gesorgt. Jetzt läuft ohne Gummi mit ihr nix mehr. Ich lass mich doch nicht ein Leben lang von einer Leichenwäscherin einfangen. Das fehlte mir noch!‹ Diese Worte von ihm haben sich fest bei mir eingebrannt. Ich weiß nicht, an welchem Busen er sich nach meinem Abgang ausgeheult hat. Es war mir aber von da an auch völlig egal. Und so ist es mir heute auch völlig gleichgültig, in wessen Messer er – diesmal im wahrsten Sinne des Wortes – gelaufen ist.«

Für einen Moment war Stille. »Verdammt starker Tobak«, fand schließlich Bert als Erster seine Worte wieder. »Dafür, dass Ihnen alles, was mit Carsten Kröger zusammenhängt, egal ist, haben Sie sich aber sehr vorbildlich verhalten! Das muss ich Ihnen wirklich einmal sagen. Das hätte in Ihrer Situation sicher nicht jede Frau so gemacht.«

»Damit bin ich nur meiner staatsbürgerlichen Pflicht nachgekommen, Herr Kommissar. Und wenn ich jetzt Hass gegenüber Carsten Kröger empfinden würde, wäre das auch eine Emotion, die er nicht verdient hätte. So jedenfalls sehe ich das heute.«

»Trotzdem müssen wir Sie aber fragen, wo Sie sich in der vergangenen Nacht aufgehalten haben«, hakte Nina noch einmal ein.

»Jetzt fragen Sie nach einem Alibi. Ich bin gegen dreiundzwanzig Uhr zu Hause gewesen und ich wohne allein. Das Haus habe ich erst heute Morgen wieder verlassen, um zur Arbeit zu gehen. Tut mir leid.«

»Okay, dann lassen wir es erst einmal dabei. Aber Sie halten sich bitte zu unserer Verfügung, falls wir noch Fragen haben«, beendete Bert das Gespräch. Danach ließ er die junge Frau von

Silke wieder nach Neuharlingersiel zu ihrer Arbeitsstelle beim Kurverein bringen.

Zu Nina sagte er dann: »Tragische Geschichte. Dabei wirkte der Typ auf der Bühne so sympathisch. Und ob wir es wollen oder nicht, Mitleid hin oder her, ein verdammt starkes Motiv. Sozusagen der Klassiker einer alten offenen Rechnung.«

»Aber ein Motiv und ein fehlendes Alibi allein reichen nicht aus, Bert. Da brauchen wir schon noch ein paar forensische Beweise, um sie hier zur Vernehmung als Beschuldigte sitzen zu haben. Und dazu stelle ich mir die Frage, ob es neben Carmen Niehus nicht noch andere Frauen gibt, die ein ähnliches Motiv haben könnten.«

»Du sagst es, Nina, zum Beispiel Meite Hansen. Ich bin mal gespannt, ob Rita und Oke sie zu Hause oder vielleicht bei ihren Eltern antreffen werden. Das wären eigentlich die beiden einzigen Orte, wo sie nach den Aussagen der Roadies sein könnte.«

3. Kapitel

Es war Samstagmorgen und damit Wochenende, aber trotzdem hatte der Leiter des Kommissariats Wittmund, Kommissar Bert Linnig, zum Todesfall von Carsten Kröger sein Team zu einem Meeting einberufen. Die Freundin des DJs wurde gestern weder im Haus des Toten noch bei ihren Eltern angetroffen. Da sie als Täterin nicht ausgeschlossen werden konnte, hatten Bert und Nina gestern Abend schon überlegt, für sie heute einen Haftbefehl zu beantragen und sie auf die Fahndungsliste zu setzen. Denn nach der Aussage der beiden Roadies war sie offensichtlich die Letzte, die noch mit dem Ermordeten zusammen im Wohnmobil gewesen war. Die Kommissare schlossen nicht aus, dass es nach einem Streit zwischen dem Pärchen zu einer Tat im Affekt gekommen war. Seitdem befand sich Meite Hansen offenbar auf der Flucht.

Bert stand an seinem Flipchart, dessen Blätter nach dem Meeting an die Wände ohne Fenster geheftet wurden, damit jeder im Team immer auf dem aktuellen Stand der Ermittlungen war.

Dr. Rabe aus der Rechtsmedizin in Oldenburg hatte einen ersten vorläufigen Befund geschickt. Danach war der Tod des DJs zwischen ein und drei Uhr nachts eingetreten. Es hatte sich bestätigt, dass die Aorta durch den Stich mit dem großen Küchenmesser, welches neben ihm gelegen hatte, durchtrennt worden war. An dem Messer konnte sein Blut nachgewiesen werden. Zudem befanden sich darauf nicht nur seine Fingerabdrücke, sondern auch die einer weiblichen Person, die allerdings noch nicht zweifelsfrei identifiziert werden konnte. Wie schon zu vermuten gewesen war, hatte Carsten Kröger eine Menge Alkohol im Blut, und auch Haschischkonsum war nachweisbar.

Ebenfalls bestätigte sich, dass er aus der Nase geblutet hatte, bevor der Tod eintrat. Vermutlich war er in eine körperliche Auseinandersetzung verwickelt gewesen. Allerdings zeigten seine Handknöchel keine Anzeichen dafür, dass er selbst mit der Faust zugeschlagen hatte. Vielmehr befanden sich unter einigen Fingernägeln Hautpartikel, die auf Abwehrreaktionen seinerseits schließen ließen. Für eine Zuordnung der DNA-Auswertungen fehlte es diesbezüglich noch an Referenzwerten.

Sören, der als Leiter der hiesigen Spurensicherung am Meeting teilnahm, bestätigte, dass das Tatmesser zur Küchenausstattung des Wohnmobils gehörte, wie der Musteraufdruck auf dem Griff zeigte. »Wir haben Fingerabdrücke nur von zwei Personen auf dem Messer gefunden«, berichtete Sören. »Diese decken sich mit den meisten Fingerabdrücken, die wir auch im Haus des Toten und seiner Freundin sichergestellt haben. Wir gehen also davon aus, dass die weiblichen Fingerabdrücke auf dem Messer ihr zuzuordnen sind.«

»Damit deutet ja alles darauf hin, dass Meite Hansen die Täterin ist«, stellte Bert fest. »Habt ihr etwas im Haus des Opfers finden können, was uns weiterbringt?«

»Das Haus ist neu gebaut und wohl erst vor Kurzem bezogen worden. Jedenfalls sind die Arbeiten an der Außenanlage und dem Garten noch nicht abgeschlossen. Die große Garage dient daher zurzeit noch zur Unterbringung von Werkzeug und Material. Der Oldtimer-Mustang des Toten stand unverschlossen auf der Freifläche vor der Garage. Das fanden meine Leute etwas leichtsinnig, weil das große Grundstück am Rand eines noch nicht voll bebauten Neubaugebiets liegt und niemandem aufgefallen wäre, wenn ein Fremder den Wagen gestohlen hätte.«

»Vielleicht doch nicht so ungewöhnlich«, meldete sich Silke zu Wort. »Bei uns in Ostfriesland gibt es mit Sicherheit heute sogar noch Häuser, die nachts nicht abgeschlossen sind.«

»Wem sagst du das, Silke. Bin ja selbst hier geboren und aufgewachsen«, erwiderte Sören lachend. »Dazu passt aber nicht, dass das Haus über modernste Alarm- und Sicherheitstechnik verfügt. Alles kann von einem Smartphone aus gesteuert werden. Die Elektrofirma der Krögers ist auf sowas spezialisiert und hat damit sicher auch schon viel Geld verdient. Bei jemandem, der in diesem Genre tätig ist, kann ich mir schwer vorstellen, dass er einen wertvollen Oldtimer unverschlossen rumstehen lässt.«

»Das würde ich auch so sehen«, bestätigte Bert. »War denn sonst noch etwas auffällig?«

»Ja, Bert, aber etwas, was eigentlich mit dem Tötungsdelikt in keinem unmittelbaren Zusammenhang steht.«

»Sören, mach's nicht so spannend«, wurde Nina ungeduldig.

»Das Haus war unverschlossen, das heißt, die Eingangstür nur zugezogen. Die Sicherheitstechnik einschließlich der Überwachungskameras hätte gar nicht funktioniert, denn es fehlte der Steuerungscomputer im Büro. Alle Leitungen lagen und hingen so herum, als wenn sie gerade aus dem Gerät gezogen worden wären. Einige Schranktüren in dem Büro standen offen. Es lag aber nichts auf dem Boden herum, wie wir es bei Einbrüchen häufig vorfinden. Und trotzdem sah es fast wie bei einem Einbruch aus, obwohl es nirgends an Türen und Fenstern Einbruchspuren gab. Also, wenn jemand drinnen gewesen war, dann nur mit einem Originalschlüssel. Andernfalls wäre die Alarmanlage losgegangen, denn diese hätte – im Gegensatz zur restlichen Sicherheitstechnik – grundsätzlich auch ohne die PC-Steuerung funktioniert.«

»Wenn das Haus über eine hochmoderne Haustechnik verfügt, wundert es mich doch, dass es da noch einen altmodischen Hausschlüssel gibt«, konnte Oke es nicht glauben. »Da hätte ich jetzt eine Pin-Sicherung, vielleicht sogar Augen- oder Fingerabdruckscan erwartet.«

»Hat uns zwar auch gewundert«, stimmte der Leiter der Spurensicherung zu, »aber dafür hatte der Tote einen kopiersicheren Hausschlüssel in der Tasche, mit dem wir ins Haus konnten. Irgendwas wird er sich dabei ja gedacht haben.«

»Fragen können wir ihn dazu aber jetzt auch nicht mehr«, blitzte bei Rita der manchmal etwas bissige Schalk auf.

»Wie auch immer, nochmal zu den durchsuchten Schränken«, schaltete Bert sich ein. »Vielleicht ist Meite Hansen nach der Tat nach Hause gefahren und hat auf die Schnelle nach irgendetwas gesucht, bevor sie abgehauen ist. Wir werden gleich nach unserem Meeting den Haftbefehl für sie beantragen und sie zur Fahndung ausschreiben. Sören, konntet ihr noch weitere Hinweise finden, die mit dem Tatvorgang in Verbindung stehen?«

»Also, Bert, deine Vermutung, dass Meite Hansen noch auf die Schnelle etwas gesucht hat, klingt plausibel«, bestätigte Sören.

»Sie wird auch einen Schlüssel zum Haus gehabt haben. Vielleicht war die Haustechnik auch noch gar nicht angeschlossen gewesen. Obwohl es so aussah, dass da ein großer PC neben dem Schreibtisch im Büro gestanden hätte, wie ich schon sagte. Dort befand sich nämlich auch ein großer Bildschirm, dessen HDMI-Kabelanschluss bis zum Platz für den Computer verlegt war. Auch die Tastatur und die Funk-Maus standen so dort, als wären sie gerade noch benutzt worden. Jedenfalls waren sie nicht ausgeschaltet.«

»Ich könnte mir aber keinen Grund vorstellen, warum Meite Hansen ausgerechnet den PC mit auf die Flucht nehmen sollte. Es würde zudem auch nicht erklären, was sie in den Schränken gesucht hat«, hatte die Kommissarin Einwände.

»Auch für uns noch ungeklärte Fragen, Nina«, bestätigte der Forensiker, um dann fortzufahren: »Sonst war im Haus nichts besonders auffällig. Fingerabdrücke und DNA-Spuren befinden sich noch in der Auswertung. Dies gilt auch für die sonstigen Spuren, die wir im Wohnmobil des Toten aufgenommen haben. Zweifelsfrei konnten bisher nur die Fingerabdrücke des Toten, der beiden Roadies und von Carmen Niehus zugeordnet werden. Von dieser fanden wir übrigens wirklich nur Fingerabdrücke an der Außentürklinke des Mobils.«

»Womit sie als Tatverdächtige aber noch nicht aus dem Rennen ist«, unterbrach ihn Nina. »Wie sich gestern bei der Zeugenbefragung herausstellte, hätte sie nämlich durchaus ein Motiv und darüber hinaus für die Tatzeit kein Alibi. Sie sagte, sie wäre gegen dreiundzwanzig Uhr von der Strandfete nach Hause gekommen und hätte dort die Nacht alleine verbracht.«

»Forensisch liegen uns derzeit allerdings keine Erkenntnisse vor, die für Carmen Niehus als Täterin sprechen würden. Außer den Blutspuren an ihren Latexhandschuhen, für die es aber eine plausible Erklärung gibt«, gab Sören zu bedenken. »Aber in Bezug auf das Messer gibt es noch eine Ungereimtheit. Es sah so aus, als wäre versucht worden, die Klinge am T-Shirt des Toten abzuwischen, wodurch die Blutspuren auf der Klinge selbst sehr verwischt sind. Auch Spuren auf dem Shirt scheinen diese Annahme zu untermauern. Eine logische Erklärung dafür konnten wir nicht finden. Nach der Lage des Messers neben der Leiche hätte man eher darauf schließen können, dass das Messer nach dem Stich wieder herausgezogen und einfach fallen gelassen wurde. So sah es fast wie abgewischt und hingelegt aus.«

»Und was hat sich bei den beiden Freunden des Toten ergeben?«, wollte Bert wissen.

»Die hatten sich ja sogar von uns freiwillig erkennungsdienstlich erfassen lassen, wodurch wir über Referenzwerte verfügten«, bemerkte der Leiter der Spurensicherung.

»Sören, das hatten wir ihnen vorgeschlagen, damit sie ihren guten Willen zur Kooperation zeigen und als Täter ausgeschlossen werden können«, unterbrach ihn Nina.

»Also, dann hat das schon mal funktioniert, so wie es aussieht. Jedenfalls lässt sich eine Tatbeteiligung der beiden forensisch nicht belegen. Weder im Campingwagen noch im PKW oder an der Kleidung der Männer konnten wir Blut des Toten nachweisen. Für eine Durchsuchung der Wohnungen der beiden haben wir daher auch keine Veranlassung gesehen.«

»Womit die Roadies aller Wahrscheinlichkeit nach aus dem Rennen sind«, stellte Bert fest. »Sören, gibt es sonst noch etwas?«

»Ja, ein sehr merkwürdiger SMS-Austausch auf dem Handy des Toten am Donnerstagabend etwa gegen neunzehn Uhr dreißig. Um die Zeit ging eine SMS von einer Prepaidhandy-Nummer ein. Da stand nur: ›Heute Termin!!!? Meine Geduld hat Grenzen!!!‹ Carsten hat darauf geantwortet: ›Bleib entspannt, Päckchen liegt zu Hause. Mache heute Strandfete in Neu..siel. Übrigens, du weißt, was ich weiß, also keine Aktionen!‹«

»Klingt ja fast so wie eine Konversation zwischen Drogendealern«, stellte Nina fest.

»Haben wir auch gedacht. Aber dazu konnten wir keinerlei Hinweise finden, wenn man mal davon absieht, dass sowohl im Wohnmobil des Toten als auch im Campinganhänger der Roadies Haschisch konsumiert wurde. Einige Gramm davon fanden wir in der Tasche eines der beiden Freunde. Aber weder beim Toten noch in seinem Wohnmobil. Dafür natürlich wie immer jede Menge DNA-Spuren, an den Gläsern, im Aschenbecher, Haare unmittelbar am Tatort, und natürlich aus Bett und Bad. Die DNA-

Auswertungen werden allerdings noch etwas länger dauern. Das wäre es dann erst einmal von meiner Seite.«

Bert beendete daraufhin das Meeting und wollte gerade mit Nina in sein Büro gehen, um den Haftbefehl für Meite Hansen zu beantragen, als ihnen ein uniformierter Kollege eine Mappe brachte. »Das soll ich Ihnen von der Verkehrsüberwachung bringen. Es hat in der Nacht von Donnerstag auf Freitag einen schweren Autounfall auf der B 72 kurz vor Wittmund gegeben. Eine junge Frau ist mit hoher Geschwindigkeit auf gerader Strecke von der Straße abgekommen und gegen einen Baum geprallt. Das Fahrzeug hat sofort Feuer gefangen. Sie hat ganz großes Glück gehabt, dass zwei junge Männer Zeugen des Unfalls wurden und sie sofort aus dem brennenden Wagen ziehen konnten, bevor der Tank explodierte.«

»Heißt die Frau Meite Hansen?«, hatte Nina eine Eingebung.

»Ja. Es hat einige Zeit gedauert, bis wir den Namen der Frau herausgefunden hatten. Ihre Papiere sind wohl im Auto verbrannt und in der Tasche ihrer Shorts befand sich nur ein Prepaidhandy. Wir haben dann das übliche Programm ablaufen lassen. Über das Kennzeichen kamen wir an ihren Namen und ihre Meldeadresse. Kollegen sind dahin gefahren. Durch die Türschilder stellte sich heraus, dass sie wohl noch bei ihren Eltern wohnt. Da war aber niemand zu Hause. Erst als zufällig einer unserer Kollegen mitbekam, wer das Unfallopfer war, hat er uns darauf aufmerksam gemacht, dass Meite Hansen seit einiger Zeit mit dem toten DJ Carsten Kröger zusammenlebte. Deswegen bin ich hier.«

»Und was ist jetzt mit der Unfallfahrerin?«, wollte Bert wissen.

»Die wurde noch in der Nacht wegen einer schweren Kopfverletzung vom hiesigen Krankenhaus nach Oldenburg verlegt. Finden Sie alles in der Akte. Sie hatte übrigens einen Alkoholpegel von über ein Promille. Es steht auch noch nicht fest, ob sie überhaupt durchkommt. Übrigens hat sich der Arzt bei uns gemeldet, der in der Nacht die Unfallaufnahme hier in der Klinik gemacht hat. Er wollte wissen, ob noch eine Person auf dem Beifahrersitz gesessen hatte. Er hätte Blutspuren entdeckt, die er nicht zuordnen könnte. Die Frau war aber, auch nach Zeugenaussagen, bei dem Unfall allein im Wagen.«

Nachdem der Kollege gegangen war, nahmen sich die beiden Kommissare in Berts Dienstzimmer die Akte vor.

»Schlimm, schlimm«, stellte Bert fest. »Und tragisch zugleich. Aber das entbindet sie nicht vom Verdacht, ihren Freund in seinem Wohnmobil getötet zu haben. Die Indizien sprechen eine eindeutige Sprache, wie Sören ausgeführt hat. Also werde ich mich um den Haftbefehl kümmern. Obwohl der dann vorläufig außer Vollzug gesetzt werden muss. Du nimmst bitte mit den Kliniken Kontakt auf. Ist doch schon merkwürdig, der Anruf des hiesigen Arztes bei unseren Kollegen. Und dann müssen wir uns darum kümmern, dass die Eltern informiert werden.«

Nina ging mit der Akte in ihr Dienstzimmer, welches gleich neben Berts lag. Sie überlegte: Wenn Meite ihren Freund erstochen hatte und danach mit ihrem Auto geflohen war, dann wäre es eigentlich sogar sehr wahrscheinlich, dass sie Blutspuren vom Toten an ihrer Kleidung hatte. Dahinter könnte sich auch die Antwort auf die Frage des Arztes verbergen. Deshalb rief sie als Erstes die Nummer dieses Arztes aus der Akte an.

Sie hatte Glück, der behandelnde Arzt hatte gerade in der Klinik Bereitschaft und er konnte sich gut an die junge Frau erinnern. Er selbst hatte die Verlegung nach Oldenburg veranlasst. Nina machte sich sofort auf den Weg in die Wittmunder Klinik, wohl wissend, dass ein Notfall ihre Terminabsprache mit dem Arzt jederzeit durchkreuzen könnte.

Aber auch dort war ihr das Glück hold und der Arzt hatte tatsächlich Zeit für sie. Sie schilderte ihm ihre bisherigen Ermittlungsergebnisse, soweit es für sein Verständnis der Situation erforderlich war.

Als sie fertig war, sagte er: »Sie haben Glück, bei der Verlegung von Frau Hansen sind ihre persönlichen Sachen hier liegen geblieben. Das dürfte zwar nicht passieren, aber wenn Notfälle reinkommen, haben diese Priorität. Und das war der Fall, als Frau Hansen gerade verlegt werden sollte. Da war hier plötzlich die Hölle los. Als der Wagen dann mit ihr bereits nach Oldenburg unterwegs war, entdeckte eine Schwester bei uns in der Ambulanz noch ihre Sachen. Die wollten wir eigentlich dem nächsten Transport nach Oldenburg mitgeben. Aber wenn ich Sie richtig verstanden habe, könnten das ja auch Beweismittel sein, sodass wir Ihnen die Sachen übergeben können.«

Damit hatte die Kommissarin, die sich dafür nur bedanken konnte, nun eigentlich gar nicht gerechnet.

»Ich hatte schon bei Ihren Kollegen angerufen, weil mir bei der Einlieferung der Unfallpatientin etwas Ungewöhnliches aufgefallen war«, fuhr der Arzt dann fort. »Sie hatte an der linken Schädelseite eine schwere Kopfverletzung, vermutlich weil sie damit an den Türholm der Fahrertür geschlagen war. Bei älteren Autos sind diese Metallteile oft nur mit einer dünnen Kunststoffschicht überzogen. Ihr Shirt ist an der linken Schulter daher auch stark mit Blut getränkt. Aber dieses Kleidungsstück wies auch auf der rechten Seite direkt am Hals und oben auf der Schulter mehrere frische Blutspuren auf, so als wäre Blut darauf getropft. Dort hatte sie aber keinerlei entsprechende Verletzungen. Daher vermutete ich, dass noch jemand bei ihr im Wagen gesessen haben könnte. Das konnten Ihre Kollegen aber nicht bestätigen. Damit war für mich die Angelegenheit eigentlich schon erledigt. Die Sachen von Frau Hansen lasse ich Ihnen herbringen.«

»Vielen Dank«, sagte Nina. »Dann können sich gleich unsere Forensiker damit beschäftigen. Bin mal gespannt, was die Kollegen herausfinden werden.«

Nach dem Gespräch mit dem Arzt fuhr Nina auf dem Rückweg zur Dienststelle spontan zur Adresse von Meites Eltern. Auch hier hatte sie wieder Glück. Beide waren gerade von einem zweitägigen Verwandtenbesuch nach Hause gekommen. Da sich ihre Tochter überwiegend bei ihrem Freund aufhielt, hatten sie Meite natürlich nicht vermisst und waren entsetzt, als sie vom Unfall erfuhren. Noch mehr geschockt waren sie, als Nina ihnen mitteilte, dass die junge Frau im Zusammenhang mit dem Tod ihres Freundes im Wohnmobil in Neuharlingersiel schon von der Polizei gesucht worden war. Die Mutter konnte sich überhaupt nicht vorstellen, dass ihre Tochter damit in irgendeinem Zusammenhang stehen könnte. Allerdings stimmten sie zu, dass die Spurensicherung sich Meites Zimmer in ihrem Elternhaus anschauen konnte.

Nach dem Besuch bei den Eltern brachte Nina die Sachen der Verunglückten sofort zu Sören und seinen Leuten und informierte ihn über das Gespräch mit den Eheleuten Hansen. Die Spurensicherung hatte neben dem von Bert beantragten Haftbefehl auch bereits einen Durchsuchungsbeschluss für das gemeinsam bewohnte Haus des Toten und auch Meites Meldeadresse im Haus ihrer Eltern vorliegen. Obwohl die Durchsuchung im Haus des Toten ja wegen der Dringlichkeit bereits durchgeführt worden war.

Nachdem Nina auch Bert informiert hatte, versuchte sie in der Klinik in Oldenburg mit einem verantwortlichen Arzt zu sprechen. Als sie schließlich jemanden dran hatte, berief der sich aber auf seine Schweigepflicht. Sie konnte nur herausbekommen, dass Meite Hansen zurzeit noch nicht ansprechbar war, was ihr im Moment auch erst einmal genügte.

Es war Zeit für ein kleines Besprechungskäffchen bei Bert, um sich gegenseitig auf den aktuellsten Sachstand zu bringen.

»Der Staatsanwalt ist bereits informiert. Der Haftbefehl ist zwar beantragt, wird aber aufgrund des Gesundheitszustandes der Verdächtigen gleich wieder außer Vollzug gesetzt werden«, informierte Bert seine Partnerin. »Jedenfalls können wir uns die Fahndung sparen. Meite Hansen wird uns im Moment garantiert nicht davonlaufen. Nach unseren bisherigen Erkenntnissen bin ich davon überzeugt, dass der Fall im Grunde schon so gut wie gelöst ist.«

Bevor Nina antworten konnte, meldete sich Sören telefonisch bei Bert. Dieser schaltete den Lautsprecher ein, sodass Nina gleich mithören konnte.

»Das Blut auf der rechten Schulter des Shirts ist eindeutig von Carsten Kröger«, informierte Sören. »So wie es aussieht, stammt das Blut aus seiner Nase. Unsere Leute untersuchen es gerade auf Schleimspuren, um diese Annahme zu untermauern.«

»Und das Blut von der linken Schulterseite?«, wollte Nina wissen.

»Wir gehen nach der Aussage des Arztes in der Unfallaufnahme davon aus, dass es sich um Meite Hansens Blut handelt. Daher nutzen wir das gerade für eine DNA-Analyse. Damit hätten wir dann einen DNA-Referenzwert der mutmaßlichen Täterin«, antwortete der Forensiker.

»Na bitte, wir haben die Fingerabdrücke auf der Tatwaffe. Offensichtlich hatte das Pärchen eine tätliche Auseinandersetzung, die eskaliert ist. Jetzt fehlt uns nur noch, dass die DNA der Hautpartikel unter den Fingernägeln des Opfers mit der von Meite Hansen übereinstimmt, dann spricht doch nichts mehr dagegen, dass unser Fall gelöst ist«, zeigte sich Bert zuversichtlich.

»Es gibt aber noch etwas«, schob Sören nach. »Wir haben uns das Prepaid-Smartphone von Meite Hansen angeschaut und dort eine interessante WhatsApp-Nachricht gefunden. Eingang war in der Mordnacht drei Minuten nach zwei Uhr. Es ist ein als Selfie aufgenommenes Kurzvideo. Es zeigt eine nackte Brust der Filmerin, die rittlings auf einem nackten Mann sitzt. Der Mann ist eindeutig Carsten Kröger. Das Gesicht der Frau ist nicht mit drauf. Ich habe es euch über den internen Messenger weitergeleitet. Die Absender-Handynummer ist in Meites Smartphone unter dem Namen ›Bine West‹ gespeichert. Die Nummer ist nicht erreichbar, das haben wir schon versucht.«

Nachdem sich die Kommissare das Video angeschaut hatten, sagte Bert: »Na bitte, da haben wir ja auch das Motiv. Meite Hansen hat den Eingang eines Videos auf ihrem Handy angezeigt bekommen und ist in den Waschraum des Wohnmobils gegangen, um sich dieses in Ruhe anschauen zu können. Genau, wie die Roadies es berichtet haben. Danach schmeißt sie voller Wut die beiden raus, weil sie tatsächlich was mit ihrem Freund zu klären hat. Da passt doch alles zusammen. Es kommt zu einer Auseinandersetzung des Pärchens, in deren Verlauf sie ihm eins auf die Nase gibt und er versucht sie abzuwehren, ohne selbst zurückzuschlagen. Irgendwie ist es dann eskaliert und sie hat ihn mit dem Messer, welches vielleicht nur zufällig in Reichweite gelegen hat, erstochen. Danach ist sie in Panik geflohen und es kam aufgrund ihres Alkoholpegels zu dem Unfall.«

»Klingt plausibel«, stimmte Sören zu, der immer noch in der Leitung war. »Aber ich frage mich dann: Wer hat das Büro im Haus des Toten durchsucht und eventuell den PC mitgenommen, und vor allem warum? Der Unfall von Meite Hansen fand ja wohl auf dem Weg nach Hause statt, entweder zum Haus von Carsten Kröger oder zu ihren Eltern. Beide Häuser befinden sich in Wittmund und kämen somit als ihr mutmaßliches Fahrziel in Betracht.«

4. Kapitel

»Moin Malte, du musst unbedingt sofort mal herkommen! Ich muss dir was zeigen!« Fokke war in heller Aufregung. Das spürte sein Freund am Telefon sofort.

»Was ist los, Alter? Hast du was über den Tod von Carsten rausgefunden?«, fragte dieser daher nach.

»Ja, es hat was mit Carsten zu tun. Ich weiß nicht, was ich machen soll. Ich brauch dringend deinen Rat und deine Hilfe.«

Kurz darauf stand Malte vor der Tür seines Freundes. Die beiden wohnten als Junggesellen immer noch auf dem Grundstück ihrer Eltern in der gleichen Straße nur wenige Häuser auseinander. Malte bewohnte eine Einliegerwohnung, die seine Eltern früher als Ferienwohnung vermietet hatten. Die Eltern von Fokke hatten einfach für ihren Sohn angebaut, wie es häufig in Ostfriesland gemacht wurde. Natürlich in der stillen Hoffnung, dass dann auch bald ein paar kleine Enkelchen Leben in Haus und Garten bringen würden.

»Komm rein!« Fokke zog seinen Freund ins Haus. Dann schaute er über den großen Garagenvorplatz seines Elternhauses in Richtung Straße. »Ist dir jemand gefolgt?«

»Ey Fokke, sag mal, leidest du jetzt auf einmal an Verfolgungswahn, oder was ist los?«, wollte Malte von ihm wissen.

»Wirst du gleich sehen«, erwiderte der Angesprochene. »Bier?«

»Na klar! Aber mach es nicht so spannend. Oder wirst du jetzt schon paranoid, Alter?« So kannte Malte seinen Kumpel gar nicht. Sonst blieb Fokke eigentlich immer der Coole, der alles im Griff hatte. Es musste also wirklich etwas im Busch sein.

Nachdem die beiden sich in Fokkes Junggesellenküche zugeprostet hatten, nahm dieser ein Smartphone aus der Hosentasche. »Das ist das Prepaidhandy von Carsten«, sagte er.

»Und was machst du damit?«, hakte Malte ungläubig nach, wobei ihm schon was dämmerte. »Hat das was mit euren Spezialtouren zu tun?«

»Hat es. Carsten konnte das doch nicht bei sich im Haus lassen, dann hätte Meite das irgendwann in die Finger bekommen.«

»Ah, verstehe. Ich hab mich da ja rausgehalten. Und jetzt habt ihr Ärger an der Backe, oder?«

»Scheiße, so kann man es auch sagen. Carsten hatte sich verzockt und brauchte Geld. Wenn es ihm in der Nase juckte, dann ließ er nicht locker. Meistens hatte er damit sogar recht. Manchmal sogar 'ne richtige Glückssträhne. Wobei er schon ein cooler Zocker war. Pokerface. Du kennst ihn ja. Aber ein paar Mal hintereinander eben nicht und … jetzt ist die Kacke am Dampfen. Aber hier, lies selbst.«

Fokke hatte das Handy eingeschaltet und eine SMS von Donnerstag, kurz nach neunzehn Uhr, aufgerufen: »Hey Dumpfbacke, wir hatten heute einen Termin! 50 Mille! Heute Abend zehn Uhr letzter Termin! … sonst …« Die Handynummer war unter dem Namen Mr. Spock gespeichert.

»Verdammt! Wusste Carsten davon?«, entfuhr es Malte. »Ich hab ja schon von Anfang an gesagt, lasst diese Scheißzockerei. Aber Carsten immer mit seinem Spruch: ›Das Geld liegt auf der Straße, man muss es nur aufheben!‹ Deswegen habe ich mich rausgehalten. Klingt gar nicht gut!«

»Nein, *ist* nicht gut! Du fragst, ob er davon wusste? Wie sollte er denn davon wissen? Das Handy lag doch bei mir zu Hause und wir waren alle zusammen am Funny Beach.«

»Wusstest du denn davon?«, bohrte Malte nach.

»Ich sag doch gerade, als diese Nachricht auf diesem Handy bei mir zu Hause einging, waren wir alle bei der Strandfete in Neuharlingersiel. Hab vorhin nur rein zufällig mal reingeschaut.«

»Ich meine, ob du überhaupt etwas von einer Geldforderung wusstest?«

»Dass er sich verzockt hatte, ja. Ich war ja dabei. Und ich bin mir gar nicht sicher, ob die nicht mit gezinkten Karten nachgeholfen haben. Jedenfalls ging es anfangs nur um ein paar Mille. Donnerstag vor einer Woche waren es dann auf einmal schon fast zwanzig. Und die wollte er in der Firma zu Hause aus der ›Portokasse‹ holen, wie er mir sagte.«

»Portokasse? Er hat doch keinen Versandhandel, bei dem so viel Geld in der Portokasse liegen könnte.«

»Mann, Malte, wie naiv bist du denn? Es gibt nun mal immer noch Gewerbe, wo der Auftraggeber und der Auftragnehmer ein gleiches Interesse haben, nämlich Steuern vermeiden. Allein die Märchensteuer macht doch schon fast zwanzig Prozent aus. Aber wenn ich den Betrag sehe, dann muss Carsten inzwischen nochmal alleine nach Wilhelmshaven gefahren sein. Es hat ihm bestimmt wieder in der Nase gejuckt. Und dann war er nicht mehr zu bremsen. Das todsichere Blatt, wie er es immer nannte.«

»Mann, Fokke, soll das heißen, für Carsten war es das todsichere Spiel, im wahrsten Sinne des Wortes? Meinst du, die haben ihn umgebracht? Aber solche Zockerbuden wollen doch ihr Geld wiederhaben. Von einem Toten ist ja nix mehr zu holen.«

»Die offiziell gemeldeten Betreiber sind eigentlich harmlos. Die wollen nur ihr Geschäft machen«, klärte der Angesprochene seinen Freund auf. »Immerhin kriegen die fünf Prozent, das sogenannte Rake, von jedem Pot. Im Pot liegt das Geld, was bei jeder Spielrunde von den Spielern eingesetzt wird. Wenn da zum Beispiel zweitausend auf dem Tisch liegen, gehen davon einhundert an den Betreiber. Wenn dann zwanzig bis dreißig Pötte in der Stunde an jedem Tisch gespielt werden, kannst du dir ausrechnen, was da eingenommen wird. Bei uns in der Bude haben sie fünf Pokertische, die allerdings nicht immer alle besetzt sind.«

»Du sprichst von offiziell gemeldeten Betreibern. Heißt das, dass da noch andere dahinterstecken und mitkassieren?«

»Carsten wusste da sicher mehr drüber. Aber in unserer Zockerbude in Wilhelmshaven gibt es einen, den sie alle Mr. Spock nennen, von dem gibt es so allerhand Gerüchte. Ein kauziger Typ, wenn du den schon siehst, kriegst du eine Gänsehaut. Stell dir den Hexenmeister Catweazle zwei Meter lang, mit kurzen grauen Haaren, Ziegenbart und einem hinterhältig stechenden Blick vor. Aber eine wandelnde Festplatte, der Mann. Alles, was der verleiht, hat der im Kopp. Selbst die Zinseszinsen soll der im Kopf ausrechnen. Es wird erzählt, dass er früher mal Aufseher in südafrikanischen Diamantminen gewesen ist. Vor dem haben sie alle eine Menge

Respekt. Carsten meinte, dass der Typ der eigentliche Besitzer von der Zockerbude ist.«

»Aber wie blöd muss Carsten denn sein, dass er sich von dem Geld leiht und dann auch noch den Termin für die Rückzahlung vergisst?«

»Ich wusste nichts von Carstens Termin am Donnerstag, als wir bei der Beachparty waren. Aber ich könnte mir vorstellen, dass ihm der Auftrag am Funny Beach einfach wichtiger war. Als er mich anrief, ob ich beim Aufbau helfen könnte, hat er nur gemeint: ›Zocken fällt aus.‹ Vermutlich hat er sich gedacht, die Geldrückgabe läuft ja nicht davon, aber der Fetenauftrag schon. Zudem hat er mir gesagt, dass sich alle vor Mr. Spock in die Hose machen. Er nicht. Carstens Firma hatte mal bei dem zu Hause die Alarmanlage und spezielle Haustechnik zu verlegen.«

»Und da hat Carsten bei Mr. Spock ein paar Leichen im Keller gefunden, oder?«

»So ungefähr. Was Genaues weiß ich natürlich nicht. Jedenfalls meinte Carsten: ›Der muss bei mir ganz schön vorsichtig sein. Wenn ich will, ist der schneller im Knast, als der husten kann.‹ Deswegen hatte er sich nicht zum ersten Mal Geld zum Weiterzocken bei dem geliehen. Hat wohl auch immer problemlos funktioniert. Ich hab mir immer ein Tageslimit gesetzt und bin dann ausgestiegen. Aber bei Carsten entschied das seine juckende Nase.«

»Oh Mann, Fokke. Das darf doch alles nicht wahr sein! Jetzt brauch ich einen Single Malt.« Nachdem beide einen ordentlichen Schluck genommen hatten, fuhr er fort: »Kamen denn noch weitere Nachrichten von Mr. Spock?«

»Eben nicht. Deswegen habe ich ja auch so einen Schiss, dass der Typ Carsten auf dem Gewissen hat. Der weiß, dass Carsten nicht mehr lebt, sonst hätte er doch bestimmt noch weitere Nachrichten geschickt. Und dann bin ich vielleicht der Nächste, weil ich von dem Leihgeschäft wusste, ich war ja schließlich mit dabei. Auch wenn es, als ich dabei war, nur um ein paar Mille ging.«

»Dass dieser Typ Carsten umgebracht hat, glaube ich einfach nicht. Wie soll er dann noch an sein Geld kommen? Und ich glaube auch nicht, dass Carsten fünfzig Mille in seinem Wohnmobil dabeihatte. Aber was könnte in der Nachricht hinter ›… letzter Termin!‹ das ›… sonst …‹ bedeuten? Das klingt nicht nur wie eine versteckte Drohung. In meinen Augen ist das eine!«

»Ist es!«, bestätigte Maltes Freund und schenkte nochmal kräftig Whiskey nach. »Es kam immer wieder mal vor, dass jemand seine Spielschulden nicht begleichen konnte. Davon hörte man nur unter vorgehaltener Hand, wenn du weißt, was ich damit meine. Dann hatte der Schuldner plötzlich ein Foto von seinem Kind auf dem Weg zur Schule oder zum Kindergarten oder von seiner Frau oder Freundin beim Einkaufen im Supermarkt im Briefkasten. Mehr nicht. Jeder wusste, was damit gemeint war.«

»Ist denn auch mal was passiert? Denn nicht jeder wird gezahlt haben. Mancher konnte vielleicht auch gar nicht zahlen«, wollte es Malte ganz genau wissen.

»Carsten sagte mal zu mir, dass sich Mr. Spock vorher genau über jeden Zocker, dem er Geld leiht, informiert zu haben scheint. Denn nicht jeder bekam von ihm Kredit. Also, wenn einer nicht gezahlt hat, dann lag es wohl nicht am Können, sondern eher am Wollen. Carsten hat auch immer erst einmal versucht, die Spielschulden durch Gewinne wieder reinzuholen. Wir haben zwar über sowas nicht gesprochen, aber wenn er von Portokasse sprach, dann hatte da ja sicher auch sein Vater die Hand mit drauf und Carsten hätte Erklärungsbedarf gehabt.«

»So gesehen ganz sicher. Aber jetzt nochmal, ist denn schon mal was passiert?«, bohrte Malte weiter nach.

»Soll wohl. Das Kind eines Spielers wurde auf dem Fahrrad von einem Auto angefahren und schwer verletzt. Fahrerflucht! Er soll dann doch gezahlt haben. Aber alles nur Gerüchte, Malte.«

»Klingt aber plausibel. Von solchen Sachen habe ich auch schon gehört. Dann hätte es Mr. Spock doch aber wohl eher auf Meite abgesehen, um Carsten unter Druck zu setzen. Es sei denn, der hat ihm gedroht, mit dem, was er über ihn weiß, zur Polizei zu gehen. Dann wäre das natürlich ein Mordmotiv und würde auch erklären, warum Carsten umgebracht wurde, obwohl das Geld für den Typen dann ja verloren wäre.«

»Daran hab ich auch schon gedacht. Vor allem, wo ist Meite überhaupt? Auch auf ihrem Handy meldet sie sich nicht. Am Ende hat der Typ Carsten kaltgemacht und Meite wurde von ihm als Nachschub für irgendein Edelbordell verkauft, um doch noch an sein Geld zu kommen. Se is ja een mooi Wicht. Nicht, dass sie sich inzwischen auf dem Weg nach Osteuropa oder sonst wohin befindet.«

»Noch mehr ein Grund, sofort die Polizei zu informieren. Fokke, stell dir mal vor, Meite in der Hand solcher Verbrecher, und wir vertrödeln hier unsere Zeit!« Malte wollte schon zu seinem Handy greifen.

»Halt, Malte! Das war doch nur mal laut nachgedacht. Wahrscheinlich ist Meite inzwischen bei ihren Eltern zu Hause und kann im Moment nur nicht an ihr Handy gehen. Bei den Eltern wollte ich aber nicht anrufen. Gibt nur dumme Fragen.«

»Kann ja sein. Wir müssen doch auch weder mit Meite geschweige denn ihren Eltern sprechen, bevor wir die Polizei einschalten. Das eine hat doch mit dem anderen gar nichts zu tun. Hier geht es doch nur um Carstens Zweithandy mit Informationen für die Kripo über ein mögliches Motiv und vielleicht sogar eine wichtige Spur. Sollte aber Meite doch etwas passiert sein, dann müssen wir uns hinterher keine Vorwürfe machen. Also, Alter, was hindert dich daran, mit dem Handy zur Polizei zu gehen?«

»Da gibt es eine Menge Gründe. Erstens kennst du Mr. Spock nicht. Ich fürchte, der geht wirklich über Leichen im wahrsten Sinne des Wortes. Zweitens muss doch nicht überall publik werden, dass Carsten gezockt hat, insbesondere bei seinen Eltern und Meite nicht. Drittens: Was glaubst du denn, wenn das mit der ›Portokasse‹ irgendwie rauskommt, was das für Carstens Vater für ein Problem werden könnte? Carsten hat mal angedeutet, dass es sich dabei um Geld aus Aufträgen handelt, die sie unter der Hand gemacht haben. Und viertens: Was meinst du, wie schnell Anwälte von Mr. Spock aus den Polizeiakten herausgefunden haben, dass ich mit dem Handy zur Polizei gegangen bin? Da kann ich mir gleich einen Strick nehmen und mich erschießen.«

»Vor einigen Jahren hätte ich im jugendlichen Leichtsinn gesagt: Alter, wir nehmen die Sache selbst in die Hand und rücken denen mit einem Rollkommando hartgesottener Oostfreesen mal auf die Bude. Aber ich glaube, heute wäre das keine gute Idee. So wie ich das sehe, hilft für dich im Moment nur Ruhe bewahren. Der Typ weiß doch gar nicht, dass du Carstens Smartphone hast. Dass du mit ihm zusammen in der Zockerbude warst, sagt doch nichts aus. Jedenfalls, selbst wenn Mr. Spock nach dem Handy suchen sollte oder vielleicht nach dem Geld, dann doch bestimmt nicht bei dir. Könnte höchstens sein, dass er sich bei dir meldet und dich fragt, ob du was darüber weißt. Also, Fokke, bleib ganz cool!«

»Kann schon sein, dass du recht hast. Aber ich stell mir gerade vor, der würde bei Carsten zu Hause suchen. Dann wäre doch noch eher Meite in Gefahr als ich«, ließ es Fokke keine Ruhe. Seine Gedanken schienen Karussell zu fahren. »Aber ich darf gar nicht drüber nachdenken, wenn was mit Meite wäre und wir hätten es verhindern können. Wir würden doch beide unseres Lebens nicht mehr froh. Das mit Carsten ist schon schlimm genug. Aber wir haben die Handynummer von dem Kommissar. Ich werde mal nachfragen, ob Meite aufgetaucht ist, weil ich sie auf ihrem Handy nicht erreichen kann. Von Carstens Prepaidhandy muss ich ja nix sagen.«

»Mensch, gute Idee! Dann müssen wir uns in Bezug auf Meite keine Sorgen machen. Und sollte sie wirklich verschwunden sein, können wir immer noch überlegen, was wir machen.«

Fokke hatte Kommissar Linnig sofort in der Leitung. Von diesem erfuhren die beiden Freunde, dass Meite in der Nacht zum Freitag auf dem Heimweg einen schweren Autounfall gehabt hatte und in Oldenburg in einer Klinik im Koma lag. Weitere Details hatte ihnen der Kriminalist nicht sagen können oder wollen.

Diese Nachricht mussten die beiden erst einmal mit einem neuen Drink verdauen. Nur gut, dass Wochenende war, denn schon jetzt zeichnete sich ab, dass es wieder eine lange Nacht für die beiden werden würde.

»Malte, was meinst du, ob Mr. Spock dahintersteckt?«, machte sich Fokke Sorgen.

»Also, wenn Meite noch in der Nacht nach Hause gefahren ist, brauchte die keinen Mr. Spock, der sie von der Straße drängt. Die war doch mindestens genauso gaga wie wir. Da muss richtig was abgegangen sein, nachdem sie uns rausgeschmissen hat. Und ich hab noch gedacht, die hat es heute aber nötig. Aber so kann man sich irren.«

»Hatte ich doch schon den Polizisten gesagt, irgendwie war sie sauer. Sie hätte was mit Carsten zu klären. Das klang nicht nach ›Ich hab's nötig‹«, fühlte sich Fokke bestätigt. »Aber jetzt hoffe ich, dass es ihr bald wieder besser geht! Jedenfalls wurde sie nicht gekidnappt und wir können das mit dem Zweithandy von Carsten für uns behalten. Wir müssen ja keine schlafenden Hunde wecken.«

***

Der E-Klasse-Mercedes des Elektromeisters Hans Kröger rollte in Richtung Oldenburg. Typischer ostfriesischer Landregen wurde durch Windböen gegen die Scheiben des Wagens gepeitscht. Was sich zusätzlich auf die drinnen herrschende gedrückte Stimmung legte. Eltern wollten zu ihren Kindern. Theda und Hans Kröger hatten einen Termin bei Dr. Rabe in der Rechtsmedizin, und Meites Eltern, Frauke und Hinnerk Hansen, wollten ihre immer noch im Koma liegende Tochter auf der Intensivstation in der Oldenburger Klinik besuchen.

Die beiden Ehepaare waren schon seit vielen Jahren befreundet. Auch Meite und Carsten hatten sich schon seit der Jugendzeit gekannt, aber da Meite acht Jahre jünger war, hatte es erst in diesem Jahr zwischen den beiden gefunkt. Und wie das manchmal bei befreundeten Eltern so ist, hatten diese gehofft, dass ihre Kinder in absehbarer Zeit in den Hafen der Ehe steuern würden. Und dann dieses jähe tragische Ende. Für die Insassen des Wagens ein Schock. Aber sowohl die Krögers als auch die Hansens waren davon überzeugt, dass Meite nichts mit Carstens Tod zu tun hatte.

Das hätte sich eigentlich niemand, der sie gut kannte, ernsthaft vorstellen können. Obwohl Meite durchaus impulsiv sein konnte, war sie aber doch immer ein sehr liebreizendes und freundliches Kind gewesen. Diesen Charakter hatte sie sich auch als junge Frau bewahrt. Beide Elternteile wussten, dass Meite ihren Carsten über alles in der Welt liebte. Sie war überglücklich gewesen, als er endlich nicht nur die kleine Tochter der Freunde seiner Eltern in ihr sah. Deswegen hatte es auch gar nicht lange gedauert, bis sie mehr oder weniger bei ihm in seinem gerade erst neu gebauten Haus eingezogen war.

Für die Eheleute Hansen, die beide als Verwaltungsangestellte in der Wittmunder Kreisverwaltung tätig waren, war Carsten als Elektromeister und Compagnon seines Vaters in einem renommierten Handwerksbetrieb eine sehr gute Partie für ihre einzige Tochter. Auch daher hatten sie diese Verbindung sehr begrüßt. Natürlich war ihnen schon aufgrund der freundschaftlichen Verbindung zu Carstens Eltern nicht verborgen geblieben, dass der Sohnemann schon so einige Liebschaften hinter sich hatte. Hinnerk pflegte dann immer zu seiner Frau zu sagen: »Mein Gott, Frauke, Carsten ist ein gut aussehender junger Mann, der sich die Hörner abstoßen muss. Besser vorher als nachher in der Ehe.« Ähnlich hatten es wohl auch die Eltern des Toten gesehen.

Sie hatten sich aufgrund ihrer engen Freundschaft entschlossen, gemeinsam nach Oldenburg zu fahren, obwohl Meites Eltern inzwischen von dem Verdacht und dem nur vorläufig ausgesetzten Haftbefehl gegen ihre Tochter erfahren und auch mit ihren Freunden ganz offen darüber gesprochen hatten. Aber irgendwie schien doch auf einmal dieser Verdacht unausgesprochen wie eine unsichtbare Wand zwischen ihnen zu stehen. Ob sie jetzt auch zusammen nach Oldenburg unterwegs gewesen wären, wenn sie von dem Sex-Video auf Meites Handy gewusst hätten? Davon hatte die Kommissarin bei ihrem Besuch aber nicht gesprochen. Nur davon, dass Meite wohl die Letzte gewesen sei, die Carsten noch lebend gesehen hatte. Auch die Umstände, die zu dem schweren Autounfall geführt hatten, würden für gewisse Verdachtsmomente sprechen, die es aufzuklären gelte, so die Kommissarin.

Die beiden Ehepaare wurden schon von Dr. Rabe in der Rechtsmedizin erwartet. Er führte sie, nachdem er von deren freundschaftlichem Verhältnis erfahren hatte, gemeinsam zu dem Toten. Es dauerte eine ganze Weile, bis alle vier ihre Gefühle wieder unter Kontrolle hatten. Hans wollte wissen, wann sein Sohn zur Beerdigung freigegeben werden würde. Dr. Rabe informierte ihn, dass das in der kommenden Woche entschieden und er entsprechende Mitteilung erhalten werde.

Danach fuhren sie zur Klinik, wo sie bereits erwartet wurden. Meite war vor zwei Stunden aufgewacht und wollte dringend ihre Mutter sprechen. Das Krankenhaus hatte auch schon bei den Hansens zu Hause angerufen und eine Nachricht auf dem AB hinterlassen. Da Meite noch auf der Intensivstation der Klinik lag, durften allerdings nur die Eltern zu ihr.

Theda und Hans mussten zu ihrem Bedauern draußen warten. Dabei hätten sie doch gerne von Meite erfahren, was passiert war. Für die beiden schien es auf einmal, als ob das Leben zu Ende wäre. Der einzige Sohn tot. Theda hatte schon mit dem Gedanken gespielt, ihrem Sohn nachzufolgen. Die Liebe zu ihrem ahnungslosen Mann hatte sie dann aber doch davon abgehalten.

Frauke und Hinnerk Hansen wurden zunächst vom leitenden Arzt darüber informiert, dass Meite noch nicht wusste, dass ihr Freund tot war. An das Unfallgeschehen konnte sie sich nicht erinnern. Aber über irgendetwas wollte sie unbedingt nur mit ihrer Mutter sprechen. Sie hatte wohl noch Glück im Unglück gehabt. Der vom Unfallarzt in Wittmund zunächst befürchtete Schädelbasisbruch hatte sich nicht bestätigt und es war auch kein Blutgerinnsel im Gehirn entstanden. Aber ein schweres Schädelhirntrauma und die Verletzungen durch den Sicherheitsgurt des Autos waren schon schlimm genug. Dann begleitete der Arzt die Hansens zu ihrer Tochter.

»Mien sööt Wicht, wat hest blot daan?«, stürzte Frauke mit Tränen in den Augen an das Bett ihrer Tochter. Sie war ein sehr mütterlicher Typ mit einer herzlichen Ausstrahlung. Schminke und Haarfärben kam für sie nicht in Betracht, auch wenn ihre braunen Haare bereits graue Strähnen aufwiesen.

»Herr Hansen, ich glaube, wir sollten die beiden Frauen jetzt erst mal alleine lassen«, sagte der Arzt und zog den Angesprochenen zur Tür hinaus. An Meites Mutter gewandt sagte er dann noch: »Frau Hansen, wenn Sie Hilfe brauchen, drücken Sie den Alarmknopf am Bett.«

Frauke hatte sich einen Stuhl herangezogen und sich neben das Bett ihrer Tochter gesetzt. Sie hielt ihre Hand und beiden liefen die Tränen die Wangen hinunter. Schließlich sagte Meite leise: »Moder, ik mutt di wat vertellen.«

Frauke schoss ein Gedanke durch den Kopf: Würde Meite ihr jetzt etwa gestehen, dass sie Carsten getötet hatte? Wie sollte sie darauf reagieren?

Aber im selben Moment fuhr Meite fort: »Ich glaube, Carsten betrügt mich! Deswegen bin ich ins Auto und wollte zu euch nach Hause. Dabei hätte ich gar nicht mehr fahren dürfen.«

»Wie kommst du denn darauf?«

»Eine Facebook-Freundin hat mir ein Video aufs Handy geschickt, da ist Carsten beim Sex mit einer anderen Frau zu sehen.«

»Hast du ihm das gezeigt? Und was hat er dazu gesagt?«

»Er sagte, dass er weiß, wer das ist, und dass das vor meiner Zeit gewesen wäre.«

»Aber das hast du ihm nicht geglaubt, oder?«

»Nein, eigentlich nicht! Er trifft sich angeblich jeden Donnerstag mit seinen Freunden Fokke und Malte zu einem Pokerabend. Da könnte er sich auch mit einer Frau getroffen haben. Manchmal holt ihn zwar Fokke dazu ab, aber das kann auch nur Tarnung sein. Die halten doch zusammen wie Pech und Schwefel. Am letzten Samstag musste Carsten auf einmal ganz überraschend zu einem Pokerturnier und kam erst Sonntagmorgen nach Hause. Irgendwie war er ganz komisch. So kannte ich ihn gar nicht. Daher glaubte ich, als ich das Video sah, dass er da bei dieser Frau gewesen ist.«

»Und das hat er bestritten.«

»Ja, Mama! Hat er. Und als ich ihm nicht glauben wollte, hat er mich an den Armen gepackt und wollte mich zu sich ranziehen und auch noch küssen. Damit, meinte er wohl, sei alles wieder gut. Ich hab mich aber gewehrt und ihn weggestoßen. Dabei habe ich ihn unglücklich an der Nase getroffen. Seine Nase ist ja so empfindlich und er bekommt immer gleich Nasenbluten. Jedenfalls bin ich dann raus und in mein Auto. Ich wollte nur noch weg von ihm. Aber ich habe vorhin, bevor ihr kamt, nochmal drüber nachgedacht. Vielleicht stimmte ja doch, was er sagte. Was meinst du? Mit Papa wollte ich darüber nicht reden, der würde ihn doch gleich zur Rede stellen, wie ich ihn kenne. Was hat Carsten euch denn erzählt, warum ich ihn nachts betrunken verlassen habe?«

»Gar nichts, Meite.« Frauke suchte nach Worten, wie sie ihrer Tochter schonend beibringen konnte, dass Carsten tot war.

»Wie gar nichts?! Der hat noch nicht einmal mit euch darüber gesprochen? Dann wird wohl doch etwas dran sein. Er muss doch irgendwie erklärt haben, warum ich nachts alleine betrunken mit dem Auto abgehauen bin?«

»Meite, es tut mir furchtbar leid, meine Kleine … Carsten kann gar nichts mehr erklären. Er ist tot.«

Meite lag mit ihrem Kopfverband und den Schläuchen kreidebleich und wie versteinert in ihrem Bett, unfähig, etwas zu sagen. Ihre Mutter befürchtete, dass sie das Bewusstsein verlieren und wieder ins Koma fallen würde. Deshalb drückte sie den Alarmknopf. Im nächsten Moment waren der Arzt und zwei Helferinnen zur Stelle. Frauke sagte dem Mediziner, dass sie Meite über den Tod ihres Freundes informiert hatte.

»Frau Hansen, warten Sie einen Moment draußen. Wir werden Ihrer Tochter etwas zur Beruhigung geben«, sagte der Arzt und kümmerte sich um seine Patientin.

Als Frauke zu ihrem Mann kam, waren Theda und Hans gerade in die Cafeteria der Klinik gegangen, um dort zu warten. Frauke informierte ihren Mann über das, was ihre Tochter gesagt hatte. Sie schloss dann mit den Worten: »Wie auch immer, so viel zum Thema Hörner abstoßen, mein Lieber. Ich sag nur Männer!«

»Frauke, du kannst sicher sein, wenn er noch leben würde, hätten wir jetzt ein Gespräch unter Männern und Carsten einigen Erklärungsbedarf«, konnte Hinnerk vor Wut nicht an sich halten.

»Jetzt beruhig dich mal! Das ändert jetzt auch nichts mehr. Genau deswegen wollte Meite erst einmal mit mir alleine sprechen, weil ihr inzwischen auch Zweifel gekommen sind. Vielleicht hatte Carsten mit seiner Behauptung, dass dieses Video vor ihrer Zeit entstanden ist, doch die Wahrheit gesagt. Ich als Frau stelle mir überhaupt die Frage: Was bezweckte die Absenderin dieses Videos? Wahrscheinlich ist sie sogar die Frau auf dem Sex-Video und wollte Meite und Carsten damit auseinanderbringen. Weiß man's?«

Bevor die beiden das zu Ende diskutieren konnten, wurden sie vom Arzt wieder reingerufen. »Ich habe Ihrer Tochter etwas zur Beruhigung gegeben und sie möchte jetzt mit Ihnen beiden sprechen. Sollten Sie nochmals unsere Hilfe brauchen, wissen Sie, wie Sie uns erreichen.« Danach verließ er mit den beiden Helferinnen wieder das Behandlungszimmer.

Nachdem sich auch Vater und Tochter begrüßt hatten, sagte Meite: »Ich kann es nicht fassen! Was ist nur passiert und was soll nun werden? Der Arzt hat mir gesagt, dass ich sogar im Verdacht stehe, Carsten getötet zu haben. Der hatte doch nur mal wieder sein Nasenbluten, weil ich aus Versehen an seine empfindliche Nase gekommen bin, aber ich habe ihm doch nichts angetan. Das müsst ihr mir glauben! Wenn er fremdgeht, wäre das für mich ein Grund, wieder bei ihm auszuziehen, aber doch nicht, ihn umzubringen!« Meite kullerten die Tränen, die ihre Mutter ihr vorsichtig wegtupfte. »Deswegen bin ich ja sogar im besoffenen Kopp Auto gefahren. Ich wollte einfach nur so schnell wie möglich zu euch nach Hause«, fügte sie dann noch schluchzend hinzu.

Frauke und Hinnerk versuchten, mit tröstenden Worten ihrer Tochter Mut zuzusprechen. Aber diese schien jetzt erst nach und nach die ganze Tragweite des Geschehens zu begreifen. »Wie ist Carsten denn überhaupt gestorben?«, wollte sie von ihren Eltern wissen.

»Das wissen wir auch nicht«, sagte ihr Vater. »Das hat uns die Polizistin nicht gesagt. Nur, dass du wohl nach den bisherigen Erkenntnissen – wie sie sich ausdrückte – die Letzte warst, die ihn noch lebend gesehen hat.«

»Ich glaube, es wäre besser gewesen, wenn ich gar nicht mehr aufgewacht wäre!«, verzweifelte die junge Frau.

»Mein Gott, Meite, sag doch so etwas nicht!« Auch ihrer Mutter war die Verzweiflung anzumerken. Wenn sie nur daran dachte, dass ihre Tochter dem Tod gerade noch von der Schippe gesprungen war, nur um dann vielleicht lebenslang unschuldig ins Gefängnis zu müssen. Aber irgendwer musste doch der Mörder sein. Die Kommissarin hatte von einem gewaltsamen Tod gesprochen.

Schließlich schien das Beruhigungsmittel doch seine Wirkung zu tun und Meite konnte ihre Augen nicht mehr aufhalten. Ein Zeichen für ihre Eltern, wenn auch schweren Herzens, sich von ihr zu verabschieden. Sie wollten am nächsten Tag wieder nach ihr schauen.

Auf dem Weg zur Cafeteria fragte Frauke ihren Mann: »Was sagen wir denn nun Theda und Hans?«

»Wir sind Freunde und wir haben ihnen auch erzählt, dass die Polizistin uns sagte, dass Meite verdächtigt wird. Also bleiben wir auch hier bei der Wahrheit.«

Auf der Heimfahrt zeigten sich Theda und Hans geschockt, als sie von dem Sex-Video ihres Sohnes erfuhren. Sie waren sich aber auch sicher, dass das Video vor Meites Zeit entstanden war. Sie wiederholten, dass sie sich auch absolut nicht vorstellen konnten, dass Meite ihren Sohn getötet haben könnte. Hans meinte, das sei schon allein wegen der doch sehr unterschiedlichen Kräfteverhältnisse des Paares kaum vorstellbar.

Sie wussten, dass ihr Sohn gerne Karten spielte, aber davon, dass er sich jeden Donnerstag mit seinen Freunden zum Pokern getroffen hatte, hatten sie keine Ahnung gehabt. Aber woher hätten sie auch davon wissen sollen? Er war ja schon vor einigen Jahren aus dem Elternhaus ausgezogen und hatte bis zum Neubau seines Hauses in einem ihrer Ferienhäuser gewohnt. Dadurch waren Theda und Hans – von Ausnahmen abgesehen – auch nicht mehr über seine Liebschaften informiert gewesen. Ebenso, dass Meite bei ihm so gut wie eingezogen war, hatten sie erst von ihren Freunden Frauke und Hinnerk erfahren.

So gerne Theda auch ihren Sohn noch länger zu Hause gehabt hätte, war sein Auszug ihr damals aber dennoch sehr recht gewesen. Jeden Abend hatte es beim Abendessen und oft auch noch danach nur ein Thema im Haus Kröger gegeben: das Geschäft.

Nachdem Hans die Freunde zu Hause abgesetzt hatte, sagte er zu seiner Frau: »Ich wollte vorhin nichts sagen. Aber als die beiden von den Pokerrunden bei Fokke und Malte sprachen, da kam mir ein Verdacht. Es fehlen etwa fünfzigtausend Euro im Geheimsafe. Außer Carsten und mir kommt doch keiner da ran und außer uns beiden und Carsten weiß ja auch keiner etwas von diesem Safe. Eigentlich hätte ich die Tage Carsten darauf ansprechen wollen. Ich habe es am letzten Donnerstag auch nur dadurch gemerkt, weil ich Geld in den Safe legen wollte. Da fiel mir auf, dass fast alle großen Scheine weg waren, und ich hab das Geld mal grob nachgezählt.«

»Und was, meinst du, hat Carsten mit dem Geld gemacht?« Theda hatte schon so eine Ahnung.

»Du kennst doch seine drei Leidenschaften: Mädchen, Musik und Karten. Für eins davon wird er es ausgegeben haben. Dass er für Meite schon einen Verlobungsring gekauft hat, kann ich mir nicht vorstellen und auch wohl kaum für so viel Geld. Seine Musikanlagen sind technisch auf neuestem Stand. Bleiben also nur die Karten.«

»Wir sollten mal seine Freunde fragen«, schlug Theda vor. »Wenn er sich wirklich jeden Donnerstag mit denen getroffen hat, dann müssten die ja was darüber wissen. Obwohl ...« Theda standen wieder die Tränen in den Augen.

»Obwohl was?«, wollte Hans wissen.

»Obwohl das alles unseren Jungen nicht wieder lebendig macht!«

5. Kapitel

»Meite ist aufgewacht«, informierte Nina ihren Partner, nachdem sie das Telefonat mit der Klinik in Oldenburg beendet hatte. »Und du wirst es nicht glauben, sie *will* sogar mit uns sprechen.«

Es war zwar Sonntag, aber in einem laufenden Fall spielte das für Nina keine Rolle. Und so hatte sie, einer spontanen Eingebung folgend, nach ihrem späten Frühstück, das am Wochenende schon mal zu einem Brunch wurde, auf gut Glück in der Klinik angerufen. Am Montagfrüh wollte sie mit Rita nach Oldenburg fahren, um Meite Hansen zu vernehmen. Seit heute befand sich diese auch nicht mehr auf der Intensivstation und sie hatte nach Aussage des Arztes sogar ausdrücklich darum gebeten, mit der Polizei zu sprechen.

»Clever«, kommentierte Bert, »mal was anderes. Andere verlangen einen Anwalt und hüllen sich gesetzlich legitimiert in Schweigen. Sie tritt offensichtlich die Flucht nach vorne an oder geht nach dem Prinzip vor: Angriff ist die beste Verteidigung.«

»Bert, für dich ist der Fall so gut wie abgeschlossen. Mir ist das alles irgendwie viel zu glatt. Es würde mich nicht wundern, wenn noch ein paar Überraschungen auf uns warten. Ich bin ja mal gespannt, was uns Meite Hansen morgen zu sagen hat.«

»Ich halte mich lieber an die forensischen Fakten. Und die sprechen für mich in diesem Fall wirklich eine klare Sprache. Ich bin sicher, dass uns Sören morgen mitteilen wird, dass die DNA-Spuren unter den Fingernägeln des Opfers von seiner Freundin stammen«, blieb Bert bei seiner Einschätzung des Falles.

»Bei einer wildfremden Person würde mich das mit den DNA-Spuren unter den Fingernägeln überzeugen, Bert. Aber mit Meite Hansen hat er zusammengelebt. Da könnten die Spuren auch zum Beispiel vom einvernehmlichen Sex mit ihr stammen. Was für mich in diesem Fall im Moment nur zählt, sind die Zeugenaussagen und das Video. Selbst die Fingerabdrücke auf der Tatwaffe sind kein Beweis dafür, dass diese beim tätlichen Angriff auf den Toten hinterlassen wurden. Die junge Frau nutzte das Wohnmobil ihres Freundes mit ihm gemeinsam, und das

Messer gehörte zur Küchenausstattung des Wagens. Da könnte es von ihr auch zum Brotschneiden benutzt worden sein.«

»Und wie soll dann das Blut vom Toten an das Messer gekommen sein?«, hatte Bert Zweifel.

»Vielleicht hat der Täter das Messer mit Handschuhen angefasst, als er zugestochen hat. Und wie hatte es Sören im Meeting ausgedrückt? Das Messer wirkte für ihn und seine Leute wie abgewischt und hingelegt. Das hat mich ebenfalls stutzig gemacht. Ich meine, dass wir uns – auch nach der Aussage der Ex-Freundin, Carmen Niehaus – mal mit dem Leben des Toten und seinen weiblichen Fans beschäftigen sollten.«

»Okay, Nina, wenn du dann besser schlafen kannst. Von mir aus. Schaden kann es sicher nicht. Und wie willst du dabei vorgehen?«

»Wenn ich morgen aus der Oldenburger Klinik komme, mache ich vorher telefonisch nochmal einen Termin mit Carstens Mutter. Wenn ich ihr sage, dass sie mir dabei helfen kann, dem Mörder ihres Sohnes auf die Spur zu kommen, wird sie sicher für ein Gespräch offen sein. Danach werde ich noch einmal mit den Freunden reden. Sehr wahrscheinlich wird das aber erst nach Feierabend gehen, weil ja beide berufstätig sind. Eventuell fahre ich auch nochmal zum Kurverein und spreche mit Carmen Niehaus. Zu ihrer seinerzeitigen Konkurrenz hat sie bestimmt auch etwas zu sagen.«

Montagmorgen, es versprach, ein angenehmer Sommertag zu werden. Nina war mit Rita auf dem Weg nach Oldenburg und beide waren schon sehr gespannt auf das Gespräch mit der Verdächtigen. Wie sich während der Fahrt schnell herausstellte, war auch Rita skeptisch, dass Meite Hansen tatsächlich Carsten Krögers Mörderin war. Dabei hatte sie ähnliche Gedanken wie ihre Chefin.

»Schön, dass Sie gleich kommen konnten«, wurden die beiden Polizistinnen von der Verunglückten empfangen, nachdem sie sich vorgestellt und kondoliert hatten. »Ich kann an gar nichts anderes mehr denken als an diesen letzten Tag mit meinem Geliebten. Wir waren so glücklich. Und er hatte sich so gefreut, dass er den Auftrag vom Kurverein für die Strandfete am Funny

Beach in Neuharlingersiel bekommen hat. Dann war es auch noch so ein toller Erfolg. Die Kurgäste, die Surfer und auch die Fußballfans der 96-Fußballschule waren so begeistert«, sprudelte es aus ihr heraus. »Die hätten noch bis Mitternacht weitergemacht, wenn die Frau vom Kurverein Carstens Auftritt nicht nach zweiundzwanzig Uhr beendet hätte.«

»Dem kann ich nur zustimmen«, bestätigte Nina. »Mein Mann und ich sind auch den ganzen Abend dabei gewesen und haben kräftig bei den Hits unserer Jugendzeit mitgesungen. War eine Superstimmung, insbesondere beim Sonnenuntergang. Dabei habe ich zufällig gesehen, wie Sie sich mit Carsten Kröger auf der Bühne in den Armen lagen und sich geküsst haben.«

Bei der Erinnerung an diesen Moment kullerten Meite die Tränen die Wangen hinunter.

Nachdem sich die junge Frau wieder einigermaßen gefangen hatte, kam die Kommissarin auf den Grund ihres Besuches zu sprechen: »Frau Hansen, Sie hatten um das Gespräch mit uns gebeten. Ich denke, dass Sie damit einverstanden sind, dass wir das Gespräch aufzeichnen.«

Als die Angesprochene zugestimmt hatte und das Gerät eingeschaltet war, fuhr die Kommissarin fort: »Ich muss Ihnen als Erstes ganz offiziell mitteilen, dass gegen Sie ein Haftbefehl wegen eines Tötungsdeliktes im Zusammenhang mit dem Tod ihres Freundes, Carsten Kröger, vorliegt. Allerdings ist dieser aufgrund Ihres Gesundheitszustandes bis auf Weiteres außer Vollzug gesetzt. Zu dem Vorwurf können Sie sich jetzt äußern, aber natürlich auch über das, was Ihnen auf der Seele brennt.«

»Der Arzt hatte mich darüber schon informiert. Mit meinen Eltern habe ich auch bereits darüber gesprochen. Aber weder meine Eltern noch ich haben eine Ahnung, wie mein Freund zu Tode gekommen ist. Ich wollte Ihnen einfach nur ganz offen schildern, wie der Abend abgelaufen ist. Inzwischen kann ich mich, bis auf meinen Autounfall, wieder an alles erinnern. Daher weiß ich: Das Einzige, was ich mir habe zuschulden kommen lassen, waren der Alkoholkonsum, die beiden Joints und vor allem, dass ich betrunken Auto gefahren bin.«

»Na, dann erzählen Sie mal«, ermunterte die Kommissarin sie.

»Nachdem Carsten mit seinen beiden Freunden Fokke Kopmann und Malte Berens und mir die Musikanlage verladen hatte, haben wir vier uns in Carstens Wohnmobil zusammengesetzt. Das machen wir immer nach solchen Auftritten. Ja, und dann kommt Hochprozentiges in Form von schottischem Single Malt auf den Tisch, und manchmal macht auch der eine oder andere Joint die Runde.«

»Merkwürdig«, hakte Rita ein. »Soweit ich mit ostfriesischen Trinkgebräuchen vertraut bin, kommt doch normalerweise Bier und Korn und/oder Charly, Cola mit Weinbrand gemischt, auf den Tisch. Und wenn ich es richtig sehe, sind Sie alle vier doch gebürtige Ostfriesen, oder?«

»Das stimmt«, bestätigte Meite. »Das war ein Spleen der drei Freunde, seit einem gemeinsamen Urlaub in Schottland. Damit wollten sie sich wohl von ihren Kumpels abheben und eben etwas Besonderes machen. Deswegen blieben sie aber doch Ostfriesen, die normalerweise auch Bier und Korn konsumierten und auch Charly nicht verschmähen. Es durfte sogar Arbeitercharly sein, mit Korn und Cola. Nur eben bei besonderen Anlässen, wie zum Beispiel nach einem erfolgreichen Bühnenauftritt, dann ging es nicht ohne Single Malt, und das pur. Deswegen brauchten sie den nächsten Tag auch immer zum Ausnüchtern. Ich selbst konnte da natürlich nicht mithalten, hatte aber an dem Abend auch schon einige Gläser getrunken. Ich hätte also auf gar keinen Fall mehr Auto fahren dürfen. Insofern kann ich noch von Glück sagen, dass bei meinem Autounfall außer mir niemand zu Schaden kam.«

»Ihre Einsicht kommt zwar spät, aber schön, dass sie überhaupt kommt«, lobte Nina. »Wie war denn der weitere Verlauf des Abends?«

»Die Jungs besprachen – eigentlich auch wie immer – den Ablauf der Strandfete. Da wird dann diskutiert, was besonders gut war und was man beim nächsten Mal besser oder anders machen sollte. Ich selbst kann aus Mangel an Erfahrung dazu noch nicht so viel beitragen. Ich bin ja erst ein paar Monate mit Carsten zusammen und war noch nicht bei vielen seiner Bühnenshows dabei. Jedenfalls, es muss so gegen zwei Uhr gewesen sein, da ging auf meinem Handy eine WhatsApp ein. Es war ein Video von einer Facebook-Freundin, Bine West, die ich aber nicht persönlich kenne. Das Video zeigt den nackten Busen einer Frau, die wohl als Selfie aufgenommen hat, wie sie beim Sex auf dem ebenfalls nackten unter ihr liegenden Carsten sitzt.«

»Das Video kennen wir«, unterbrach die Kommissarin sie. »Wir haben Ihre Sachen, die Sie beim Unfall getragen haben, und das Handy von der Klinik erhalten. Normalerweise kann Ihnen doch eine Facebook-Freundin nur eine persönliche Nachricht über den Facebook-Messenger schicken, aber nicht als WhatsApp. Dazu braucht der- oder diejenige Ihre Handynummer. Wie hängt das denn zusammen?«

»Ah, dann ist mein Handy doch nicht im Auto mitverbrannt. Okay, aber zu Ihrer Frage: Wie ich an diese Freundschaft auf Facebook gekommen bin, kann ich nicht mehr sagen. Wahrscheinlich hat mir Bine West eine Freundschaftsanfrage geschickt und ich habe diese einfach bestätigt. Wie sie dann an meine Handynummer gekommen ist? Keine Ahnung.«

»Wir haben das geprüft«, informierte Nina Meite. »Diese Frau hat Ihnen schon seit einiger Zeit immer wieder mal etwas geschickt wie Feiertagswünsche oder kursierende Sprüche, sowohl auf Facebook als auch über WhatsApp. Sie haben das meistens nur mit passenden Smilies oder GIFs beantwortet. Irgendwann haben Sie die Handynummer dieser Bine West in Ihren Telefonkontakten gespeichert. Wahrscheinlich schon bei der ersten Kontaktaufnahme der Frau, weil das System WhatsApp Sie dazu auffordert, die Verbindung entweder zu löschen oder zu akzeptieren und zu speichern.«

»Macht man schon ganz automatisch. Daher kann ich auch bei bestem Willen nicht sagen, wie und wann diese Frau bei mir in der Freundschaftsliste bei Facebook oder in meinen Handykontakten gelandet ist.«

»Da sollte man wirklich genauer hinschauen«, belehrte Rita die junge Frau. »Damit gehen heutzutage sehr viele Nutzer viel zu sorglos um. Manchmal verbergen sich dahinter auch Virenprogramme zum Ausspähen der Daten oder zur kriminellen Nutzung von gehackten Facebook- oder Websites.«

»Wohl wahr«, bestätigte die Kommissarin ihre jüngere Kollegin. »Aber wie ging es dann an dem Abend weiter, nachdem Sie das Video auf dem Handy gesehen hatten?«

»Ich ging in das kleine Bad des Wohnmobils, um mir das Video genauer anzuschauen. Aber ich konnte mir es wieder und wieder anschauen. Es war und blieb Carsten, der da in eindeutiger Situation unter dieser Frau lag. Ich muss gestehen, ich war stinksauer und zutiefst verletzt.«

»Hatte Ihr Freund Ihnen denn bis dahin nie einen Anlass gegeben, an seiner Treue zu zweifeln?«, wollte Rita wissen.

»Ich leide nicht gerade an krankhafter Eifersucht. Daher hatte ich mir bisher nie etwas dabei gedacht, wenn er jeden Donnerstagabend zu seiner Pokerrunde bei seinen Freunden ging und manchmal erst gegen Morgen nach Hause kam, zumal er gelegentlich auch von Fokke abgeholt wurde. Außerdem hatte das schon eine längere Tradition, wie Carsten mir mal sagte. Und ich war ja erst ein paar Monate mit ihm zusammen. Aber am Wochenende vor der Strandfete, da musste er am Samstag auf einmal angeblich zu einem Pokerturnier, obwohl davon vorher noch nie die Rede gewesen war. Dann kam er erst am Sonntagmorgen nach Hause und war irgendwie nicht wie sonst. Das Video schien mir auf einmal die Bestätigung dafür zu sein, wo er wirklich gewesen war.«

»Wodurch Ihre Wut sich noch steigerte, oder?«, hakte die Kommissarin ein.

»Das kann ich nicht bestreiten. Ich bin aus der Toilette raus und habe Fokke und Malte zum Gehen aufgefordert, weil ich was mit Carsten zu klären hätte. Wenn ich deren lüsternes Grinsen richtig gedeutet habe, dachten die wohl, dass ich mit Carsten ins Bett wollte. Er selbst wahrscheinlich auch. Dass ich richtig sauer war, haben die in ihren Whiskey vernebelten Gehirnen wahrscheinlich gar nicht mehr realisiert. Als ich ihm das Video zeigte, sagte er nur, dass er ganz genau wüsste, wer das ist. Er behauptete, dass dies vor meiner Zeit aufgenommen worden wäre. Einen Namen wollte er aber nicht nennen. Aber ich musste nur noch an den vergangenen Samstag mit dem angeblichen Pokerturnier denken. Daher sagte ich ihm, dass mit uns Schluss sei, und wollte gehen.«

»Aber offensichtlich sind Sie dann doch noch nicht gegangen, dafür gibt es forensische Beweise«, bohrte Rita nach, die sich fragte, wie Carstens Blut auf Meites T-Shirt gelandet war.

»Ich konnte nicht. Er hielt mich an den Armen fest, wollte mich sogar zu sich ranziehen und küssen. Dagegen hab ich mich gewehrt. Und bei dem Versuch, meine Arme frei zu bekommen, bin ich mit der Hand oder dem Arm gegen seine Nase gekommen. Da ist er sehr empfindlich und diese fing sofort heftig zu bluten an. Trotzdem versuchte er mich immer noch festzuhalten. Da er aber auch schon ziemlich breit war, konnte ich mich schließlich doch losreißen und bin dann zu meinem Auto, das auf dem Parkplatz am Hafen stand. Normalerweise wäre ich gar nicht mit meinem Auto da gewesen, sondern am Vormittag mit Carsten im Wohnmobil zum Strand gefahren. Aber ich musste meine Mutter zu einer Geburtstagsfeier kutschieren und kam daher an dem Abend erst gegen achtzehn Uhr zum Funny Beach. Den Rest kennen Sie.«

»Beim Losreißen ist Ihnen nicht zufällig ein Messer in die Finger gekommen?«, stellte Nina die entscheidende Frage.

»Wieso fragen Sie danach? Wurde Carsten erstochen? Nein, ich habe da kein Messer in die Hände bekommen. Weder zufällig und schon gar nicht geplant. Um an ein Messer zu kommen, hätte ich mich vom kleinen Bad, welches sich beim Schlafabteil im hinteren Teil des Wohnmobils befindet, an der Sitzgruppe mit Tisch vorbei in den Küchenbereich bewegen müssen. Ich stand aber bei der Sitzgruppe vor der Eingangstür mitten im Wagen, als Carsten versuchte mich festzuhalten.«

»Carsten Kröger wurde nach bisherigen Erkenntnissen mit einem großen Küchenmesser erstochen, welches zur Küchenausstattung des Wohnwagens gehört, wie das im Griff eingeprägte Zeichen belegt«, gab Nina Auskunft.

»Ja, das müsste in der Spüle gelegen haben. Damit hatte ich, nachdem wir vom Verladen der Musikanlage kamen, den Jungs ein paar Schmalzbrote gemacht. Sozusagen als Grundlage für das kleine Besäufnis. Das heißt, genauer gesagt habe ich mit dem großen Messer das Brot geschnitten. Die Brote habe ich mit einem normalen Besteckmesser beschmiert, welches sich in der kleinen

Spülmaschine befunden haben muss. Dort müssten Sie auch vier Dessertteller und ein Schneidebrett gefunden haben. Das große Messer wurde von uns immer in der Spüle von Hand gespült, da es nicht in den Besteckkasten der Spülmaschine passte.«

»Frau Hansen, das werden wir mit unserer Spurensicherung klären. Haben Sie sich eigentlich bei Ihren Überlegungen schon mal die Frage gestellt, warum Ihnen diese Frau das Video geschickt hat?«, hakte Nina noch einmal nach.

»Das habe ich in der Tat. Und nüchtern betrachtet gibt es eigentlich dafür nur eine logische Erklärung. Nämlich, dass mein Freund wohl doch die Wahrheit gesagt hat und diese Frau es darauf angelegt hat, Carsten und mich auseinanderzubringen.«

»So könnte in der Tat eine logische Schlussfolgerung aussehen«, bestätigte Nina. »Wenn Sie sonst nichts hinzuzufügen haben, beende ich an dieser Stelle unser Gespräch.«

Meite war anzusehen, dass sie das Ganze sehr angestrengt hatte. Sie war froh, dass sie sich alles hatte von der Seele reden können. Und sie vertraute den beiden Polizistinnen. Bei aller Trauer um den Geliebten ging es hier für sie selbst um Kopf und Kragen. Ein Haftbefehl gegen sie wegen eines Tötungsdeliktes! Und das, obwohl sie wirklich nicht die Täterin war! Was für ein perfides Spiel wurde da im Hintergrund gegen sie gespielt? Dagegen war der Führerscheinentzug, den sie nach ihrer folgenschweren Alkoholfahrt zu erwarten hatte, harmlos und leicht zu verkraften. Nachdem die Polizistinnen gegangen waren, fielen ihr vor Erschöpfung schon bald die Augen zu.

***

Da Rita den Wagen fuhr, konnte Nina auf dem Rückweg nach Ostfriesland über ihr Handy mit der Mutter des Getöteten einen Termin vereinbaren. Wie sie schon erwartet hatte, war Theda sogar sehr daran interessiert, dass die Todesumstände ihres Sohnes möglichst schnell aufgeklärt würden. Das war ihr sogar so wichtig, dass sie einen geplanten Arzttermin absagte.

Theda hatte von ihrer Haushaltshilfe eine Kanne Tee kochen und im Esszimmer drei Teegedecke und eine Schale mit Gebäck vorbereiten lassen. Nina wickelte die Formalien des Gesprächs ab und erhielt die Zustimmung der Hauseigentümerin zur Aufzeichnung.

»Frau Kröger, ich glaube, es gibt nichts Schlimmeres für eine Mutter, als ihr Kind zu verlieren. Ich kann das sehr gut nachvollziehen. Auch ich habe im Dienst bei einem Einsatz mein ungeborenes Kind verloren. Ich weiß also, was Sie im Moment durchmachen. Ich habe zu der Zeit sogar mit dem Gedanken gespielt, den Dienst zu quittieren. Man hat das Gefühl, das Leben sei zu Ende. Aber das Leben geht weiter. Wichtig dabei ist die Verarbeitung des Ganzen. Man will, ja man muss sogar, verstehen können, durch wen, durch was und warum seinem Kind die Chance auf ein erfülltes Leben für immer genommen wurde.«

»Frau Jürgens, Sie sprechen mir voll aus der Seele. Ihnen kann ich es ja sicher vertraulich sagen. Ich hatte sogar schon mit dem Gedanken gespielt, meinem Sohn zu folgen. Zumal wir keine weiteren Kinder haben. Ich konnte es jedoch meinem Mann nicht antun. Für den Verursacher wäre das vielleicht sogar noch eine zusätzliche Befriedigung gewesen. Aber die von Ihnen aufgeworfenen Fragen werden in der Tat immer brennender, auch für meinen Mann. Man will keine Rache, aber zumindest Sühne. Der Täter oder die Täterin muss zur Verantwortung gezogen werden. Wenn ich manchmal im Fernsehen betroffene Angehörige gesehen habe, die nach Gerechtigkeit verlangten, dachte ich mir, das macht den Liebsten auch nicht mehr lebendig. Heute weiß ich: Es stimmt, kein Toter kehrt dadurch wieder ins Leben zurück, aber es ist lebenswichtig für den eigenen Seelenfrieden der Angehörigen!«

»Deswegen ist für uns wichtig zu wissen: Wer aus der Vergangenheit Ihres Sohnes könnte ein Interesse an seinem Tod oder ein Motiv für einen Mord haben?«

»Von unseren Freunden, den Eltern von Meite Hansen, wissen wir, dass ihre Tochter im Verdacht steht, für den Tod unseres Sohnes verantwortlich zu sein. Kann ich aus Ihrer Frage schließen, dass Sie durchaus auch andere Spuren verfolgen? Wobei ich gleich sagen möchte, dass weder mein Mann noch ich uns vorstellen könnten, dass Meite unseren Sohn getötet hat.«

»Sie werden verstehen, Frau Hansen, dass ich Ihnen diese Frage nicht konkret beantworten kann und darf. Aber grundsätzlich kann ich sagen, dass es noch viel zu früh ist, um schon zu einem abschließenden Ergebnis zu kommen. Wir sind mit unseren Ermittlungen erst ganz am Anfang. Dabei geraten natürlich manchmal auch gerade Personen des unmittelbaren Umfeldes schnell in das Visier von uns Ermittlern. Zumal wenn Sachverhalte ins Spiel kommen, die man so oder so deuten könnte. Stimmt es, dass es Ihrem Sohn an Verehrerinnen nicht mangelte?«

»Na ja, welche Mutter hat es nicht gerne, wenn sie feststellt, dass ihr gut aussehender und charmanter Sprössling sich vor Angeboten kaum retten kann. Es war in der Schulzeit schon so, dass ihm die Mädchen die Tür einrannten. Und seit er sich als DJ hier in der Gegend einen Namen gemacht hat, wurde das nicht weniger. Wobei mein Mann und ich davon seit seinem Auszug hier aus dem Elternhaus nicht mehr viel mitbekommen haben. Inzwischen hat Carsten sich ein eigenes Haus gebaut. Auch wenn Meites Einzug bei ihm noch nicht amtlich vollzogen wurde, das heißt mit eingetragenem Wohnungswechsel, gingen wir und ihre Eltern davon aus, dass das mit den beiden was Festes werden könnte.«

»Okay, gab es denn mit irgendwelchen Beziehungen schon mal Ärger?«, bohrte die Kommissarin nach.

»Allerdings, obwohl es im eigentlichen Sinne da gar nicht um eine Beziehung ging«, sagte Theda. »Das ist noch gar nicht so lange her, vielleicht ein halbes Jahr. Da kam ein Kunde sehr wütend ins Geschäft und wollte den Juniorchef sprechen, wie mein Mann mir erzählt hat. Carsten war aber gerade auf einer Baustelle und mein Mann fragte den erregten Kunden, um was es ging. Der sagte, das sei etwas Persönliches. Als mein Mann aber nicht lockerließ, drohte der Kunde: ›Wenn Ihr Sohn nicht seine Finger von meiner Frau lässt, passiert was!‹ Auf weitere Fragen meines Mannes ging er nicht mehr ein, sondern verließ danach wutschnaubend die Firma.«

»Und was sagte Ihr Sohn dazu?«, hakte Rita nach.

»Carsten sagte, dass der Mann ein krankhaft eifersüchtiger Choleriker wäre, der angeblich auch seine Frau schlägt. Er hatte zwar mal im Haus des Kunden eine Reparatur durchgeführt, aber mit der Frau hätte er nichts gehabt. Mein Mann hat sich dann unter unserer Belegschaft umgehört und die bestätigte, dass dieser Mann tatsächlich seine Frau schon krankenhausreif geschlagen haben soll. Aus Angst hätte die aber wohl bisher keine Anzeige erstattet.«

Da Theda den Namen des Kunden nicht wusste, wollte sie ihren Mann bitten, die Daten an das Kommissariat zu melden.

»Sonst fallen Ihnen dazu keine weiteren Begebenheiten ein?«, bohrte die Kommissarin weiter nach. »Vielleicht liegen diese ja auch schon weiter zurück.«

Nachdem Theda einen Moment nachgedacht hatte, sagte sie: »Dass Beziehungen manchmal nicht ohne Tränen auseinandergehen, ist ja mit Sicherheit nichts Besonderes und normalerweise doch auch kein Grund für einen Mord. Daher fällt mir dazu im Moment leider nichts weiter ein.«

Einen Augenblick spielte Theda mit dem Gedanken, die Polizistinnen über Hinnerks Verdacht in Bezug auf das Kartenspielen ihres Sohnes zu informieren. Das verkniff sie sich aber, weil sie unangenehme Fragen befürchtete. Außerdem, wenn Carsten tatsächlich fünfzigtausend Euro an Spielschulden bezahlt hatte, warum sollte ihn dann jemand umbringen?

Nina beendete das Gespräch und machte sich mit Rita auf den Weg zu Malte Berens. Den hatte sie auf der Herfahrt über Handy erreicht. Er war zum Abfeiern von Überstunden zufällig gerade zu Hause. Unterwegs fragte Nina ihre Kollegin: »Sag mal, hattest du auch das Gefühl, dass Frau Kröger uns nicht alles gesagt hat, was sie weiß?«

»Aber sowas von, Nina. Ich möchte wissen, was ihr nach deiner letzten Frage durch den Kopf gegangen ist. Die Leute unterschätzen immer wieder ihre eigene Körpersprache. Daher bin ich absolut davon überzeugt, dass sie uns etwas ganz Wichtiges verschwiegen hat. Die Frage ist nur was und vor allem warum? Körpersprache hin oder her, hinter die Stirn gucken kann man keinem.«

»Wohl wahr. Ich habe jedenfalls das Gefühl, dass das noch nicht unser letztes Gespräch mit Theda Kröger war. Jetzt bin ich mal gespannt, was uns Malte Berens über die Pokerabende sagen kann. Vor allem interessiert mich, was es mit diesem überraschenden Pokerturnier an dem Wochenende vor dem Tod des DJs auf sich hat.«

Bei dem Freund des Toten kam die Kommissarin auch gleich ohne lange Vorreden auf den Punkt: »Herr Berens, Meite hat uns von Ihren wöchentlichen Pokerabenden erzählt. Was können Sie uns dazu sagen?«

»Was soll ich dazu sagen? Wie so ein Kartenspielabend eben abläuft. Mal gewinnt der eine, mal der andere. Man unterhält sich gemütlich und trinkt sein Bier. Anschließend geht man wieder nach Hause. Wir wohnen ja nicht allzu weit auseinander, da kann man nach einigen Bieren auch zu Fuß nach Hause gehen.«

»Sprechen Sie von Pokern?«, wollte Rita es ganz genau wissen. In Osnabrück hatte sie mal an einer Razzia in einer illegalen Zockerbude teilgenommen und kannte sich daher aus.

»Danach haben Sie doch gefragt, oder?«

»Wonach meine Chefin gefragt hat, weiß ich«, belehrte ihn die Polizeihauptmeisterin. »Ich habe Sie gefragt, wovon *Sie* gesprochen haben?«

Man sah Malte seine Verunsicherung an, als er sagte: »Ich weiß nicht, was Sie meinen. Natürlich sprach ich von Pokern, von was denn sonst?«

»Sie sagten: ›... man unterhält sich gemütlich und trinkt sein Bier‹. Gerade bei diesem Kartenspiel ist höchste Konzentration erforderlich«, belehrte ihn die Polizistin. Und Nina, die schon ahnte, in welche Richtung die Reise gehen würde, amüsierte sich über die Fragestellungen ihrer jungen Kollegin, die auch gleich fortfuhr: »Nicht umsonst spricht man bei richtigen Zockern auch vom Pokerface, da ist absolut kein Raum für Smalltalk. Und wenn, dann dient das nur dazu, den Mitspieler abzulenken und zu täuschen. Spielen Sie überhaupt selbst Poker?«

»Was für eine Frage«, fiel Malte im Moment nichts Klügeres ein.

»Ich kann auch konkreter werden: Erläutern Sie uns doch bitte mal den Begriff ›Royal Flush‹. Ich bin sehr gespannt.«

»Royal Flush, äh … Royal Flush …«

»Herr Berens, soll ich Ihnen mal helfen?« Als Malte nickte, fuhr Rita fort: »Als Royal Flush bezeichnet man beim Pokern eine Straße in einer Farbe mit dem Ass als höchster Karte. Aber ich will Sie jetzt hier nicht zum Pokerspieler ausbilden, der Sie mit Sicherheit nie werden wollen, oder sehe ich das falsch?« Malte schüttelte nun den Kopf.

»Also nochmal, Herr Berens, Meite ging davon aus, dass Sie und Ihre beiden Freunde sich jeden Donnerstag zu einem Pokerabend getroffen haben. Zu was habt ihr euch wirklich getroffen? Aber jetzt bitte kein Rumgeeiere mehr! Mensch, Malte, es geht um den Tod eines deiner besten Freunde und nicht darum, dir oder Fokke den Konsum von Dope nachzuweisen, den ihr beide selbst längst eingestanden habt«, wurde Rita jetzt ganz persönlich. »Übrigens, du kannst ruhig Rita zu mir sagen.«

Man sah Malte an, wie es in ihm arbeitete. Er saß eingeschüchtert vor den Polizistinnen. Im Trio seiner Freunde war er nicht nur der Kleinste, er war auch der Zurückhaltendste. Mit seiner blonden Kurzhaarfrisur und seinem freundlichen Gesichtsausdruck wirkte er schon allein optisch nicht wie ein ausgebuffter Zocker. Schließlich gab er sich einen Ruck: »Rita, du hast völlig recht. Es ist so, wie du sagst, ich hab von Pokern keine Ahnung. Das ist, äh, war nur die Baustelle von Carsten und Fokke. Aber ich will doch meine Freunde nicht in die Pfanne hauen.«

»Malte, wen willst du denn nicht in die Pfanne hauen? Carsten? Sorry, aber der hat es leider hinter sich. Fokke? Dass er was mit dem Tod eures Freundes zu tun hat, ist nicht bei uns im Fokus. Also, wen dann?«

»Um ehrlich zu sein, eigentlich wollte Fokke nur Carstens Ruf nicht beschädigen. Rita, du kannst mir glauben, ich wollte euch eigentlich schon längst informieren, habe mich dann aber gefügt und die Klappe gehalten.«

»Ging Carsten also doch fremd? Oder was soll uns das jetzt sagen? Malte, lass dir doch die Wattwürmer nicht einzeln aus der

Nase ziehen!«, konnte Rita nicht an sich halten. Nina war gespannt, was ihre Mitarbeiterin mit ihrer unkonventionellen Verhörmethode zutage fördern würde.

»Also, dass Carsten – im Gegensatz zu Fokke und mir – an jedem Finger zehn hätte haben können, ist ein offenes Geheimnis. Und damit das die Polizei jetzt nicht falsch versteht, Fokke und ich kennen das seit unserer Kindheit nicht anders. Wir haben ihm das nicht geneidet, sondern waren stolz darauf, seine Freunde sein zu dürfen. Und um ganz ehrlich zu sein, manchmal fiel ja auch ein Krümel für uns dabei ab.« Über Maltes Gesicht huschte ein Grinsen und Rita nickte. Sie konnte sich vorstellen, was er meinte.

»Aber wenn Carsten eine feste Beziehung hatte, dann ließ er alle anderen weiblichen Fans abblitzen. Eine feste Beziehung erkannten wir immer daran, wenn er eine Frau bei sich einziehen ließ. Jedenfalls war das Fokkes und meine Wahrnehmung. Man unterhält sich ja schon mal unter Freunden auch über sowas.«

»Sie gehen also davon aus, dass Carsten Kröger seine Freundin Meite, die bei ihm wohnte, nicht betrogen hat?«, wollte es Nina ganz konkret wissen.

»Ich bin zwar nicht sein Sittenwächter, aber davon gehe ich aus«, bestätigte Malte.

»Aber was hat er dann jeden Donnerstag mit Ihnen zusammen gemacht, was seinen Ruf schädigen könnte?«, versuchte Nina Klarheit in die Angelegenheit zu bekommen.

»Karten gespielt. Nur, dass ich nie dabei war.«

»Malte, willst du uns jetzt allen Ernstes verkaufen, dass Carsten und Fokke sich zu zweit jeden Donnerstagabend mit Pokern beschäftigt haben?« Rita hatte es geahnt, warum Malte nicht die Katze aus dem Sack ließ. Jetzt war sie sich sicher, dass es hier um illegales Zocken ging, und versuchte ihm daher eine Brücke zu bauen: »Bringen wir es auf den Punkt, Malte. Deine beiden Freunde waren jeden Donnerstagabend in irgendeiner Zockerbude, richtig?«

Malte nickte. Dann schaute er auf die Uhr. »Kann ich mal eben nebenan allein mit jemand telefonieren?«, fragte er dann.

»Wenn's nicht zu lange dauert, wir haben gleich noch einen Termin«, sagte die Kommissarin.

Es dauerte nicht lange und Malte war wieder zurück. »Sie haben ja gleich den Termin mit Fokke. Ich hab mit ihm gesprochen. Er hat Ihnen einiges zu sagen. Und das könnte tatsächlich mit Carstens Tod in einem Zusammenhang stehen.«

Die beiden Polizistinnen hatten es auf einmal sehr eilig und saßen kurz darauf bei Fokke Kopmann in der Küche. Auch hier sparte sich Nina lange Vorreden.

»Herr Kopmann, von Ihrem Freund Malte wissen Sie bereits, worum es geht. Also was können Sie uns über die gemeinsamen Pokerabende mit Ihrem Freund Carsten Kröger sagen?«

Carstens Prepaid-Smartphone lag bereits auf dem Tisch. Fokke öffnete die Nachricht, die er auch schon Malte gezeigt hatte. Dann schob er das Smartphone der Kommissarin mit den Worten zu: »Das ist Carstens Zweithandy, welches ich für ihn in Verwahrung habe.« Nina gab es, nachdem sie die SMS gelesen hatte, ihrer Kollegin weiter.

»Erfahrungsgemäß steckt hinter einer solchen Drohung eine Gefahr für Leib und Leben von Angehörigen des Bedrohten«, stellte die Kommissarin fest. »Daher: Seit wann wissen Sie von dieser Nachricht? Und warum sind Sie damit nicht sofort zu uns gekommen? Diese kam am Donnerstag, bevor Carsten sein Leben verlor und Meite ihren Unfall hatte! Es ist nicht auszuschließen, dass dieser Unfall durch Fremdverschulden herbeigeführt wurde und vielleicht hätte verhindert werden können, wenn wir es früher gewusst hätten.«

»Leider hätten wir Meites Unfall nicht verhindern können. Denn dieses Handy lag bei mir zu Hause, als die Nachricht einging und wir alle bei der Strandfete waren.«

»Stimmt. Eingang am Donnerstag um neunzehn Uhr dreizehn«, bestätigte Rita, die die Signatur der SMS gerade vor sich liegen hatte.

»Und zu Ihrer Frage, seit wann ich davon weiß«, fuhr Fokke fort: »Ich habe erst am Samstag in das Handy reingeschaut. Von Kommissar Linnig habe ich erfahren, dass Meite in Oldenburg im Krankenhaus liegt. Ich hatte ihn auf seiner Handynummer angerufen, weil Malte und ich nicht wussten, wo Meite geblieben war. Also, egal ob bei ihrem Unfall Fremdverschulden mit im

Spiel war oder nicht, der Unfall war bereits passiert. Warum also hätte ich die Spielschulden von Carsten zur Sprache bringen sollen?«

»Die Spielschulden Ihres Freundes sind in diesem Zusammenhang von nachrangiger Bedeutung, junger Mann«, belehrte ihn die Kommissarin. »Aber wir hätten diesbezüglich längst Ermittlungen aufnehmen können und müssen! Wer ist denn dieser Mr. Spock, unter dem die Nummer in den Kontakten des Handys gespeichert ist?«

Plötzlich ergab für Nina der mysteriöse SMS-Austausch auf dem offiziellen Handy des Toten, von dem Sören beim Meeting berichtet hatte, einen Sinn. Auch der zeitliche Ablauf passte zusammen. Für sie stand fest: Da die mehr oder weniger offene und präzise Nachricht von Mr. Spock an das Prepaidhandy des DJs nicht beantwortet worden war, schickte er die für Außenstehende relativ nichtssagende SMS auf Carstens reguläres Handy.

Aber wie war es dann weitergegangen? Waren Carsten und seine Freundin Opfer einer Zockerbande geworden? Meite, weil sie mit einem herbeigeführten Unfall zum Druckmittel werden sollte? Carsten wegen seiner versteckten Drohung in der SMS: »…du weißt, was ich weiß, also keine Aktionen!«? Bei Letzterem sicher nur dann, wenn das Wissen des Toten für den Mörder so gefährlich war, dass es den Verzicht auf fünfzigtausend Euro überwog. Aber irgendwie passte das alles nicht richtig zusammen. Nina brauchte Gewissheit.

»Ich muss mal kurz telefonieren und bin gleich wieder da. Derweil können Sie sich die Antwort auf meine Frage nach Mr. Spock überlegen und vor allem, wo wir den finden«, sagte die Kommissarin und ging nach draußen vor die Tür.

Als Erstes informierte sie Bert über ihren bisherigen Erkenntnisstand. Dieser sah auf einmal sein ach so schönes Modell eines gelösten Falles mit Meite Hansen als Täterin ins Wanken geraten. Aber Bert war ein sehr erfahrener Kriminalist. Wie oft hatte er es schon erleben müssen, dass sich scheinbar ganz sichere Falllösungen in nichts auflösten. Und nicht selten wurden mutmaßliche Täter plötzlich sogar zu Opfern, was auch hier nicht mehr ausgeschlossen werden konnte.

Eine telefonische Rückfrage bei Sören bestätigte Ninas Vermutung, dass die Handynummer, auf der die mysteriöse SMS eingegangen war, mit der unter Mr. Spock gespeicherten Nummer in Carstens Zweithandy identisch war. Dass diese Nummer nicht mehr erreichbar war, verwunderte sie ebenso wenig.

Als sie wieder in der Küche zurück war, forderte sie Fokke erneut auf, zu sagen, wer dieser Mr. Spock war. Dieser erzählte jetzt den Polizistinnen das Gleiche, was er bereits am Samstag seinem Freund Malte gesagt hatte. Dabei sprach er auch seine Besorgnis um sein eigenes Leben an. Insbesondere, wenn die Anwälte von Mr. Spock aus den Polizeiakten ersehen würden, dass er es gewesen war, der auf ihn hingewiesen hatte. Jetzt werde er ja gezwungen, sich zu offenbaren, und sei nicht von sich aus gegen Mr. Spock aktiv geworden.

Ohne dass Nina näher auf seine diesbezüglichen Befürchtungen einging, musste sie ihm leider aufgrund jahrelanger Erfahrungen im Polizeidienst recht geben. Das war eben die Folge daraus, dass der Täterschutz im Gegensatz zum Opferschutz gesetzlich geregelt war. Ein Strafverteidiger hatte das Recht auf uneingeschränkte Akteneinsicht, was insbesondere im Bereich der organisierten Kriminalität leider immer wieder dazu führte, dass Zeugen eingeschüchtert wurden oder plötzlich auf unerklärliche Weise von der Bildfläche verschwanden, bevor sie vor Gericht gegen den Täter aussagen konnten. Sie wollte ihn nicht zusätzlich beunruhigen. Deshalb sagte sie ihm auch nicht, dass es nach ihrer Erfahrung für solche Verbrecher kaum eine Rolle spielte, wie eine Zeugenaussage zustande gekommen war. Für einen Täter kam es nur darauf an, eine ihn belastende Aussage vor Gericht zu verhindern, egal auf welchem Wege.

Unabhängig von ihren Überlegungen, bohrte Nina abschließend noch einmal nach: »Bleibt noch die Frage nach dem Pokerturnier an dem besagten Samstag. Was können Sie uns dazu sagen?«

»Darüber habe ich auch mit Malte schon nachgedacht. Ein Pokerturnier wird nach ganz bestimmten Regeln und oft auch, zum Beispiel in staatlich legitimierten Casinos, ganz legal durchgeführt. Legale Pokerturniere standen bei unseren Pokerrunden in Wilhelmshaven aber noch nie auf der Tagesordnung. An dem besagten Samstag war ich jedenfalls nicht mit Carsten zusammen dort. Da er mir auch nichts gesagt hatte, gehe ich davon aus, dass er mal wieder fest an eine Glückssträhne geglaubt und gemeint hat, dass er es schafft, seine Spielschulden durch seine Gewinne wieder reinzuholen. Und das wäre sogar nicht das erste Mal gewesen, dass ihm das gelungen ist. Jedenfalls lagen seine Spielschulden nach unserem gemeinsamen Pokerabend am Donnerstag davor nach meiner Erinnerung noch bei unter zwanzig Mille. Dann scheint er am Samstag nochmal richtig nachgelegt zu haben, nur in die falsche Richtung, sodass es zu einer neuen Forderung von insgesamt fünfzig Mille gekommen ist.«

»Für einen Abend in den meisten Zockerbuden schon eine ambitionierte Summe«, stellte Rita fest.

»Da waren oft ein paar Leute mit am Tisch, für die Geld keine Rolle zu spielen schien«, erläuterte Fokke. »Deshalb bin ich dann immer ausgestiegen. Aber das erklärt auch die Höhe der Spielschulden.«

Nina beendete damit das Gespräch. Das Handy nahm sie mit und Fokke schien sogar froh zu sein, dieses loszuwerden. Auf der Rückfahrt zum Kommissariat sagte Nina zu ihrer Kollegin: »Sehr gut gemacht, Rita! Ich wusste gar nicht, dass du dich so gut mit Zocken auskennst. So wie schon mancher Ganove hier von deiner Schnelligkeit als ehemalige Landesmeisterin im Sprint überrascht wurde, scheinst du immer wieder noch ein Ass aus dem Ärmel zaubern zu können.«

»Und wenn ich dann noch eine Straße in einer Farbe hätte, dann wäre das mit dem Ass ein Royal Flush«, erwiderte die so Gelobte lachend.

»Habe ich auch was gelernt, obwohl sich meine Begeisterung fürs Zocken nach wie vor in Grenzen hält«, musste ihre Chefin lachend eingestehen. »Aber für die Kollegen in der Polizeiinspektion Wilhelmshaven wird es Arbeit geben. Bin mal gespannt, ob die es schaffen, diesen Mr. Spock dingfest zu machen. Es sollte mich nicht wundern, wenn es sich bei dem in

Carstens SMS angesprochenen ›Päckchen bei sich zu Hause‹ um die fünfzigtausend Euro Spielschulden handelt.«

»Du meinst also, dass sich jemand nach dem Mord an dem DJ irgendwie einen Zweitschlüssel für dessen Haus besorgt und das Päckchen mit den fünfzig Mille einschließlich dessen PC einfach dort abgeholt hat.«

»So ungefähr, Rita. In dem Zusammenhang fällt mir gerade ein: Manche Leute haben den Ersatzschlüssel für ihre Wohnung unter der Türmatte liegen. Bei manchen liegt der Zweitschlüssel im Handschuhfach ihres Autos. Sören berichtete von dem nicht abgeschlossenen Oldtimer vor Carstens Haus. Solche alten Autos sind doch leicht zu knacken. Vielleicht ist das die Erklärung dafür, warum unsere Spusi keine Einbruchsspuren finden konnte. Die haben sich das Päckchen ganz einfach mit dem Zweitschlüssel abgeholt.«

»Das könnte eine plausible Erklärung sein«, stimmte die Polizeihauptmeisterin ihrer Chefin zu.

»Rita, jedenfalls bin ich mal gespannt, was die Kollegen in Wilhelmshaven herausfinden.«

6. Kapitel

Es war noch gut eine halbe Stunde bis Mitternacht, als eine Kolonne dunkler Vans mit hoher Geschwindigkeit und Blaulicht auf der A 29 in Richtung Wilhelmshaven unterwegs war. Spezialeinsatzkräfte der Oldenburger Polizeidirektion hatten den Auftrag zur Durchführung einer Razzia in einer ganz bestimmten Spielhalle im dortigen Hafengebiet. Erst vor etwa einem Jahr war dort eine ähnliche Aktion durchgeführt worden. Allerdings hatten am Schluss doch für die wichtigsten Anklagepunkte die gerichtssicheren Beweise gefehlt und Zeugen litten plötzlich an Erinnerungslücken.

Auslöser war die Anzeige einer Mutter gewesen, nachdem ihr Kind auf dem Fahrrad von einem Auto angefahren und schwer verletzt worden war. Der Autofahrer konnte nicht ermittelt werden. Wenige Tage vor dem Unfall hatte ein Bild, welches das Kind auf dem Fahrrad vor seiner Schule zeigte, bei der Mutter im Briefkasten gelegen. Auf der Rückseite waren ausgeschnittene Worte aus einer Zeitung aufgeklebt. Darauf stand: »dein Mann weiß Bescheid«. Die Mutter hatte sich von ihrem Mann wegen seiner Spielsucht getrennt. Sie war mit dem Kind ausgezogen und hatte die Scheidung eingereicht. Die Frau schickte einen Scan des Bildes und der Rückseite an ihren Mann mit der Androhung, zur Polizei zu gehen, falls ihrem Kind etwas passierte.

Nach dem Unfall war die Mutter tatsächlich zur Polizei gegangen und hatte Anzeige gegen einen Mr. Spock gestellt. Der Vater des Kindes wurde bei der Razzia genauso wie der Beschuldigte festgenommen. Beide bestritten aber eine Geldforderung, die ihnen von den vernehmenden Beamten unterstellt worden war, ebenso wie, dass Mr. Spock etwas mit dem Unfall des Kindes zu tun gehabt hätte. Ein größerer Geldtransfer konnte durch Überprüfung von Kontenbewegungen ebenfalls nicht belegt werden. Für die Behauptung der Ehefrau, dass ihr Mann als Schrotthändler über genügend Schwarzgeld verfüge, wurden keine gerichtsfesten Beweise gefunden.

Für die Beamten der Wilhelmshavener Polizeiinspektion hatte festgestanden, dass das Bild des Kindes als eine versteckte

Drohung des verdächtigten Geldeintreibers an den Vater gedacht gewesen war. Indem der Absender dieses Bild an die Mutter schickte, dachte er vermutlich, den Druck auf den Vater noch erhöhen zu können. Damit, dass die Mutter sich nicht einschüchtern lassen und Anzeige erstatten würde, hatte er wohl nicht gerechnet.

Bei der seinerzeitigen Razzia sagte ein Zeuge aus und bestätigte, dass Mr. Spock beim Poker Geld verlieh. Aber nicht an jeden. Offenbar nur an Zocker, bei denen etwas zu holen war, was auf den Zeugen nicht zutraf, worüber dieser offenbar verärgert war. Der Zeuge berichtete, dass sich Gerüchten zufolge der geliehene Betrag für Schuldner sogar wöchentlich um einen Zinssatz von zehn Prozent erhöhen würde. Als der Zeuge seine Aussagen bei einer offiziellen Zeugenanhörung ein paar Tage später in der Polizeiinspektion noch einmal bestätigen sollte, konnte er sich allerdings an nichts mehr erinnern und schob das auf seinen Alkoholkonsum an diesem Abend. Für eine Blutabnahme zur Alkoholkontrolle hatte im Zuge der Razzia seitens der Beamten keine Veranlassung bestanden. Daher konnte man seine Aussage im Nachhinein auch nicht widerlegen.

Für die Polizisten war das wieder einmal ein Beispiel dafür, dass etwas aufgrund von Ermittlungen zu wissen und es dann später auch vor Gericht zu beweisen zwei verschiedene Paar Schuhe waren.

Aber diesmal schien es anders zu sein. Die Kollegen des Wittmunder Polizeikommissariats hatten um Amtshilfe bei der Aufklärung des Mordes an einen DJ nach einer Veranstaltung in Neuharlingersiel gebeten. Möglicherweise bestand auch ein Zusammenhang mit einem schweren Autounfall von dessen Freundin. Dabei schien eine Spur in das Wilhelmshavener Zockermilieu zu führen. Diese Spur hatte sogar einen Namen, Mr. Spock, der bei den Beamten in Wilhelmshaven ja kein Unbekannter war.

Dahinter verbarg sich eine nicht unvermögende, aber sehr zwielichtige Persönlichkeit, Gernot Klaas. Gegen diesen war auch schon in anderen Zusammenhängen ermittelt worden. Er hielt sich erst seit knapp zwei Jahren in Wilhelmshaven auf. Vorher war er nach eigener Aussage »viele Jahre in Schiffsheuern im Ausland unterwegs« gewesen und hätte dort sein Geld gemacht. Durch die Anfrage aus Wittmund waren wieder die bislang erfolglosen Ermittlungen gegen diesen illegalen Geldverleiher in den Fokus gekommen. Zumal dieser im Verdacht gestanden hatte, Auftraggeber für den vermeintlichen Fahrradunfall eines Kindes gewesen zu sein, um damit auf den Vater des Kindes Druck auszuüben.

Die Wittmunder Kollegen hatten vor wenigen Stunden eine Prepaidhandynummer durch eine richterlich genehmigte »stille SMS« geortet. Die Koordinaten führten zu ebendieser Spielhalle. Es bestand daher Grund zu der Annahme, dass diese Ortung damit auch zu Mr. Spock führen würde. Außerdem hatte sich dieses Handy in der Mordnacht im Raum Neuharlingersiel und Wittmund aufgehalten, wie die Auswertung des Bewegungsprofils belegte. Es kam also auf einen sehr schnellen Zugriff an, damit die Verdächtigen keine Gelegenheit mehr finden würden, Beweise und Handys zu vernichten.

Aufgrund der Razzia vor einem Jahr hatten die Beamten diesmal exakte Ortskenntnisse mit Aufnahmen der Örtlichkeiten. Die Spielhalle selbst war völlig unspektakulär eingerichtet, mit unzähligen Automaten und einem Servicebereich. Die illegalen Kartenspiele fanden in einem Hinterzimmer statt, zu dem es auch einen Hintereingang gab, der über eine Garagenanlage zu einer dahinter verlaufenden Parallelstraße führte. Über diesen Weg konnten die Zocker, unbemerkt von den gewöhnlichen Nutzern der Spielhalle, zu ihren Spieltischen gelangen.

Die Spielhalle wurde seinerzeit nach der Razzia geschlossen und das Hinterzimmer ausgeräumt. Da Mr. Spock aber juristisch nicht der Betreiber war, konnte ihm der illegale Spielbetrieb nicht angelastet werden. Nur dem Betreiber wurde die Lizenz entzogen und er erhielt eine Geldstrafe.

Die Verbindung zwischen dem vorderen Spielhallenbereich und den hinteren Räumen war danach zugemauert worden. Später wurde der Spielhallenbetrieb von einem neuen Betreiber, der auch die Einrichtungen mit übernommen hatte, wieder geöffnet. Der hintere Bereich wurde jetzt offiziell von einem der Angestellten als Mietwohnung genutzt. Auch wenn die ermittelnden Beamten der Polizeiinspektion davon überzeugt waren, dass nach wie vor illegale Spielgeschäfte in der Wohnung liefen, hatten sie bislang für eine Überprüfung keinen richterlichen Durchsuchungsbeschluss erwirken können. Allerdings hatten sie ihre Observationen fortgesetzt.

Bei der kurzfristig einberufenen Einsatzplanung zu dieser heutigen Razzia war vorgesehen, den Zugriff von beiden Seiten gleichzeitig durchzuführen. Als Begründung für die Staatsanwaltschaft und den Richter hatten diesmal ein paar Videos gedient, welche erst vor wenigen Tagen von einem zivilen Beamten mit seiner Handykamera erstellt worden waren und eine rege Besucherfrequenz über den Hintereingang zu dieser Wohnung belegten. Ferner konnte damit auch nachgewiesen werden, dass inzwischen wieder ein Mauerdurchbruch bestand. Daher waren in der Polizeiinspektion bereits entsprechende Ermittlungen im Gange gewesen, mit dem Ziel, in Kürze hier eine erneute Razzia durchzuführen. Das Amtshilfeersuchen der Wittmunder Kollegen hatte diesen Prozess – ganz im Sinne der Wilhelmshavener Behörde – drastisch beschleunigt.

Die Fahrzeugkolonne bewegte sich immer noch mit Blaulicht und hoher Geschwindigkeit durch das Wilhelmshavener Stadtgebiet. Um diese Zeit war allerdings kaum Verkehr, sodass das Zielgebiet sehr rasch erreicht wurde. Die Warnleuchten waren bereits abgeschaltet, bevor die Fahrzeuge den Eingang zur Spielhalle erreichten. Zeitgleich fuhren die Kollegen in den Garagenhof.

Auf Kommando über Funk erfolgte vorne und hinten gleichzeitig der Zugriff. Von fünf Spieltischen im hinteren Bereich waren nur drei besetzt. Die Spieler waren so perplex, dass es nur Einzelnen noch gelang, ihre Chips unter den Tisch zu werfen. Damit war es nicht mehr möglich, über die Anzahl der Chips die Geldbeträge zu ermitteln, mit denen jeder einzelne Spieler am illegalen Spiel beteiligt gewesen war.

Gernot Klaas alias Mr. Spock stand gerade mit zwei Bediensteten des Hauses hinter einem Tresen in einem Gespräch, als der Zugriff erfolgte. Er verlangte daraufhin sofort nach einem

Anwalt und verweigerte jegliche Aussage. Den Leuten im Raum rief er zu: »Macht euch keine Sorgen! Keine Aussagen ohne meine Anwälte! Die werden euch kostenlos vertreten!«

Der Einsatzleiter ließ ihn daraufhin unter Bewachung sofort in einen der Einsatzwagen bringen, um ihn zu separieren und weitere Absprachen zu verhindern. Zwei der Beamten hatten den ganzen Zugriff mit Kameras gefilmt, damit sich nachher keiner der anwesenden Zocker rausreden konnte, dort nicht am Spieltisch gesessen zu haben, oder später behaupten könnte, von den Einsatzkräften ungesetzlich behandelt worden zu sein.

Die meisten der Anwesenden wurden nach einer erkennungs-dienstlichen Erfassung und einer kurzen Vernehmung in der Nacht wieder auf freien Fuß gesetzt. Dies betraf in erster Linie die Spieler an den Automaten im vorderen Spielhallenbereich. Die Razzia richtete sich ja nicht gegen sie, sondern gegen die Betreiber einer »unerlaubten Veranstaltung eines Glücksspiels« bei zusätzlichem Verdacht der Beteiligung an schweren Gewaltdelikten in Ostfriesland. Die Spieler, die nicht im Auftrag des Betreibers an den Tischen saßen, waren ja eigentlich fast als Opfer anzusehen. Zumal das in den meisten Fällen wahrscheinlich im Zusammenhang mit einer eigenen Spielsucht zu sehen war.

Inzwischen war auch die Spurensicherung der Polizeiinspektion eingetroffen und übernahm die Durchsuchung der Räume. Dabei bestätigte sich die im Vorfeld gemachte Aufnahme mit der versteckten Kamera, dass es doch wieder einen Durchbruch zwischen dem vorderen und hinteren Bereich gab. Dieser Wanddurchbruch lag versteckt und gut getarnt im hinteren durch Paravents hinter der Lounge abgetrennten und als »Privat« gekennzeichneten Bereich der Spielhalle.

Der Besitzer des georteten Prepaidhandys gehörte zum Personal und war unter den Festgenommenen. Es war aber nicht Mr. Spock. Dennoch gingen die Beamten davon aus, dass die SMS an die Handys des ermordeten DJs in dessen Auftrag verschickt worden waren.

Der Anruf von Mr. Spock bei seinem Anwalt landete mitten in der Nacht nur auf dessen Anrufbeantworter. Die in der Ansage genannte Notrufnummer wollte Klaas allerdings nicht kontaktieren. Gemäß der Bandansage würde der Anwalt am kommenden Morgen ab neun Uhr zurückrufen.

Am nächsten Morgen versuchte der Anwalt von Gernot Klaas seinen Mandanten mit dem Hinweis, dass keine Beweise gegen ihn vorlägen, sofort wieder freizubekommen. Dabei machte er geltend, dass Klaas weder Betreiber der Spielhalle sei, noch zum Personal gehöre. Er sei nur rein zufällig dort gewesen. Diesmal handelte es sich aber um Ermittlungen unter anderem im Zusammenhang mit einem Tötungsdelikt in Ostfriesland. Daher bestand nach Auffassung der ermittelnden Beamten und der Staatsanwaltschaft für alle vorläufig Festgenommenen sowohl Flucht- als auch Verdunkelungsgefahr. Die Forensik hatte noch in der Nacht begonnen, die sichergestellten Handys auszuwerten und entsprechende Bewegungsprofile aus Google Maps und Verbindungsnachweise anzufordern.

Einem der beiden Männer, mit denen Klaas hinter der Theke angetroffen worden war, gehörte das geortete Prepaidhandy. Der Mann, ein muskulöser Typ mit Schlägervisage, hatte wohl geglaubt, es würde reichen, wenn er es abschaltet oder die SIM-Karte für einige Zeit entfernt. Jedenfalls wäre es für ihn klüger gewesen, beides nach seinem Trip nach Ostfriesland zu entsorgen. Ferner hatte er nicht daran gedacht, die beiden SMS an Carsten Kröger zu löschen. Damit stand er inzwischen unter anderem sogar unter Mordverdacht.

Der Anwalt bestritt eine Verbindung seines Klienten Gernot Klaas zu diesem Angehörigen der Spielhalle. Eine der polizeilichen Videoaufzeichnungen zeigte aber eindeutig, dass Klaas gemeinsam mit dem Verdächtigen hinter dem Tresen im Gespräch stand. In dem Moment, als er den Polizeieinsatz bemerkte, unterstrich eine Handbewegung von ihm seine Anweisung, einen Geldscheinstapel, der wohl hinter dem Tresen in einer offen stehenden Geldkassette auf der Theke gelegen hatte, im Mülleimer zu entsorgen.

Einer der Beamten mit der Kamera war vor einem Jahr schon dabei gewesen. Er hatte Klaas sofort erkannt und ihn deswegen ganz besonders in den Fokus seiner Kamera genommen. Für einen Haftbefehl gegen Klaas und den Mitarbeiter mit dem Handy würde es im Zusammenhang mit den Mordermittlungen in Ostfriesland auch nach Auffassung der Staatsanwaltschaft auf jeden Fall reichen. Außerdem konnten nach einem Schnellvergleich der Forensik auf Geldscheinen aus dem Mülleimer auch Fingerabdrücke von Klaas nachgewiesen werden.

Bei den anderen vorläufig Festgenommenen war es allerdings schon etwas schwieriger. War von denen auch jemand an der Aktion in Ostfriesland beteiligt gewesen oder nicht? Das war hier auch für Polizei und Staatsanwalt die entscheidende Frage. Dadurch kam der forensischen Auswertung eine enorme Bedeutung zu. Sie hatten maximal vierundzwanzig Stunden, um einen Tatverdacht zu erhärten. Jedenfalls würde die Beteiligung an einer »unerlaubten Veranstaltung eines Glücksspiels« allein, abgesehen vom Betreiber, keinen Haftbefehl begründen.

Daher hatten die Beamten nach ihren bisherigen Erkenntnissen und sichergestellten Beweisen alle Gäste der Spielhalle bereits wieder entlassen, bei denen man davon ausgehen konnte, dass sie nicht an der Aktion in Ostfriesland beteiligt gewesen sein konnten und nicht zum Personal gehörten. Dazu hatten einige Besitzer von Android-Handys auf Nachfrage der Ermittler ihre Zugangsdaten zu ihren Google-Konten freigegeben beziehungsweise der eine oder andere iPhone-User seine Ortungsdaten zur Verfügung gestellt, um schneller wieder auf freiem Fuß zu sein. Dadurch konnten die Spezialisten der Forensik die Bewegungsprofile auf das betreffende Smartphone an Ort und Stelle runterladen. Wenn sonst keine verdächtigen Informationen auf dem jeweiligen Handy gespeichert waren, wurden die Betreffenden mit Auflagen auf freien Fuß gesetzt.

Bei dem zweiten Mann, der bei Klaas im Hinterzimmer hinter der Theke gestanden hatte und seinem Kumpel in der Optik in nichts nachstand, musste die Forensik noch auf das angeforderte Bewegungsprofil warten. Er hatte einer Google-Abfrage nicht zugestimmt und die Herausgabe seiner Zugangsdaten und PIN verweigert. Erschwerend war hinzugekommen, dass er

WhatsApp-Nachrichten mit seinem Kollegen ausgetauscht hatte, die darauf schließen ließen, dass beide gemeinsam am besagten Donnerstag nach einundzwanzig Uhr bei der Strandfete in Neuharlingersiel gewesen waren. Dort hatten sie sich im Strand- und Deichbereich offensichtlich eine Zeit lang getrennt, wie den ausgetauschten Nachrichten und Bildern von der Strandfete zu entnehmen war.

Für diese beiden Männer hatte der Anwalt ebenfalls vergeblich versucht, eine sofortige Freilassung zu erwirken.

***

Inzwischen waren Klaas und die beiden festgenommenen Mitarbeiter der Spielhalle dem Haftrichter vorgeführt und gegen diese Haftbefehle erlassen worden. Die beiden Mitarbeiter Peter Porat und Sven Later schienen nicht die Allerhellsten zu sein. Jedenfalls nutzten sie Prepaidhandys und hatten sich damit wohl sicher genug gefühlt. Dass bei Android-Smartphones das GPS-Bewegungsprofil automatisch gespeichert wurde, war ihnen offensichtlich nicht bewusst gewesen. Zumindest hatten sie die GPS-Ortung nicht ausgeschaltet.

Dadurch stand fest, dass sie sich ab etwa einundzwanzig Uhr dreißig beide bei der Strandfete in Neuharlingersiel aufgehalten hatten. Die weiteren aufgezeichneten Örtlichkeiten konnten die Forensiker in Wilhelmshaven mangels direkter Ortskenntnis nicht sofort zuordnen. Das würde die Aufgabe der Kollegen in Wittmund sein.

Besonders aufschlussreich erschien den Ermittlern der Polizeiinspektion in Wilhelmshaven allerdings die Tatsache, dass der Verbindungsnachweis des Porat-Handys, welches auch die Droh-SMS gegen Carsten enthielt, im besagten Zeitraum zwischen einundzwanzig Uhr und vier Uhr morgens mehrere Telefonkontakte zu Klaas' Handy zeigte. Und zwar einmal kurz nach der Ankunft in Neuharlingersiel, dann erneut nach einem kurzen Halt auf der B 72 und dann noch einmal gegen halb vier Uhr, als sich der Wagen auf dem Rückweg nach Wilhelmshaven befand. Ferner gab es etwa Viertel nach zwei Uhr einen Handykontakt zwischen Later und Klaas.

Alle Daten hatten die Ermittler aus Wilhelmshaven auch an das Polizeikommissariat in Wittmund weitergegeben. Die dortige Forensik hatte daraus eine äußerst aufschlussreiche Profilmatrix erstellt. Darin waren alle diesbezüglich verfügbaren Informationen, wer sich von allen Beteiligten wann an welchem Ort befand, in einer Übersicht erfasst.

Sören stellte diese Übersicht in einem Meeting Bert und dessen Ermittlerteam vor: »Beginnen wir um neunzehn Uhr dreizehn. Zu diesem Zeitpunkt befand sich DJ Carsten Kröger mit seinem Team auf der Bühne am Funny Beach. Klaas, Porat und Later wurden zu diesem Zeitpunkt in der Spielhalle in Wilhelmshaven geortet. Um diese Zeit ging eine SMS auf Carstens Prepaidhandy ein, welches sein Freund Fokke bei sich zu Hause liegen hatte. Eine Nachricht, die den Adressaten also gar nicht erreichen konnte. Der Absender war Peter Porat, der sich mit Klaas und seinem Kumpel in der Spielhalle in Wilhelmshaven befand. Um neunzehn Uhr dreißig ging auf Carstens offiziellem Handy eine mysteriöse SMS von Porat ein, die aber in Verbindung mit der vorherigen einen Sinn bekam. Der DJ beantwortete diese ebenfalls etwas mysteriös. Klaas, Porat und Later befanden sich zu diesem Zeitpunkt immer noch in der Spielhalle.«

»Allein die Tatsache, dass Klaas, Porat und Later sich zum gleichen Zeitpunkt, als Porat diese SMS verschickte, in der Spielhalle in Wilhelmshaven aufgehalten haben, wird noch keinen Richter überzeugen, dass Klaas zwangsläufig der Auftraggeber war«, warf Nina kritisch ein.

»Das allein ganz sicher nicht, Nina. Aber schauen wir mal weiter«, erwiderte Sören. »Gegen zwanzig Uhr dreißig verließen die Signale von Porat und Later Wilhelmshaven, gegen einundzwanzig Uhr dreißig wurden beide Signale am Funny Beach registriert. Das Signal von Klaas verblieb in der Spielhalle. Carsten rockte mit seinem Team zu der Zeit gerade die Bühne, wie Nina, Bert und ich selbst erlebt haben. Die Signale von Porat und Later bewegten sich danach zeitweise etwas getrennt im

Strandbereich. In dieser Zeit tauschten sie kurze Informationen über ihren Standort mit Fotos über WhatsApp aus.«

»Und so ein Prepaidhandy entsorgen die nach irgendwelchen kriminellen Aktionen nicht«, konnte es der Computerfreak, Polizeiobermeister Oke Helmers, nicht fassen.

»Oke, genau das hatten die Kollegen aus Wilhelmshaven auch schon festgestellt. Aber offensichtlich haben beide geglaubt, dass ihnen mit einem Prepaidhandy sowieso niemand etwas nachweisen kann, weil dies ja nicht auf ihren eigenen Namen angemeldet wird. Na, wie auch immer, uns soll es recht sein, offensichtlich Vollpfosten«, antwortete der Leiter der Forensik grinsend. »Nachdem Carsten und seine Leute die Anlagen auf dem Anhänger bei der Bühne verstaut hatten, war es etwa Mitternacht. Danach ging der DJ mit Meite, Fokke und Malte zum Standplatz seines Wohnmobils auf dem Campingplatz. Dort haben die vier mit ihrem traditionellen Erfolgsbesäufnis begonnen.«

»Ich möchte wetten, die Signale zogen mit«, warf Rita lachend ein.

»Genau«, bestätigte der Forensiker. »Jedenfalls wird es jetzt spannend. Kurz nach zwei Uhr erhielt Meite das Sex-Video, schaute sich dies mehrmals im kleinen Bad des Wohnmobils an und schmiss anschließend Fokke und Malte raus. Dann folgte eine kurze Auseinandersetzung mit Carsten und sie verließ das Wohnmobil, um zu ihrem am Hafen geparkten Auto zu gehen. Die Frage, ob Carsten zu diesem Zeitpunkt noch lebte, lässt sich forensisch leider nicht festlegen. Fakt ist aber, dass das Signal von Later Meite folgte. Was aber machte Porat? Ob er in den fünf Minuten, die sein Signal dort noch registriert wurde, am oder sogar im Wohnmobil gewesen ist, wissen wir nicht. Genauso wenig, ob er dort einen toten oder lebendigen Carsten Kröger vorgefunden hätte.«

»Also ist Meite Hansen nach wie vor die Hauptverdächtige«, stellte Bert mit einer gewissen Zufriedenheit fest.

»Zumindest ist sie nach diesen Erkenntnissen als Täterin nicht auszuschließen, Bert«, sagte Sören. »Nach diesen fünf Minuten bewegte sich Porats Signal Richtung BadeWerk, wo er sein Auto geparkt hatte, wie wir einem entsprechenden WhatsApp-Austausch mit seinem Kumpel Later entnehmen konnten. An der Parkplatzausfahrt des BadeWerkes kamen die Signale von Porat und Later wieder zusammen und bewegten sich danach in Richtung Wittmund. Offensichtlich war Later im Auto bei Porat zugestiegen. Übrigens das Signal von Klaas wurde die ganze Zeit unverändert bei der Spielhalle registriert. Und jetzt kommt's: Zu dieser Zeit gab es einen nachgewiesenen Handykontakt zwischen Later und Klaas etwa für zwei Minuten. Damit sind Kontakte zu beiden offensichtlich von Klaas entsandten Personen belegt. Und zwar immer genau dann, wenn es offensichtlich eine Neuigkeit in Bezug auf ihren vermutlichen Auftrag gab.«

»Langsam zieht sich für Klaas als Auftraggeber dieser ganzen Aktionen die Schlinge zu. Und die Signalbewegungen lassen vermuten, dass die beiden Männer Meite in ihrem Wagen gefolgt sind«, warf Nina ein.

»Das ist auch unsere Schlussfolgerung«, stimmte der Forensikleiter zu. »Einige Kilometer vor der Wittmunder Stadtgrenze standen die Signale Porat/Later für eine ganze Weile auf freier Strecke der B 72. Geht man nach den Koordinaten, dann war das der Ort des Unfalls von Meite Hansen.«

»Moment«, hakte Nina erneut ein. »Wie aus der Unfallakte hervorgeht, war nur ein Fahrzeug mit den beiden Zeugen, die Meite aus dem brennenden Auto gezogen haben, am Unfallort, als die Kollegen dort eintrafen. Das lässt ja eigentlich nur zwei Schlüsse zu. Entweder waren Porat und Later die beiden Helfer oder sie waren bereits weitergefahren, ohne sich um die Verunglückte zu kümmern, und zwei andere haben sie aus dem brennenden Wagen gerettet. Gibt es Bilder von Porat und Later?«

»Ja, die haben uns die Kollegen aus Wilhelmshaven mitgeschickt.« Sören legte die erkennungsdienstlichen Fotos von Klaas, Porat und Later auf den Beamer.

»Ich glaube, Nina hat recht. Da passt irgendetwas nicht. Das sind nicht die beiden Unfallzeugen, die wir hier nochmal zu einer offiziellen Zeugenbefragung zum Unfallhergang einbestellt haben«, stellte Bert fest. »Es nützt nichts, wir müssen unsere Zeugen noch einmal befragen. Die beiden sind Arbeitskollegen, die hier gerade um die Ecke in einem Maklerbüro arbeiten. Rita und Oke, ihr ladet die Bilder von Porat und Later auf eure Smartphones und befragt unsere Zeugen, ob sie die beiden am Unfallort gesehen haben und ob ihnen da ein anderes Fahrzeug aufgefallen ist. Die Namen und Daten unserer Zeugen findet ihr in der Unfallakte auf meinem Schreibtisch.«

»Na, da bin ich aber auch mal gespannt, wie sich das aufklärt«, setzte Sören seinen Vortrag fort. »Kurz nach dem Zeitpunkt des Unfallgeschehens, nachdem sich die Handysignale der beiden wieder in Bewegung gesetzt hatten, gab es erneut einen mehrminütigen Handykontakt zwischen Porat und Klaas, dessen Handysignal immer noch von der Spielhalle kam. Gegen drei Uhr erreichten die beiden Handysignale Porat/Later das Baugebiet, in dem Carsten Kröger sein Haus gebaut hatte. Dort blieben beide Signale bis etwa halb vier. Danach waren die Signale wieder in Bewegung in Richtung Wilhelmshaven. Gleichzeitig gab es gegen halb vier einen erneuten Handykontakt zwischen Porat und Klaas, der wohl auf dem Weg nach Hause war. Man könnte meinen, es war die Abschlussmeldung für die Durchführung des Auftrages.«

»Das hört sich in der Tat genauso an«, schloss sich Nina der Meinung des Leiters der Forensik an. »Trotzdem bin ich gespannt, ob es uns gelingen wird, damit einen Richter zu überzeugen, dass Klaas der Auftraggeber ist. Aber jetzt kommt es, Sören. Auftraggeber zu was? Zum Mord an Carsten Kröger? Zum Herbeiführen eines Unfalls von dessen Freundin, um seiner Forderung nach termingerechter Rückzahlung der Spielschulden Nachdruck zu verleihen?«

»Nina, genau daran arbeiten meine Leute gerade mit Hochdruck. Wir haben eine ganze Menge an DNA-Spuren sichergestellt, die wir noch nicht zuordnen konnten. Jetzt haben wir Vergleichsmöglichkeiten dazu von Klaas, Porat und Later. Wir sind selbst gespannt, ob wir da Übereinstimmungen finden werden. Andernfalls wird es für eine Verurteilung schwierig, da muss ich dir leider recht geben.«

Bert gab das Zeichen für eine kurze Pause. Er wollte noch vor der Beendigung des Meetings das Ergebnis von Rita und Oke abwarten. Es dauerte auch gar nicht lange, da waren die beiden wieder zurück.

Als alle wieder Platz genommen hatten, begann Rita: »Warum kann selbst der eigentlich simpelste Sachverhalt nicht einfach nur mal einfach sein?! Also, ich will es kurz machen. Unsere beiden Zeugen haben den Notruf abgesetzt, als sie aus Richtung Wittmund kommend das brennende Auto und zwei Männer sahen, die eine Frau gerade aus dem Auto zogen. Es waren Porat und Later. Sie haben sie auf den Bildern erkannt.«

»Das ist ja ein Hammer!«, empörte sich Nina. »Und die lassen sich von uns und Ostfriesland als Helden feiern.«

»Genau das war den beiden unheimlich peinlich. Aber wie das mit den Medien so geht. Rettungswagen, Feuerwehr und unsere Kollegen von der Streife waren von Wittmund aus in wenigen Minuten zur Stelle, wie die beiden vorhin berichteten. Da war ein ziemlicher Aufmarsch, dann die Aufregung. Unsere beiden Unfallmelder hatten die eigentlichen Retter zuletzt am Rettungstransportwagen gesehen. Jedenfalls haben sie gedacht, dass die Helfer schon mit der Polizei gesprochen hatten, bevor sie gegangen sind. Dann war plötzlich noch jemand von der Zeitung vor Ort. Der hat unsere Kollegen von der Streife gefragt, wer den Unfall gemeldet hätte. Und unsere Kollegen haben wahrheitsgemäß auf unsere beiden Unfallmelder gezeigt. Am nächsten Tag standen die beiden als Helden in der Zeitung.«

»Warum haben die uns denn nichts davon gesagt, als wir sie hier nochmal zu ihren Beobachtungen befragt haben?«, zeigte Bert wenig Verständnis.

»Das ist denen ja so peinlich«, antwortete die Polizistin. »Aber weil das jetzt überall durch die Zeitung schon rum war, dachten sie, es sei nicht so wichtig, das richtigzustellen. Zumal die beiden wirklichen Helfer nicht von hier waren. Die hatten einen dunklen SUV mit Wilhelmshavener Kennzeichen etwas weiter in Richtung Wittmund am Straßenrand stehen gehabt.«

»Womit wir auch nicht schlauer sind als vorher«, ärgerte sich Nina. »Damit bleibt immer noch die Frage offen, ob Porat und Later für den Unfall von Meite Hansen mitverantwortlich sind oder dabei sogar nachgeholfen haben, indem sie die junge Frau zum Beispiel mit ihrem Fahrzeug von der Straße gedrängt haben. Um diese Zeit war ja kaum ein Auto auf der Straße unterwegs. Wäre doch sogar denkbar, dass die Typen vom Ergebnis selbst überrascht und deshalb bemüht waren, Meite aus dem brennenden Wagen zu retten. Anzunehmen wäre, gerade bei solchen Erpressungen zum Schuldeneintreiben, dass der Auftrag nur *Unfall* lautete, aber nicht töten.«

»Also, Nina, dass wir nicht schlauer sind als vorher, dem kann ich nicht zustimmen«, widersprach der Leiter der Forensik der Kommissarin. »Immerhin haben wir ein minutengenaues Bewegungsprofil der beiden Verdächtigen. Das ist darauf zurückzuführen, dass beide mit ihrem Android-Smartphone zur Orientierung Google Maps nutzen. Dabei ist vielen Nutzern gar nicht bewusst, dass Google diese Daten damit weiterhin automatisch rund um die Uhr wie mit einem Peilsender erfasst und sogar für lange Zeit speichert.«

»Ist das denn im Sinne des Datenschutzes überhaupt erlaubt?«, wollte die technisch nicht so versierte Polizeihauptmeisterin Silke Jansen wissen.

»Du kannst das über die Einstellungskonfiguration deines Handys abschalten«, belehrte sie ihr IT-affiner jüngerer Kollege Oke. »Zu unserem Glück haben diese beiden Typen daran nicht gedacht.«

»Richtig«, stimmte Sören ihm zu. »Aber wir haben noch eine Information: Fingerabdrucksvergleiche gehen ja aufgrund unserer Technik mittlerweile relativ schnell. Daher wissen wir, dass es weder im Wohnmobil noch im Haus des Opfers Fingerabdrücke von unseren Verdächtigen gibt. Was bedeutet, dass sie entweder nicht in den Örtlichkeiten gewesen sind oder Handschuhe getragen haben. Das verhindert aber nicht, dass sie mit Speichel, zum Beispiel beim Niesen, Haaren oder auch Blut, falls sie sich bei irgendeiner Tätigkeit verletzt haben, zu identifizieren sind. Die DNA-Abgleiche hierzu laufen aber noch«, beendete der Forensiker seinen Vortrag.

7. Kapitel

Frauke und Hinnerk Hansen hatten sich für eine Woche Urlaub genommen und fuhren jeden Tag zu ihrer Tochter in die Klinik nach Oldenburg. Meite machte erstaunlich gute Fortschritte und sollte in wenigen Tagen in eine Reha nach Bad Zwischenahn wechseln. Aber heute war irgendetwas anders als an den Tagen zuvor. Schon als die Eltern zur Tür des Krankenzimmers hereinkamen, wurden sie mit einem begeisterten »Ich kann mich erinnern!« überrascht.

»Moin, meine Kleine, an was kannst du dich erinnern?«, wollte ihre Mutter wissen, bevor sie ihre Tochter vorsichtig in den Arm nahm.

Als auch der Vater Meite kurz gedrückt hatte, sagte er: »Meinst du den Unfall?«

»Ja, Papa. Du weißt doch, eigentlich können auch Ostfriesinnen einen ganz schönen Stiefel vertragen. Und auch, wenn ich über ein Promille im Blut hatte, konnte ich ja zumindest zu meinem Auto laufen. Ich hatte durch die Wut über das Video wahrscheinlich so viel Adrenalin im Blut, dass ich möglicherweise sogar, ohne groß zu torkeln, diesen Weg zu Fuß geschafft habe.«

»Aber trotzdem bist du mit hoher Geschwindigkeit schließlich gegen einen Straßenbaum gekracht«, konnte Hinnerk sich nicht zurückhalten. Fahren nach so einem Besäufnis, und das von seiner Tochter, war für ihn ein großes Ärgernis. Darüber hatte er mit seiner Frau, die etwas mehr Verständnis für ihre Kleine aufbringen konnte, immer wieder diskutiert. Für Hinnerk, ganz Kommunalbeamter im höheren Dienst, war es völlig unvorstellbar, dass ausgerechnet seine sonst so brave Tochter so etwas machte. Selbst hier im Krankenhaus saß er mit adrett gescheiteltem leicht ergrautem Haar, Anzug und Krawatte am Krankenbett seiner Tochter.

»Papa, ich habe vorhin mit dem Arzt über meine zurückgekehrte Erinnerung gesprochen. Nach dem, was ich ihm erzählt habe, meinte er, dass ich möglicherweise sogar relativ normal gefahren wäre. Und dass meine Erinnerungen unbedingt sofort der Polizei mitgeteilt werden müssten.«

»Woran erinnerst du dich denn jetzt wieder?«, wollte Frauke wissen.

»Ich erinnere mich, dass ich auf dem Weg zum Auto meinte, Schritte hinter mir gehört zu haben. Allerdings konnte ich niemand sehen. Jedenfalls bin ich dann in mein Auto gestiegen. Dabei war mir schon bewusst, dass ich eigentlich nicht mehr fahren sollte. Aber weil ich mich auf einmal gar nicht mehr betrunken fühlte und unbedingt zu euch nach Hause wollte, bin ich dann ganz vorsichtig losgefahren. Und vor allem auch nur mit etwa achtzig über die Landstraße.«

»Und du bist dir absolut sicher, dass du dir das jetzt nicht nur einbildest?«, konnte ihr Vater das kaum glauben.

»Du kannst dich ja vielleicht nachher mal mit dem Arzt unterhalten, falls der Zeit hat. Der wird dir bestätigen, dass das durchaus in einer solchen Stresssituation sein kann, dass man sich plötzlich wieder ganz nüchtern fühlt. Das betrifft natürlich vor allem die subjektive Wahrnehmung.«

»Und wie ging es dann weiter?«, wollte ihre Mutter ungeduldig wissen.

»Ich war nicht mehr weit von Wittmund weg, als plötzlich Scheinwerfer hinter mir in der Ferne auftauchten und sehr schnell näher kamen. Ich bekam es mit der Angst und musste an die Schritte denken, die ich auf dem Weg zum Parkplatz immer wieder glaubte, gehört zu haben. Wahrscheinlich irgendein Perverser, der es auf mich abgesehen hatte, dachte ich.«

»Um Gottes willen, meine Kleine! Und was hast du dann gemacht?«, wollte ihre besorgte Mutter wissen.

»Ich dachte erst daran anzuhalten. Das fand ich dann aber keine gute Idee. Also versuchte ich so schnell, wie ich konnte, nach Wittmund zu kommen. Da sind bewohnte Straßen und ich hätte zur Not um Hilfe rufen können. Vielleicht hätte der Typ dann auch seine Absicht aufgegeben.«

»Deshalb bist du so gerast«, stellte Meites Vater verwundert fest. »Die Polizei sagte mir, dass du bei dem Unfallgeschehen noch riesiges Glück gehabt hast. Es standen nämlich vor dem

Baum am Straßenrand noch ein paar Büsche. Die hast du praktisch abrasiert, wodurch die Aufprallgeschwindigkeit erheblich reduziert wurde.«

»Ja, Papa. Ich hatte einfach nur Angst. Aber dann war das Auto auf einmal neben mir. Die hässliche Fratze, die mich vom Beifahrersitz des Wagens aus lüstern anstarrte, werde ich nie vergessen. Dann machte der große Wagen plötzlich einen heftigen Schlenker auf mich zu. Vor lauter Schreck habe ich versucht, nach rechts auszuweichen. Mehr weiß ich leider nicht. Ab da ist Filmriss.«

»Oh mein Gott«, sagte nun auch Hinnerk voller Entsetzen, um dann aber gleich wieder ganz pragmatisch nachzuhaken: »Hat er dich denn touchiert? Dann könnte die Polizei ja eventuell Spuren an dem Fahrzeug dieser Verbrecher nachweisen. Jedenfalls, wenn sie wissen, wer die sind.«

»Kann ich dir leider nicht sagen, Papa. Von da an ist wie gesagt Filmriss. Der Arzt meinte, dass ich wohl kaum mit weiteren Erinnerungen rechnen könnte. Aber dass die Erinnerungen trotz Alkohol bis zu diesem Punkt wieder da sind, fand er auch nicht ungewöhnlich in einem Fall wie meinem.«

»Dann sollten wir so schnell wie möglich Kommissarin Jürgens informieren«, entschied Hinnerk Hansen und griff zu seinem Handy.

Kurze Zeit danach waren Nina und Rita bereits auf dem Weg nach Oldenburg, um die Aussagen von Meite Hansen zu Protokoll zu nehmen. Eine Entwicklung in diesem Fall, mit der man im Kommissariat schon nicht mehr gerechnet hatte. Als die beiden Polizistinnen bei der Verunglückten ankamen, waren ihre Eltern noch bei ihr. Nina bat die beiden, während der offiziellen Anhörung das Krankenzimmer zu verlassen. Dann ließ sie sich von Meite ihre neuesten Erinnerungen noch einmal ausführlich schildern und zeichnete dies mit ihrem Smartphone auf.

Als Nina ihr das erkennungsdienstliche Bild von Porat zeigte, schüttelte Meite den Kopf. Bei Laters Bild aber war ihre Reaktion sehr emotional: »Das ist das Schwein! Da guckt er ja noch harmlos. Aber als er zu mir rüberschaute, hatte er nur ein hässliches Grinsen in seiner Fratze! Das werde ich nie vergessen«, brach die junge Frau in Tränen aus.

Ihre Mutter musste im Gang etwas mitbekommen haben, denn sie steckte den Kopf zur Tür rein: »Ist was passiert? Soll ich Hilfe holen?«

»Nein, Mama. Ich habe nur diese Fratze wiedererkannt«, beruhigte Meite ihre Mutter.

»Frau Hansen, die Aussage Ihrer Tochter wird den Typen und seinen Komplizen einige Jahre hinter Gitter bringen«, sagte die Kommissarin. Danach beendete sie die Zeugenanhörung und machte sich mit Rita auf den Weg zurück ins Kommissariat.

Unterwegs rief Nina ihren Chef auf seinem Handy an, um ihn über den Sachstand zu informieren. Bert war gerade mit Oke und Fokke Kopmann auf dem Weg nach Wilhelmshaven. Es sollte eine Gegenüberstellung mit den Inhaftierten erfolgen. Da er einen Zeugen mit im Wagen hatte, fragte Nina: »Ist deine Freisprechanlage aktiviert?«

»Nein, Nina. Oke fährt. Du kannst sprechen.«

Nachdem sie Bert über Meite Hansens Aussage informiert hatte, ahnte Nina, was Bert jetzt gerne sagen würde, und sprach es daher für ihn aus: »Bert, du willst jetzt sagen, dass Meite damit aber immer noch nicht von dem Verdacht, ihren Freund erstochen zu haben, befreit ist.«

»Nina, das stimmt. Genau das würde ich jetzt sagen wollen, weil es den Tatsachen entspricht. Und auch, obwohl ich weiß, dass du ihr gegenüber gewisse Sympathien entwickelt zu haben scheinst.«

»Ich gebe ja gerne zu, dass sie mir nicht unsympathisch ist. Aber du solltest mich besser kennen, Bert, und wissen, dass ich mich bei solchen Betrachtungen nicht von Gefühlen, sondern von Fakten leiten lasse. Und da gibt es einfach noch zu viele Ungereimtheiten. Zum Beispiel wissen wir auch immer noch nicht, was Porat in der Zeit, als Later Meite zum Hafen gefolgt ist, gemacht hat. Porat war wahrscheinlich nüchtern, weil er ja noch Auto gefahren ist. Der Ermordete war ziemlich angetrunken. Da wäre es durchaus denkbar, dass er ihn einfach überwältigt und erstochen hat. Klaas hat durchaus ein Motiv für einen

Auftragsmord. Er musste ja davon ausgehen, dass Carsten etwas über ihn weiß, was ihm hätte gefährlich werden können.«

»Dazu könnte ich jetzt auch noch etwas sagen, aber lass uns später nochmal darüber reden. Wir sind nämlich auch gleich da«, beendete Bert das Telefonat.

Rita, die das Telefonat zwischen Nina und Bert mitbekommen hatte, sagte: »Ich will ja nicht ausschließen, dass Porat den DJ erstochen hat. Aber warum halten die Ganoven an und holen Meite aus dem Auto, als sie sehen, dass es angefangen hat zu brennen? Das spricht doch eher dafür, dass ihr Auftrag nur die Verursachung eines Unfalls, aber nicht das Töten von Meite war, wie du im Meeting ja auch schon festgestellt hast. Wenn das Hauptziel der Zocker für diese Aktion, nämlich Carsten, aber schon tot war, dann wäre es doch egal gewesen, wenn Meite den Unfall nicht überlebt hätte, oder? Stattdessen riskieren die beiden Typen sogar, durch das brennende Auto selbst in Gefahr zu geraten, und retten Meite. Warum?«

»Auch so eine Ungereimtheit, die nicht in das Bild zu passen scheint, egal wie man es dreht und wendet«, stimmte Nina ihrer Kollegin zu. »Am einfachsten wäre, Bert könnte die drei Festgenommenen in Wilhelmshaven einfach fragen, was ihre Motive waren und was sie sich dabei gedacht haben. Aber wie wir solche Typen kennen, hüllen die sich in Schweigen«, sagte Nina.

Danach rief sie den zuständigen Kollegen in der Polizeiinspektion Wilhelmshaven an, um auch ihn über den aktuellen Sachstand zu informieren. Dieser bestätigte, dass Porat einen großen dunklen BMW-SUV mit Wilhelmshavener Kennzeichen fuhr. Bezüglich einer Beschädigung, die auf eine aktive Unfallbeteiligung schließen ließe, wollte er in der Forensik nachfragen und das Ergebnis per E-Mail nach Wittmund schicken. Nina kündigte an, dass sie auch die Aufzeichnung des Gesprächs mit Meite Hansen von der Dienststelle aus rüberschicken würde.

Es waren noch ungefähr zehn Kilometer bis Wittmund, als sich Silke auf dem Handy meldete. »Du hast für morgen eine Absage. Jürgen Cramer kann morgen nicht, er ist beruflich auswärts tätig.«

»Danke, Silke. Das ist doch der Choleriker, der unseren DJ bedroht hatte. Passt gut, ich habe seine Adresse im Handy gespeichert. Wir sind auf dem Rückweg zur Dienststelle und kommen fast bei dem vorbei. Da werden Rita und ich ihm gleich auf die Bude rücken. Vielleicht haben wir ja Glück und treffen ihn an. Sonst bekommt er eine neue Vorladung.«

Nina gab die Adresse ins Navi ein. Kurz darauf standen sie vor einem kleinen etwas älteren verklinkerten Häuschen mit gepflegtem Vorgarten. Rita parkte den zivilen Dienstwagen in der Zufahrt zur Garage. Es dauerte eine Weile und nach dem zweiten Klingeln kam jemand zum Hauseingang. Eine Frau mit Sonnenbrille öffnete einen Spalt breit und sagte: »Wir kaufen nix an der Tür und wollen auch nicht bekehrt werden.«

Sie wollte die Haustür wieder zumachen, aber Rita war schneller und hatte den Fuß dazwischen und im gleichen Zug ihren Ausweis in der Hand. Dann stellte sie sich und ihre Chefin vor und fragte: »Frau Cramer, können wir mal einen Moment reinkommen?«

»Eigentlich nicht. Mein Mann kommt gleich zum Essen nach Hause und das muss pünktlich auf dem Tisch stehen. Tut mir leid.« Die Frau versuchte erneut, die Eingangstür zu schließen. Aber Rita dachte gar nicht daran, den Fuß zurückzunehmen.

»Frau Cramer, Ihr Mann hat für morgen einen Termin bei uns im Kommissariat abgesagt«, sagte Nina. »Wir waren gerade dienstlich unterwegs und wollten ihm den Weg ersparen. Wir haben nur ein paar Fragen an ihn.«

Zögernd ließ die noch recht junge Frau die Polizistinnen eintreten. »Sowas hat mein Mann aber nicht gerne. Kann sein, dass er sie als ungebetene Gäste gleich rausschmeißt. Und Ihr Auto sollten Sie auch besser auf die Straße stellen und nicht vor seine Garage.«

Rita setzte den Wagen um, den sie wegen fehlender Parkbuchten und der Enge der Straße an dieser Stelle vor der Garage geparkt hatte. Dann folgte sie ihrer Chefin ins Haus. Man hatte das Gefühl, dass man hier vom Boden hätte essen können. Entsprechend wirkte das Wohnzimmer eher wie ein Ausstellungsraum. Auch hier blitzte alles vor Sauberkeit, allerdings fehlte jede Gemütlichkeit. Nina und Rita warfen sich fragende Blicke zu und dachten in diesem Augenblick wohl das Gleiche: Eine verängstigte Ehefrau, die mit Sonnenbrille an die Tür kam und offensichtlich Angst vor ihrem Mann hatte, von dem die Polizistinnen schon gehört hatten, dass es sich um einen Choleriker handeln sollte. Das roch förmlich nach häuslicher Gewalt.

Sie hatten kaum Platz genommen, als ein Wagen in die Garage gefahren wurde. Kurz darauf betrat ein grimmig dreinblickender, etwa vierzigjähriger, kräftig gebauter Mann im Blaumann den Raum.

Nina hielt ihm ihren Ausweis hin und stellte sich und ihre Kollegin vor.

Bevor Sie weiterreden konnte, blaffte sie der Mann an: »Ich hatte doch schon in Ihrer Dienststelle angerufen, dass ich keine Zeit für Sie habe! Also da ist die Tür!«

»Herr Cramer, wenn Sie für morgen dringende Termine nachweisen können, akzeptiere ich das«, zeigte sich Nina unbeeindruckt. »Wir waren gerade dienstlich in der Nähe unterwegs und wollten Ihnen den Weg ersparen, deshalb sind wir hier. Aber ich kann Ihnen auch eine neue Vorladung schicken und Sie gegebenenfalls vorführen lassen, wenn Sie dieser nicht Folge leisten. Also, wie hätten Sie es gern?«

Mit so einer Ansage schien er nicht gerechnet zu haben. Man sah, wie es in ihm arbeitete. Offensichtlich bemühte er sich, seinen Adrenalinpegel im Griff zu behalten. Schließlich sagte er: »Also gut, was wollen Sie von mir?«

»Wir würden Ihnen gerne ein paar Fragen im Zusammenhang mit dem Tod von Carsten Kröger stellen. Das bitte ohne Ihre Frau, und ich würde das Gespräch gerne aufzeichnen.«

Der Mann warf seiner Frau einen Blick zu. Sie verschwand wortlos und machte die Tür hinter sich zu. Dann sagte er: »Wieso Aufzeichnung?«

»Weil es sich um eine offizielle Befragung im Zusammenhang mit einem Tötungsdelikt handelt«, antwortete die Kommissarin. »Die erforderlichen Belehrungen mache ich, sobald ich die Aufzeichnung gestartet habe. Wie gesagt, wir können das auch ganz formell alles in unserer Dienststelle machen, dort frage ich Sie dann nicht mehr, ob Sie mit einer Aufzeichnung einverstanden sind.«

Nina sah, wie es wieder in ihm arbeitete. Für sie stand fest, dass er zu dem Typus Choleriker gehörte, der sich ganz genau überlegte, wann er seiner aufschäumenden Wut freien Lauf ließ, um mit brachialer Gewalt seinen Willen und wahrscheinlich auch seine Triebe durchzusetzen, und wann besser nicht.

»Okay«, sagte er schließlich, »dann aber schnell, ich habe nicht viel Zeit.«

Nachdem Nina die Aufnahme gestartet und die üblichen Belehrungen durchgeführt hatte, kam sie gleich auf den Punkt. »Herr Cramer, uns liegt eine Zeugenaussage vor. Sie haben gedroht, dass etwas passiert, wenn Carsten Kröger nicht die Finger von Ihrer Frau lässt. Was wollten Sie damit androhen?«

»Ihm vielleicht ein paar in die Fresse hauen. Was denn sonst?«, war die flapsige Antwort. »Glauben Sie etwa, ich hätte den umgebracht? Hat sich ja inzwischen rumgesprochen, dass der Juniorchef von Elektro-Kröger wohl in ein offenes Messer gelaufen ist. Haha. Jetzt erwarten Sie aber nicht, dass ich dem auch nur eine Träne nachweine. Und meine Frau übrigens auch nicht mehr. Da können Sie absolut sicher sein. Da hat es sich ausgetränt.«

Nina lag dazu durchaus etwas auf der Zunge. Das verkniff sie sich aber. Sie war hier zur Aufklärung eines Mordes und nicht zur Klärung ehelicher Treueprobleme. Dabei war auch die Frage, hatte seine Frau oder hatte sie nicht, völlig ohne Bedeutung. Der Mann schien fest daran zu glauben, jedenfalls nach seiner Aussage gegenüber Kröger senior. Nur das hatte sein Handeln beeinflusst. Und genau das galt es aufzuklären.

Daher stellte die Kriminalistin konkret die Frage: »Am Donnerstagabend lief in Neuharlingersiel die Strandfete. Wo waren Sie in der Zeit von dreiundzwanzig Uhr bis vier Uhr freitagmorgens?«

»Hier im Haus in meinem Bett, ich habe geschlafen. Meine Frau wird das bestätigen.«

»Nicht das beste Alibi, Herr Cramer, denn juristisch ist Ihre Frau nicht verpflichtet, gegen Sie auszusagen. Aber lassen wir das mal so stehen. Haben Sie sonst noch etwas dazu zu sagen?«

»Nee, ich sagte ja schon, ich hab nicht viel Zeit.«

»Da Sie nur Ihre Frau als Zeugin für ein Alibi geltend machen, kann ich Ihnen leider nicht ersparen, dass Sie sich noch im Laufe der nächsten Tage zu einer erkennungsdienstlichen Erfassung bei uns im Kommissariat einfinden. Das dient letztlich auch Ihrer Entlastung. Wenn Sie zu den normalen Dienstzeiten kommen, brauchen Sie sich vorher nicht anzumelden. Geht das klar, oder brauchen Sie eine offizielle Vorladung?«

»Geht klar«, erwiderte der Angesprochene, wobei ihm anzusehen war, dass er am liebsten seiner Wut freien Lauf gelassen hätte.

Nina war sich sicher, dass er im Beruf zu denen gehörte, die nach oben hin buckeln und nach unten treten. Ihr tat nur die Frau leid. Sie war sich nämlich ebenso sicher, dass die gleich seine angestaute Wut abbekommen würde. Und noch bevor die beiden Polizistinnen in ihr Auto stiegen, hörten sie den Mann durch das gekippte Küchenfenster auch schon rumbrüllen. Einen Moment überlegte die Kommissarin, ob sie nochmal zurückgehen sollte. Aber was würde das bringen? Wahrscheinlich wäre das nur wie Öl ins Feuer gießen und die arme Frau müsste auch das wieder ausbaden. Deshalb fuhren die beiden Polizistinnen mit einem unguten Gefühl zur Dienststelle zurück.

Als Bert und Oke aus Wilhelmshaven zurück waren, traf sich das Team in Berts Dienstzimmer an seinem Besprechungstisch zu einem Käffchen. Von Wilhelmshaven war eine E-Mail eingegangen. An Porats Wagen war keine Beschädigung nachzuweisen, was aber nur noch ein zusätzlicher Beweis gewesen wäre.

Fokke hatte Gernot Klaas als Mr. Spock identifiziert und noch einmal bestätigt, gesehen zu haben, dass dieser Mann Carsten Kröger schon öfter größere Chipmengen zum Weiterspielen hatte bringen lassen. Über Zinsforderungen und Leihbedingungen hatte sich Carsten seinem Freund gegenüber aber nicht ausgelassen, sodass Fokke dazu nichts sagen konnte.

Peter Porat und Sven Later hatte Fokke als Mitarbeiter identifiziert, die ausschließlich im Hinterzimmer der Spielhalle eingesetzt waren. Offiziell versahen sie dort den Thekendienst. Aber Fokke war sich sicher, dass sie auch sowas wie die Bodyguards für Klaas waren und auch nur von ihm Anweisungen bekamen. Außerdem schmissen sie auch schon mal Spieler raus, die wegen ihrer Verluste Ärger zu machen drohten. Dabei waren die beiden alles andere als zimperlich, wie Fokke schon ein paar Mal mitbekommen hatte. Anzeigen hatte es dazu aber bei der Polizei in Wilhelmshaven bislang keine gegeben.

Nina berichtete von dem aufschlussreichen Gespräch mit Meite über ihre Erinnerungen bezüglich ihres Unfalls. Alle fanden gut, dass damit eine gute Chance bestand, das verbrecherische Trio – zumindest für einige Jahre – hinter Gitter zu bringen.

Trotzdem blieb Bert dabei, dass der Tatverdacht gegen Meite Hansen damit noch nicht ausgeräumt sei. »Nina, wir konnten das vorhin im Telefonat nicht zu Ende diskutieren. Du hast da den Porat auch als möglichen Täter ins Spiel gebracht. Nur warum retten er und sein Komplize die Unfallfahrerin aus dem brennenden Auto? Der Unfall sollte doch sicher nur dazu dienen, den DJ, wahrscheinlich auch für künftige Geldforderungen, unter Druck zu setzen. Wenn dieser aber durch Porat bereits getötet worden war, dann hätte sich doch eigentlich damit auch der Auftrag mit dem Unfall bereits erledigt gehabt. Zumal Porat zwischen der Abfahrt in Neuharlingersiel und dem Unfallgeschehen mit Klaas telefoniert hatte. Der hätte den Unfall doch sicher sofort abgeblasen.«

»Bert, das haben Rita und ich vorhin im Auto auch schon diskutiert. Fest steht, dass es noch eine Menge Ungereimtheiten gibt. Es wäre ja auch denkbar, dass Porat Carsten in seinem Wohnmobil nur auffordern wollte, mit ihm nach Hause zu fahren und ihm das Geld für Klaas zu übergeben. Annahme: Carsten hat sich geweigert. Die Situation eskaliert. Porat fällt das Küchenmesser in die Hände und er sticht in der Bauchgegend einmal zu. Das ist ein Stich, der nicht zwangsläufig hätte tödlich ausgehen müssen.«

»Auch das wäre nicht auszuschließen. Aber selbst dann hätte sich der Auftrag für die Herbeiführung eines Unfalls doch erledigt gehabt«, wandte der Teamleiter ein.

»Wir gehen doch davon aus, dass Carsten in seiner SMS mit dem ›Päckchen‹ das Geld gemeint hat, welches in seinem Haus für den Geldeintreiber schon bereit lag«, ging Nina nochmal ins Detail. »Wir gehen ferner davon aus, dass die Typen das und den Computer nach dem Unfall aus dem Haus geholt haben. Vielleicht wollten sie mit dem Unfall nur verhindern, dass Meite sie im Haus überrascht. Die sind sicher davon ausgegangen, dass sie dorthin unterwegs war. Dann sehen sie, dass das Auto Feuer gefangen hat, das heißt, aus ihrer Unfallaktion mit schwerer Körperverletzung drohte Mord zu werden. Vielleicht für die Ganoven ein Grund, sie vor dem sicheren Tod durch Verbrennen im Auto zu bewahren.«

Das ließ Bert so im Raum stehen, ohne noch einmal darauf einzugehen, und beendete das kleine Meeting mit dem Hinweis, dass man zunächst die weiteren forensischen Auswertungen abwarten müsste. Außerdem hoffte das Team mal wieder auf ein entspanntes Wochenende.

8. Kapitel

Fokke hatte sich von dem Dienstwagen der Polizei, der ihn nach seiner Rückkehr aus Wilhelmshaven nach Hause bringen sollte, gleich bei seinem Freund Malte absetzen lassen. Er brannte darauf, seinem Kumpel von der Gegenüberstellung mit den Inhaftierten zu erzählen.

Malte war schon sehr gespannt und hatte gleich zwei Flaschen Bier aus dem Kühlschrank geholt. Nachdem sie sich zugeprostet hatten, begann Fokke: »Mensch, Malte, für den Gernot Klaas, so heißt Mr. Spock richtig, und seine Bodyguards wird es ganz schön eng. Die heißen übrigens Peter Porat und Sven Later, bisher kannte ich ja nur die Vornamen. – Ich hab im Auto mitbekommen, dass sich Meite wieder an den Unfall erinnern kann. Porat und Later haben sie auf der B 72 von der Straße abgedrängt. Kommissar Linnig meinte zu seinem Fahrer, dass die dafür wohl mit einigen Jährchen hinter Schloss und Riegel rechnen könnten.«

»Hat er auch was zur Ermordung von Carsten gesagt?«, wollte Malte wissen.

»Nee, hat er nicht. Aber in Bezug auf das illegale Pokerspiel würden die verantwortlichen Betreiber zur Rechenschaft gezogen. Ich muss wohl auch mit einer Anzeige und eventuell einer Geldstrafe rechnen. Allerdings hat er mir Hoffnung gemacht, dass es für mich durch meine Zeugenaussage nicht so schlimm werden würde.«

»Ich hab euch immer gewarnt mit dieser Scheißzockerei!«, konnte Malte nicht an sich halten. »Carsten ist jetzt tot und Meite hätte das fast das Leben gekostet. Ich bin davon überzeugt, dass dieser Mr. Spock auch was mit dem Mord an Carsten zu tun hat. Du hast ja schon gesagt, dass Carsten irgendetwas über den Geldverleiher wusste. Sowas nennt man dann wohl ein handfestes Motiv. Und wer solche Unfälle in Auftrag gibt, wie du das auch mit dem Kind und dem Fahrradunfall erzählt hast, für den zählt ein Menschenleben nix.«

»Also, Malte, das sehe ich inzwischen genauso. Für mich ist Zocken erledigt. Das kann ich dir als Freund versprechen. Es war für mich eine sehr bittere Erfahrung und Lehre. Ich will mich zwar nicht rausreden, aber die Idee dazu kam von Carsten und der hat ganz schön lange auf mich eingeredet, bis ich das erste Mal mit nach Wilhelmshaven gefahren bin. Aber dann hab ich gleich beim ersten Mal eine richtige Glückssträhne erwischt. Und da bist du schneller bei der Sucht, als du denken kannst.«

»Carsten hat es bei mir auch immer wieder versucht. Aber ich spiele, wie du weißt, überhaupt keine Karten. Ist schon viel, dass ich weiß, wie Skat geschrieben wird. Aber damit habe ich auch nix am Hut. Zu meinem Glück, kann ich nur feststellen. Doch wie geht denn das jetzt in Wilhelmshaven weiter? Du hast die Typen identifiziert, und was wollte die Polizei noch von dir wissen?«

»Da ging es vor allem darum, ob Carsten sich von Mr. Spock Geld geliehen hatte.«

»Du sagtest doch, hätte er. Wie muss ich mir denn das überhaupt vorstellen? Hat Mr. Spock da eine Bargeldkasse hinter der Theke und zahlt Scheine oder Hartgeld aus?«

Fokke musste lachen. »Nee, an den Spieltischen wird grundsätzlich mit Chips gespielt. Aber es kommt auch schon mal vor, dass jemand einen Hunni reinwirft. Das mit den Chips hast du bestimmt auch schon mal in Filmen beim Roulette gesehen. Die haben unterschiedliche Kennzeichnungen und einen bestimmten festgelegten Wert. Carsten hat, wenn er noch Chips während einer Runde brauchte, Peter oder Sven von der Servicetheke rangewinkt und denen gesagt, was er haben wollte. Die haben dann kurz mit Mr. Spock gesprochen und Carsten die Chips an den Tisch gebracht. Das war's. Ich selbst habe immer am Anfang einen bestimmten Geldbetrag in Chips eingetauscht. Wenn die Chips alle waren, weil es nicht gut für mich gelaufen war, dann habe ich aufgehört. Wenn ich einen guten Tag hatte, dann habe ich, wenn wir gegangen sind, die Chips wieder in Geld getauscht. Das war mir natürlich immer am liebsten. Vor allem, wenn es nachher mehr war als vorher.«

»Als du mir das Handy von Carsten gezeigt hast, wolltest du damit nicht zur Polizei gehen, weil du Angst davor hattest, dass Mr. Spock dir auch jemanden schicken könnte, so wie wahrscheinlich bei Meite. Was hat denn der Kommissar zu deiner Befürchtung gesagt?«

»Ach du Scheiße, Malte. Ich dachte, die sitzen jetzt im Gefängnis und damit hat es sich. Muss ich wohl deswegen irgendwie völlig verdrängt haben. Jedenfalls habe ich den Kommissar gar nicht darauf angesprochen. Aber man hört ja immer wieder davon, dass sogar Morde selbst aus dem Knast in Auftrag gegeben werden.«

»Ich will dir nicht noch zusätzlich Angst machen, aber das nennt man dann wohl Zeugenbeseitigung. Du bist ja jetzt auch ein wichtiger Zeuge. Allerdings hört man sowas doch eher aus dem Bereich der organisierten Kriminalität. Gehört Mr. Spock denn auch zu so einer Organisation?«

»Darüber hätte Carsten sicher mal etwas gesagt. Glaube ich daher eher nicht. Aber Angst hast du mir trotzdem gemacht. Wie weit die bereit sind zu gehen, sieht man bei Meite. Und vielleicht sogar bei Carsten. Ich glaube, jetzt brauche ich einen Single Malt. Jedenfalls werde ich nächste Woche nochmal zum Kommissariat gehen und nachfragen. Aber vielleicht ist die Gefahr auch gar nicht so groß, wie wir jetzt denken. Denn sonst hätte der Kommissar doch sicher von sich aus was zu mir gesagt. Aber trotzdem, wie wär's mit was Hochprozentigem?«

»Sorry, ein Bier kannst du noch haben, auch einen Korn. Aber mein Whiskey ist alle. Übrigens muss ich noch Auto fahren. Ich habe nachher noch ein Date.«

»Bahnt sich da bei dir etwa was an?«

»Ist noch zu früh. Aber möglich ist alles«, erwiderte Malte lachend, während er noch ein Bier für Fokke aus dem Kühlschrank holte. »Und wie sieht es mit einem Kurzen aus? Willst du oder willst du nicht?«

»Zur Not, bevor ich mich schlagen lasse, nehm ich auch einen Korn. Ich hab ja heute nix mehr vor. Gestern habe ich mir Emder Matjes besorgt und eine Portion Bratkartoffeln habe ich noch in der Gefriere. Danach werde ich es mir mit meiner Lieblingsflasche vor dem Fernseher gemütlich machen. Meine Eltern sind noch im Urlaub, sonst hätte ich wahrscheinlich bei meiner Mutter essen können. Aber was hältst du davon, wenn wir morgen mal wieder eine Radtour zur Krummhörn und dem Großen Meer machen? Das Wetter soll ganz gut werden.«

»Gute Idee, aber nicht zu früh. Ich weiß ja noch nicht, wie lange der Abend bei mir wird.«

»Vielleicht zehn Uhr. Wäre das okay?«

»Passt. Wird heute Abend auf keinen Fall ein Besäufnis«, zwinkerte Malte seinem Kumpel zu. »Ich hol dich pünktlich ab. Also, sieh zu, dass es auch bei dir kein Komasaufen wird. Nicht, dass ich für dich morgen noch den Bollerwagen hinten an mein Fahrrad hängen muss.«

Nachdem Fokke sein Bier und seinen Korn ausgetrunken hatte, trennten sich die beiden Freunde.

✱✱✱

Malte schwebte auf Wolke sieben. Sein Date endete – wie von ihm vorhergesagt – nicht im Besäufnis, sondern bei sich zu Hause im Bett. Er hatte Fokke noch am späten Abend eine WhatsApp geschickt, dass er überraschend eine Nachtschicht einlegen müsste und daher auch am nächsten Morgen leider verhindert wäre. Den mitgeschickten Smilies war zu entnehmen, dass es da wohl eher um eine amouröse Nachtschicht ging. Der Begriff aus der Arbeitswelt war hier im übertragenen Sinne durchaus angebracht, denn Jutta Clemens, so hieß Maltes Date, war eine neue Arbeitskollegin.

Das war ihm bislang auch noch nicht passiert. Liebe auf den ersten Blick. Denn eigentlich war er nicht der große Draufgänger. Auch im Trio seiner Freunde ließ er Carsten und Fokke immer gern den Vortritt. Aber schon als Jutta vor wenigen Tagen in der Firma vorgestellt wurde und sie sich die Hand gaben, hatte sein Herz plötzlich bis zum Hals geklopft. Und heute, auf dem Weg zu seiner Verabredung, befürchtete er noch im Stillen, dass seine Gefühlsregung nur einseitig gewesen sein könnte.

Jutta war mit ihrer zierlichen Figur als Frau eher unscheinbar, aber sehr sympathisch. Auch sie drängte sich nicht in den Vordergrund. Aber schon bei ihrer Verabredung waren eigentlich beide über ihren eigenen Schatten gesprungen. Malte hatte sich einen abgestottert und sie hatte seine Sätze ergänzt, sodass sie beide auf einmal lachen mussten und das Eis gebrochen war. Und so hatten sie sich, wie verabredet, bei einer Pizza gegenübergesessen und doch insgeheim beide gedacht: Hoffentlich sind wir bald fertig und können endlich ein paar Zärtlichkeiten austauschen. Malte war noch durch den Kopf gegangen: Erst die Pflicht und dann die Kür.

Sie konnten, obwohl keiner es aussprach, gar nicht schnell genug zu Malte nach Hause kommen, der nicht weit von der Pizzeria entfernt wohnte. Später gestand Jutta ihrer neuen Liebe, dass sie noch nie so schnell im Bett eines Mannes gelandet sei, um dann gleich darauf zärtlich eine neue Runde zu eröffnen.

Nach einem nächtlichen Gang zur Toilette schrieb Malte nochmal im Klartext an Fokke, dass er wegen der Nachtschicht nicht um zehn Uhr zur Radtour antreten könnte. Dass sein Freund bis dahin auch die Nachricht des Abends noch nicht geöffnet hatte, verwunderte Malte nicht sonderlich. Er ging davon aus, dass dieser mal wieder mit seiner Flasche Whiskey versackt war. Von dem brauchte er auch morgen früh noch keine Rückmeldung zu erwarten, geschweige denn eine pünktliche Abmarschbereitschaft für eine Radtour. Obwohl man sich normalerweise auf Fokke verlassen konnte. Aber es kam schon mal vor, dass sich – quasi über Nacht – andere Prioritäten ergaben. So war es ihm ja heute auch mit seiner neuen Arbeitskollegin gegangen.

Statt ausgiebigem Frühstück gab es bei Malte am nächsten Morgen ein kleines Sektfrühstück im Bett. Danach eine Dusche zu zweit mit anschließendem längerem Bettgeflüster.

In einer schöpferischen Pause kam Malte ein Witz ins Gedächtnis, den ihm Fokke vor Kurzem erzählt hatte: »Eine attraktive Dreißigjährige erzählt ihrer besten Freundin, dass sie ein intimes Date mit einem Neunzigjährigen gehabt hätte. Er hatte ihr an der Hotelbar erzählt, dass er über siebzig Jahre gespart habe. Ihr Irrtum sei nur gewesen, dass sie der Meinung gewesen war, er hätte beim Sparen von Geld gesprochen.«

Malte musste still in sich reingrinsen, was aber seiner Partnerin nicht verborgen blieb. »Warum grinst du so?«, wollte sie von ihm wissen.

Nachdem er ihr den Witz erzählt hatte, fragte sie ihn ebenfalls mit einem hintergründigen Lächeln: »Und wie viel Jahre hattest du gespart?«

Er hätte es ihr ziemlich genau sagen können. Stattdessen sagte er nur: »Betriebsgeheimnis!« Jutta musste in diesem Zusammenhang an sich selbst denken, behielt das aber als kleines frauliches Geheimnis für sich.

Es war bereits Nachmittag. Malte hatte mit Jutta einen ausgiebigen Brunch hinter sich gebracht. Als seine Herzensdame sich im Bad gerade etwas frisch machte, schaute Malte auf sein Handy. Er war neugierig, wie Fokke auf seine Nachrichten reagiert hatte. Gar nicht?! Was konnte das bedeuten?

Irgendwann hätte Fokke zumindest mal die Nachricht öffnen müssen. Jedenfalls hätte er das normalerweise getan. Malte musste wieder grinsen bei dem Gedanken, dass Fokke vielleicht statt der Verabredung mit einer Flasche Whiskey ein geheimes Date hatte. Von seinem Freund wusste er, dass er in letzter Zeit, ebenfalls nicht ganz freiwillig, ein fleißiger »Sparer« gewesen war. Malte rief bei Fokke auf dem Handy an. Aber er ging nicht dran. Das war schon sehr merkwürdig. Auch auf dem Festnetz meldete er sich nicht.

Als Jutta wieder in die Küche kam, sah sie Maltes nachdenkliches Gesicht. »Stimmt was nicht?«, wollte sie wissen.

»Merkwürdig, mein bester Freund Fokke reagiert seit gestern Abend auf keine Nachricht und geht auch jetzt nicht ans Handy und auch nicht ans Festnetztelefon.«

»Hat der vielleicht auch eine neue Arbeitskollegin?«, fragte sie lachend.

»Hab ich auch schon gedacht. Aber ich war ja auch – trotz Vollbeschäftigung – imstande, mal zwischendurch in mein Handy zu schauen. Normalerweise macht er das auch. Hinzu kommt, dass wir uns eigentlich um zehn Uhr für eine Radtour zur Krummhörn verabredet hatten. Die hab ich aber gestern Abend schon vorsorglich abgesagt. Aber wie ich schon sagte, auch darauf hat er nicht reagiert. Wirklich völlig untypisch für ihn.«

»Wohnt der weit weg? Sonst könnten wir doch mal kurz bei ihm vorbeifahren«, schlug Jutta vor. »Den Sekt von heute früh haben wir doch schon verdaut. Bei meiner besten Freundin würde ich das in jedem Fall so machen.«

»Das ist hier in der Straße nur ein paar Häuser weiter.«

»Dann lass uns einen kleinen Spaziergang dahin machen. Ein wenig frische Luft tut uns beiden sicher jetzt auch sehr gut. Und du weißt dann wenigstens, was los ist.«

»Sehr gute Idee, Jutta. Ich hab jetzt auch keine rechte Ruhe mehr, zumal ein guter Freund von Fokke und mir nach der Strandfete in Neuharlingersiel ermordet wurde und der Mörder noch nicht gefasst ist.«

Auf einmal hatten beide es sehr eilig und kurze Zeit später waren sie unterwegs, um nach Fokke zu schauen. Malte hatte auf einmal ein ganz flaues Gefühl in der Magengegend. Wie konnte er nur so sorglos sein? Gestern hatten sie noch darüber gesprochen, dass Fokke in Gefahr sein könnte. Es war wohl doch etwas dran, wenn Männern nachgesagt wurde, dass bei steigendem Testosteronspiegel das Gehirn mehr und mehr abschaltete.

Als die beiden das Grundstück von Fokkes Eltern mit dem Haupthaus und Fokkes Anbau erreichten, ahnte Malte nichts Gutes. Die Rollläden waren an beiden Gebäudeteilen heruntergelassen. Dabei zog Fokke als braver Sohn tagsüber auch bei seinen Eltern die Rollläden hoch. Gerade in der Urlaubszeit eine von der Polizei empfohlene Einbruchsprävention. Dass sich auf das mehrfache Klingeln und Rufen nichts rührte, verwunderte Malte nicht. Nachbarn zu fragen, wäre hier sinnlos gewesen, dazu lagen die Häuser zu weit auseinander. Auch zwischen seinem und Fokkes Haus lagen, mit nur zwei Nachbarhäusern dazwischen, über fünfhundert Meter.

»Hat dein Freund vielleicht den berühmten Schlüssel unter der Fußmatte? Der wird doch sicher nichts dagegen haben, wenn du nachschaust«, hatte Jutta eine Idee.

»Unter der Fußmatte nicht, aber hinten beim Gartenhaus. Ich hole ihn mal.«

Kurz darauf war Malte mit dem Schlüssel zurück und öffnete die Tür. Er machte im Flur das Licht an und zog in der Küche den Rollladen hoch. Dort war alles sauber und aufgeräumt.

»Wow«, entfuhr es Jutta. »Hier wohnt ein Junggeselle? Da steht ja noch nicht einmal Geschirr rum. Übrigens, Respekt, Malte! Bei dir auch nicht, als wir gestern kamen.«

»Danke, Jutta! Damit du dich aber nicht irgendwann erschreckst: Nach einem unserer Whiskeyabende sieht das am anderen Morgen anders aus. Erinnere mich mal daran, dann erzähle ich dir, wie wir als Ostfriesen ausgerechnet auf Single Malt gekommen sind.«

Malte ging zum Wohnzimmer. Die Tür stand offen. Er machte Licht und wollte zum Fenster, unter dem die Couch stand, um den Rollladen hochzuziehen, als Jutta einen Schrei ausstieß. »Verdammt«, entfuhr es Malte im gleichen Augenblick. Auch er sah seinen Freund mit blutigem T-Shirt auf der Couch liegen. »Fokke! Scheiße! Das darf doch nicht wahr sein!«

Er fasste seinem Freund an den Hals. »Tot!«, sagte er mehr zu sich selbst als zu Jutta, die wie versteinert in der Tür stehen geblieben war.

»Komm, Jutta, hier können wir nichts mehr machen. Nichts anfassen. Wir gehen wieder raus und ich rufe die Polizei.«

Nachdem Malte das Kommissariat verständigt hatte, nahmen sich die beiden Frischverliebten bei der Hand und setzten sich auf die Bank neben der Eingangstür. Malte hatte schützend den Arm um Jutta gelegt, die sich an ihn schmiegte. Dann warteten die beiden in Gedanken versunken. Obwohl Jutta Fokke gar nicht gekannt hatte, liefen ihr die Tränen runter.

Malte stellte sich selbstkritisch die Frage, ob er gestern oder heute Nacht noch etwas hätte tun oder verhindern können. Vielleicht würde sein Freund dann noch leben. Hatte hier der verlängerte Arm von Mr. Spock zugeschlagen? Immerhin wäre Fokke ein wichtiger Zeuge in dem zu erwartenden Prozess gewesen. War vielleicht Meite auch in Gefahr? Dass er selbst in Gefahr sein könnte, davon ging Malte nicht aus. Schließlich hatte er keinen Kontakt zu der Zockerbude gehabt.

9. Kapitel

Das Ermittlerteam des Kommissariats hatte sich eigentlich auf ein entspanntes Wochenende gefreut. Nur die Leute von der Forensik waren an diesem Samstag mit der Auswertung der Daten in der Dienststelle immer noch im Einsatz. Daher dauerte es auch gar nicht lange, bis die ersten Fahrzeuge der Spurensicherung den neuen Tatort erreichten.

Dann übernahm polizeiliche Routine die Gesetze des Handelns. Malte und Jutta wurden gebeten, freiwillig Fingerabdrücke und DNA-Proben in einem der Einsatzfahrzeuge als Referenzwerte abzugeben. Die Datenaufnahme mit den beiden war gerade abgeschlossen, als der Privatwagen von Kommissar Linnig mit Kommissarin Jürgens auf den Hof fuhr.

Nach einem kurzen Gruß aus der Ferne an die Kollegen gingen Bert und Nina zu Malte und Jutta. Nachdem sie sich begrüßt und sich Jutta vorgestellt hatten, bekundeten sie ihr Beileid. In diesem Augenblick erwischte es Malte. Seine beiden besten Freunde auf so tragische Art und Weise kurz hintereinander zu verlieren, das blieb auch bei ihm nicht ohne Wirkung und trieb ihm die Tränen in die Augen. Diesmal war es Jutta, die ihn tröstend an sich zog.

Als er sich wieder einigermaßen gefangen hatte, fragte Bert: »Herr Berens, Sie haben Ihren Freund gerade im Haus gefunden?«

»Ja, Herr Kommissar. Meine Freundin und ich haben uns Sorgen gemacht, weil Fokke auf meine Nachrichten und Anrufe nicht reagierte. Seine Eltern sind übrigens im Urlaub. Da ich weiß, wo ein Ersatzschlüssel für sein Haus liegt, sind wir reingegangen und haben ihn tot auf der Wohnzimmercouch gefunden. Ich vermute, er wurde genauso erstochen wie Carsten.«

»Okay«, sagte Bert, »dann warten Sie bitte in unserem Einsatzfahrzeug. Meine Kollegin und ich verschaffen uns erst einmal selbst einen Überblick und kommen dann wieder zu Ihnen.«

Dann gingen die beiden Kommissare in das Haus, nachdem sie sich mit Überzügen für die Schuhe und Handschuhen versorgt hatten. Sören war heute noch nicht bei seinen Leuten dabei, sonst hätten sie wahrscheinlich wieder das Ganzkörperkondom anziehen müssen, wie Bert den Tatort-Schutzanzug nannte. Er hasste diese Dinger.

»Anderer Ort, anderes Opfer, aber scheinbar gleicher Tod«, stellte Nina fest, als sie Fokke auf der Couch liegen sah. »Sogar das Küchenmesser liegt neben ihm. Das sieht verdammt nach gleichem Täter aus. Damit wäre aber Meite endgültig aus dem Rennen, denn die liegt immer noch im Krankenhaus.«

»Das ist dir wohl am wichtigsten. Allerdings muss ich zugeben, du könntest recht haben«, erwiderte ihr Partner. »Aber auch hier dem ersten Anschein nach kein Hinweis auf den Täter«, ergänzte er dann, nachdem Nina und er sich im Wohnzimmer einen ersten Überblick verschafft hatten. Auch ihr Gang durch die Räumlichkeiten des Hauses ergab auf den ersten Blick keine Auffälligkeiten, weder Einbruchspuren noch Hinweise auf durchsuchte Räume oder Schränke. Genaueres musste die Spurensicherung ermitteln.

Als Bert und Nina von ihrem Rundgang durchs Haus wieder draußen ankamen, fuhr gerade der Leiter der Forensik auf den geräumigen Hof, auf dem alle Polizeifahrzeuge locker Platz hatten. Bert informierte seinen Kollegen kurz, bevor er mit Nina in das Einsatzfahrzeug zu Malte und Jutta stieg.

Dann fragte Bert den zusammengesunken dasitzenden Malte: »Wann haben Sie Ihren Freund zuletzt lebend gesehen?«

»Gestern. Er hatte sich, nachdem er aus Wilhelmshaven zurück war, von dem Streifenwagen direkt zu mir bringen lassen.«

»Hat er Sie über den dortigen Ablauf informiert?«, wollte der Kommissar wissen.

»Hat er. Abschließend war ihm dann auf einmal klar geworden, dass man einen Mordauftrag auch aus dem Gefängnis erteilen kann. Da hatte Fokke auf einmal richtig Angst, weil er doch vor Gericht gegen die Zockerbande aussagen sollte. Er hatte mal gehört, dass die Anwälte von Tätern als Strafverteidiger das Recht auf uneingeschränkte Akteneinsicht hätten und daher auch genau wüssten, wie die Zeugen heißen und wo die wohnen.«

»Grundsätzlich ist das richtig«, bestätigte Nina. »Aber hier bereits jetzt von einem Auftragsmord auszugehen, wäre völlig verfrüht. Die Spurensicherung hat gerade erst mit ihrer Arbeit begonnen und der Rechtsmediziner befindet sich derzeit noch irgendwo auf der Strecke zwischen Oldenburg und Wittmund.«

»Jedenfalls hatte Fokke Angst davor und wollte darüber eigentlich nächste Woche noch einmal mit Ihnen sprechen. Hat sich ja jetzt erledigt«, sagte Malte mit Bitterkeit in der Stimme. »Ich habe ebenfalls schon drüber nachgedacht, ob ich selbst auch in Gefahr bin. Bin aber zu dem Schluss gekommen, wohl eher nicht, denn die Zockerbande weiß doch sicher kaum etwas von mir. Aber bei Meite sieht das doch ganz anders aus. Ihre Zeugenaussage belastet Porat und Later doch ganz erheblich, wie Fokke mir sagte. Also, wenn ich Meite wäre, ich würde Personenschutz beantragen.«

Weder Bert noch Nina kommentierten das. Bert fragte stattdessen, ob Malte wüsste, wo Fokkes Eltern Urlaub machen und wie man sie erreichen könnte.

Auf Mallorca. Wo da genau, sei ihm aber nicht bekannt. Bezüglich der telefonischen Erreichbarkeit sagte Malte: »Die Handynummern müsste Fokke in seinem Handy gespeichert haben. Jedenfalls war ich dabei, als vor ein paar Tagen seine Mutter ihn aus Malle auf seinem Handy anrief und er später seinen Vater dort zurückrief, weil er für den irgendetwas nachschauen sollte. Könnte aber auch sein, dass Fokke dazu was auf seinem Schreibtisch oder in seinem PC hat.«

»Gibt es enge Verwandte, die informiert werden müssten?«, wollte Nina wissen.

»Seine Großeltern, die Eltern seiner Mutter, wohnen bei deren Bruder auf dem Hof in Dunum. Sein Vater hat erst spät geheiratet und ist deswegen auch schon etwas älter. Die Großeltern leben nicht mehr. Geschwister hat Fokke keine.«

»In jedem Fall müssten wir erst einmal die Eltern auf Mallorca informieren«, merkte Nina an. Das würde wahrscheinlich wie meistens ihr Part sein.

»Ich komme nochmal auf Fokkes Besuch bei Ihnen gestern zurück, Herr Berens«, setzte Bert die Befragung fort. »Bis wann war Fokke bei Ihnen, und wohin wollte er danach?«

»Ich habe nicht auf die Uhr geschaut, als er ging. Es mag so achtzehn Uhr gewesen sein. Aber da möchte ich mich nicht festlegen. Er wollte nach Hause und den Abend vor dem Fernseher verbringen. Für den nächsten Morgen hatten wir uns um zehn Uhr verabredet. Wir wollten eine Radtour zur Krummhörn machen. Die hatte ich aber bereits am Abend kurz vor Mitternacht per WhatsApp abgesagt, weil ich mit meiner Freundin zusammen sein wollte, worauf er aber nicht reagierte. Das hat mich schon verwundert, weil er normalerweise zumindest mal reinguckt, wenn eine Nachricht bei ihm eingeht.«

Bert beendete das Gespräch und schickte die beiden Frischverliebten nach Hause. So hatten sich Jutta und Malte den heutigen Tag nicht vorgestellt. Jutta bot Malte an, noch über das Wochenende bei ihm zu bleiben, was dieser dankbar annahm.

Kurz nachdem die beiden weg waren, fuhr Dr. Rabe auf den Hof. Nach einer kurzen Einweisung durch Bert machte er sich an die Arbeit. Er brauchte gar nicht lange, dann bestätigte er Ninas Vermutung: »Alles deutet auf das gleiche Tatgeschehen hin wie bei Carsten Kröger. Todeszeitpunkt könnte zwischen achtzehn und vierundzwanzig Uhr gestern Abend liegen. Genaueres, Sie wissen schon. Bemerkenswert ist, dass der Täter oder die Täterin genau zu wissen scheint, wo die Aorta verläuft, denn so wie es aussieht, kam es auch hier mit nur einem einzigen Stich zu einer sehr schnellen inneren Verblutung.«

Nachdem der Mediziner den Abtransport der Leiche veranlasste, suchten Bert und Nina nach dem Leiter der Spurensicherung und fanden ihn in der Küche des Hauses. Er verglich gerade das in einem Plastikbeutel gesicherte Tatwerkzeug mit anderen Besteckteilen.

»Das Messer stammt eindeutig hier aus der Küche. Es ist die gleiche Marke wie die anderen Kochmesser hier in der Schublade und hat auch gleiche Griffmerkmale«, informierte er Nina und Bert. »Wie mir meine Leute mitteilten, ist hier an vielen Gegenständen und Möbelteilen herumgewischt worden, wo sich bei normalem Gebrauch in der Regel sogar mehrfach überlappende Fingerabdrücke befinden müssten. Das gilt übrigens auch für das mutmaßliche Tatmesser. Der Griff weist, im Gegensatz zur Tatwaffe bei Carsten Kröger, überhaupt keine Fingerabdrücke auf.«

»Das hat für mich fast den Anschein, dass jemand das Messer in dem Wohnmobil ganz bewusst so eingesetzt hat, dass die Fingerabdrücke der Freundin des Opfers erhalten blieben«, stellte Nina mit einem vielsagenden Seitenblick auf Bert fest. »Schließlich hat es sogar dazu geführt, dass wir für Meite Hansen einen Haftbefehl erwirkt haben. Hier haben wir offensichtlich nichts.«

»Stimmt, Nina«, bestätigte Sören. »Aber auch das, was nicht da ist, aber normalerweise da sein sollte, ist für uns ein wichtiger Hinweis. Da hat sich jemand bemüht, akribisch alle Spuren von sich zu beseitigen, woraus ich schließe, dass diese Person sich nicht nur wenige Minuten hier aufgehalten hat. Ferner ist zu vermuten, dass diese Person erst später Handschuhe getragen hat. Da es keine Einbruchspuren gibt, müssen wir davon ausgehen, dass das Opfer seinem Mörder sogar selbst die Tür geöffnet und ihn reingelassen hat. Nach den abgeputzten Stellen zu urteilen, hat sich der Täter im Flur, in der Küche, im Gäste-WC und im Wohnzimmer aufgehalten. Die anderen Räumlichkeiten wiesen keine solche Putzspuren auf.«

»Wichtige Informationen für uns«, sagte Bert. »Sören, aber zunächst brauchen wir dringend das Handy des Toten beziehungsweise Unterlagen oder Hinweise, wie wir seine Eltern in ihrem Urlaubsort auf Mallorca erreichen können.«

»Ein Handy des Toten konnten meine Leute noch nicht sicherstellen. Möglicherweise hat es der Täter mitgenommen. Aber auf seinem Schreibtisch im Arbeitszimmer liegt Prospektmaterial. Ich glaube, es ist auch eine Hotel-Adresse dabei. Da stand auch ein PC, den meine Leute aber inzwischen schon zur Auswertung in der Dienststelle verladen haben.«

Nina kam nach einem kurzen Augenblick bereits wieder zurück. Sie hatte eine Kopie der Buchungsbestätigung einer Finca in Cala Millor in der Hand. »Die Finca werde ich aber erst von unserem Diensttelefon über Festnetz anrufen. Ich hoffe, dass es da einen deutschsprachigen Ansprechpartner gibt.«

Auf dem Weg zur Dienststelle sagte Bert zu Nina: »Ich glaube, es war eine gute Idee von dir, gestern bereits die Kollegen der Oldenburger Polizeidirektion um Personenschutz für Meite Hansen in der Klinik zu bitten. Denn an dem, was Malte sagte, könnte durchaus etwas dran sein. Zumal es bei dem Unfallgeschehen für die Täter im Zweifel sogar um den Vorwurf des versuchten Mordes gehen könnte. Meites Aussage bringt diese Typen auf jeden Fall für Jahre hinter Gitter.«

»Bert, aber das trifft doch nicht auf Fokke zu. Er konnte mit seiner Aussage doch nur bestätigen, dass sich Carsten Kröger von Mr. Spock Geld fürs Zocken geliehen hat. Ob daraus eventuell ein Erpressungsfall bis hin zu schwerer Körperverletzung und Mord geworden ist, müssen wir erst noch herausfinden und gegebenenfalls beweisen. Daraus ein Mordmotiv gegen Fokke zu konstruieren, erscheint mir doch ein wenig weit hergeholt.«

»Warten wir es ab. Bliebe im Fall Fokke in jedem Fall der Tatvorwurf ›Unerlaubte Veranstaltung eines Glücksspiels‹ gegen die Inhaftierten. Das kann für die Betreiber zwar auch bis zu fünf Jahren hinter Gitter bedeuten, aber wann hat man schon mal von so einem Urteil gehört? Meistens wird daraus doch nur eine Geldstrafe. Also, wieder nur neue Fragen und Ungereimtheiten.«

Nachdem die beiden Kommissare nach ihrem Samstagnachmittagsausflug zu einem neuen Tatort die Dienststelle erreichten, sagte Bert: »Ich werde unseren Kollegen in Wilhelmshaven über die Ereignisse hier informieren. Ich habe seine Handynummer. Da wird er sich über einen kleinen Wochenendplausch sicher freuen. Eine willkommene Abwechslung mit interessanten Dienstinformationen, die die Langeweile eines tristen Wochenendes zu Hause schnell vertreiben«, schob er noch grinsend nach, um dann aber gleich wieder ernst zu werden: »Nina, wenn du dann bitte den Anruf nach Mallorca übernehmen würdest. Schau mal, dass du die Eltern an die Strippe bekommst. Da findest du doch immer die besseren Worte.«

Nina, die das bereits erwartet hatte, nickte nur und ging in ihr Dienstzimmer. Am Telefon der Finca meldete sich eine Frauenstimme auf Spanisch. Nachdem Nina nach dem

Urlauberpaar Kopmann aus Deutschland gefragt hatte, sagte die Frau nur »Einen Moment bitte« und legte den Hörer hin.

Es dauerte eine ganze Weile, dann meldete sich der Besitzer der Finca. Er war Deutscher und betrieb die Finca schon seit mehr als zehn Jahren, wie er sagte. Die Eheleute Kopmann seien mit einem kleinen hauseigenen Bus zu einer Besichtigungstour nach Palma unterwegs und würden wahrscheinlich erst gegen achtzehn Uhr zurück sein.

Nina bat den Mann, den Eheleuten Kopmann auszurichten, dass sie in einer dringenden Familienangelegenheit zurückrufen sollten. Sie hinterließ sowohl die dienstliche als auch ihre Handynummer und beendete das Telefonat.

***

Während Nina mit Mallorca telefonierte, wählte Bert in seinem Dienstzimmer die Handynummer seines Kollegen, Kriminal-hauptkommissar Hauke Jaspers aus der Abteilung Wirtschaftskriminalität in Wilhelmshaven. Wahrscheinlich saß der gerade gemütlich beim Kaffeetrinken mit seiner Familie zusammen oder sah sich ein Fußballspiel im Fernsehen an. Bert konnte sich gut vorstellen, was in seinem Kollegen jetzt vorging. Diensthandy klingelt: ›Nicht mal am Wochenende hat man seine Ruhe!‹

Mit seinen Überlegungen lag Bert allerdings etwas daneben. Sein Kollege meldete sich: »Moin, moin, Herr Linnig. Das war Gedankenübertragung. Ich sitze hier in der Dienststelle und wollte Sie auch gerade anrufen. Es gibt Neuigkeiten.«

»Moin, Herr Jaspers. Wollen Sie mir damit etwa mitteilen, dass Mr. Spock alles gestanden hat?«, orakelte Bert nicht ganz ernst gemeint.

»Unmögliches schaffen wir manchmal sofort, Herr Kollege, aber Wunder dauern bekanntlich etwas länger. Und ein Geständnis von einem Typen wie Mr. Spock wäre wie ein Wunder. Aber Porat hat kalte Füße bekommen, als wir ihn damit konfrontiert haben, dass es für ihn um eine Mordanklage mit lebenslanger Haftandrohung geht. Auch die Unfallgeschichte mit

127

Meite Hansen könnte auf eine Mordabsicht hindeuten, zumal sie selbst die Aktion inzwischen bezeugen kann. Der Anwalt von Klaas hatte Porat und auch seinem Komplizen gesagt, dass sie die Aussagen verweigern sollten.«

»Na klar, die übliche Masche«, kommentierte Bert.

»Ich habe Porat klargemacht, dass es durch die Zeugenaussagen der verunfallten jungen Frau nicht mehr darauf ankommt, ob er aussagt oder nicht«, berichtete der Kriminalist aus Wilhelmshaven. »Dann habe ich ihn darauf hingewiesen, dass es sich positiv auf Urteil und Strafmaß auswirken könnte, wenn er aussagt und Reue zeigt. Und ich habe ihn noch gefragt, ob ihn sein Anwalt darauf nicht hingewiesen hätte.«

»Das gefällt mir!«, kommentierte Bert. »Und wie war die Reaktion?«

»Porat hat seinen Anwalt gefragt, ob das stimmt. Und der hat dann versucht, eine juristisch verklausulierte Antwort zu geben. Daraufhin hat Porat ihn angebrüllt, ob er ihn verar… wollte. Er – Porat – hätte da gar nicht mehr dran gedacht. Er hätte sich nur vom Anwalt einlullen lassen, schimpfte er dann los. Dabei wüsste er das mit der Strafmilderung doch sogar selbst aus dem Fernsehen. Der Anwalt hat geantwortet, dass es sowas nur in Krimis gibt. Jedenfalls habe ich Porat dann nochmals darauf hingewiesen, dass sein Schweigen nur für einen gut wäre, nämlich für Klaas. Da sollte er mal drüber nachdenken.«

»Und hat er?«

»Wie Sie am Ergebnis sehen. Aber der Ablauf war trotzdem interessant. Sie hätten Porat sehen müssen. Nach meiner Ansage, wem sein Schweigen wohl nützt, erstarrte er wie zu einer Salzsäule. Dann hat man förmlich gesehen, wie es hinter seiner Stirn arbeitete. Und auf einmal ist der förmlich explodiert und der Wachmann und ich mussten sogar einschreiten. Sonst wäre der dem Anwalt an den Kragen gegangen. Dann hat Porat ihn angebrüllt, wessen Interessen er denn eigentlich vertritt, seine oder die von Klaas, und wollte einen anderen Anwalt. Der könnte in etwa einer Stunde hier sein. Das macht aber nur Sinn, wenn Sie auch dabei sind. Denn es geht in erster Linie um die Kapitalverbrechen in Ihrem Bereich. Das illegale Glücksspiel hier bei uns ist dabei ja fast nur eine unmaßgebliche Randerscheinung.«

»Wow, Herr Jaspers. Dann lassen Sie den Pflichtverteidiger man kommen. Meine Partnerin und ich machen uns gleich auf den Weg nach Wilhelmshaven. Wir waren hier allerdings auch heute aktiv. Wir haben einen weiteren Mordfall. Einer der Freunde unseres ermordeten DJs wurde heute erstochen aufgefunden. Darüber wollte ich Sie mit meinem Anruf eigentlich informieren. Es ist nicht auszuschließen, dass Mr. Spock auch dahintersteckt. Es ist nämlich Fokke Kopmann, mit dem ich ja gestern bei Ihnen zur Gegenüberstellung gewesen bin.«

»Dem Klaas ist alles zuzutrauen«, stimmte Jaspers Bert zu.

Nachdem Bert ihm noch die wichtigsten Details mitgeteilt und das Telefonat beendet hatte, kam Nina in sein Dienstzimmer. Sie sah ihm an, dass er eine überraschende Neuigkeit für sie haben würde. »Bert, was ist los? Lass es raus. Mr. Spock hat alles gestanden«, war auch ihre erste ebenfalls nicht ganz ernst gemeinte Vermutung.

»Mr. Spock nicht, aber Porat will alles gestehen. Unser Kollege in Wilhelmshaven bietet uns an, bei der Vernehmung dabei zu sein. Schließlich geht es da um unsere Fälle. Lass uns gleich fahren! Die Vernehmung beginnt in etwa einer Stunde, dann ist der Pflichtverteidiger für Porat da. Alles Weitere erzähl ich dir im Auto.«

10. Kapitel

In der Polizeiinspektion Wilhelmshaven wurden Nina und Bert
von ihrem Kollegen Kriminalhauptkommissar Hauke Jaspers aus
der Abteilung Wirtschaftskriminalität schon erwartet: »Moin, ich
hoffe, Sie hatten eine angenehme Anfahrt. Wir können gleich zum
Verhörraum gehen, wo der Pflichtanwalt noch mit Porat sitzt.
Inzwischen dürften die mit ihrem Gespräch fertig sein.

Kommissar Jaspers erledigte zunächst die Formalien. Dann
sagte er zum Anwalt und dessen Klienten: »Die Kernbefragung
wird durch die Wittmunder Kollegen erfolgen, weil die
schwerwiegendsten Delikte, die Ihnen, Herr Porat, zur Last gelegt
werden, in deren Zuständigkeits- und Kompetenzbereich
begangen worden sind. Ich selbst werde zum Schluss der
Vernehmung noch Fragen in Bezug auf die unerlaubten
Veranstaltungen von Glücksspielen zu klären haben.«

Dagegen hatte der Anwalt keine Einwände. »Mein Klient ist zu
einem umfassenden Geständnis und zu Aussagen bereit«, sagte
er. »Daher bitte ich zu Protokoll zu nehmen, dass mein Mandant
die Taten bereut. Ich hoffe, dass sich dies auf Urteil und Strafmaß
mildernd auswirkt.

»Herr Anwalt, Ihre Ausführungen sind Bestandteil der
Aufzeichnungen und werden somit Staatsanwaltschaft und
Gericht vorliegen. Ich muss Ihnen nicht erklären, dass das letzte
Wort dabei der Richter haben wird«, sagte Bert.

Dann wandte er sich an den Untersuchungshäftling: »Herr Porat,
Sie stehen im Verdacht, Carsten Kröger in seinem Wohnmobil
auf dem Campingplatz in Neuharlingersiel getötet zu haben.
Ferner ist durch Zeugenaussage belegt, dass Sie Meite Hansen,
die Freundin des Getöteten, mit Ihrem BMW SUV von der Straße
gedrängt haben, sodass diese gegen einen Baum fuhr und schwer
verletzt wurde. Hier wird Ihnen sicher zugutekommen, dass Sie
und Ihr Mitfahrer, Sven Later, die Verletzte aus dem Auto
geborgen und damit vor dem Tod durch Verbrennen bewahrt
haben. Daher wird Ihnen in diesem Zusammenhang nur die
Straftat einer schweren Körperverletzung zur Last gelegt. Ferner
sollen Sie aus dem Haus des getöteten Carsten Kröger

Gegenstände und Geld entwendet haben. Wollen Sie sich dazu äußern?«

»Ja, Herr Kommissar. Wie mein Anwalt schon sagte, mir tut das heute alles sehr leid und ich bereue wirklich, mich auf die Forderungen meines Chefs, Gernot Klaas, den alle Mr. Spock nennen, eingelassen zu haben. Mir tut auch vor allem die junge Frau leid. Sven und ich waren hinterher heilfroh, dass wir sie noch aus dem Auto bekommen haben, bevor der Tank explodierte. Aber Carsten Kröger habe ich nicht umgebracht. Mit seinem Tod haben weder ich noch mein Kumpel Sven Later etwas zu tun. Das müssen Sie mir glauben!«

»Auf die einzelnen Punkte kommen wir gleich noch zu sprechen«, antwortete Bert. »Dazu gehe ich chronologisch vor. Daher muss ich – und hier setze ich Ihr Einverständnis voraus, Herr Jaspers – mit den Aktivitäten des Getöteten, Carsten Kröger, beim illegalen Glücksspiel beginnen.«

Der Kollege aus Wilhelmshaven nickte zustimmend und Bert fuhr fort:»Stimmt es, Herr Porat, dass Carsten Kröger regelmäßig im Hinterzimmer der Spielhalle, bei der Sie angestellt sind, an unerlaubten Veranstaltungen von Glücksspielen teilgenommen hat?«

»Ja, hat er, fast jeden Donnerstag mit einem Freund, Fokke. Den Nachnamen weiß ich nicht«, sagte der Befragte.

»Hat Herr Kröger sich dabei Geld auch in Form von Spielchips von Gernot Klaas, genannt Mr. Spock, geliehen?«

»Das kam gelegentlich vor. Er erhielt das in Form von Chips und es wurde auch bis vor einiger Zeit immer pünktlich zurückgezahlt, soweit ich weiß.«

»Warum schränken Sie Ihre Aussage ein, indem Sie sagen: ›soweit ich weiß‹?«

»An mich hat er das nicht zurückgezahlt, sondern direkt an Mr. Spock. Ich oder Sven haben ihm auf seine Anforderung und nach der Freigabe durch Mr. Spock nur die geforderten Chips an den Tisch gebracht. Einmal habe ich gesehen, dass er zum Rückzahlungstermin meinem Chef einen Umschlag in die Hand drückte.«

»Und was meinten Sie mit: ›bis vor einiger Zeit‹?«

»Im letzten halben Jahr musste ich ihm schon zweimal eine SMS schicken. Den Text hat mein Chef mir diktiert. Anfangs ist Mr. Spock bei säumigen Spielern noch großzügig, da gibt es pro Woche nur zehn Prozent drauf. Wenn das aber mehrmals vorkommt, gibt es eine SMS von Stufe eins bis drei, wie mein Chef das nennt, wie bei Carsten am Donnerstag vor einer Woche.«

»Sie sagten, dass Kröger regelmäßig donnerstags bei Ihnen am Spieltisch saß. Warum war er am Samstag vor zwei Wochen da?«

»Auch wenn da nicht drüber gesprochen wurde, ging ich davon aus, dass er seine Spielschulden durch Gewinne bezahlen wollte. Lief aber nicht so gut für ihn. Ich musste ihm laufend Chips nachbringen. Samstags spielen auch andere Leute, da sind ein paar ganz Ausgefuchste dabei. Das hätte er wissen müssen.«

»Wissen Sie, wie hoch die Spielschulden von Kröger nach dem Samstag waren?«

»Nein, das weiß nur mein Chef. Aber bestimmt fünfstellig, wenn ich dran denke, wie oft wir ihm was an dem Samstag an den Tisch bringen mussten.«

»Wo notiert sich Ihr Chef die Schuldsummen?«, wollte Kommissar Jaspers wissen.

Porat lachte. »Was meinen Sie, Herr Kommissar, warum mein Chef Mr. Spock genannt wird? Er sagt immer, ich brauche keinen Computer. Den habe ich eingebaut. Und dann zeigt er auf seine Stirn. Ich habe mal gehört, wie er nach der Razzia vor einem Jahr zu jemand sagte: ›Da müssen sie mir schon das Gehirn herausnehmen, um mir was nachweisen zu können.‹ Sie waren ja vor einem Jahr bei der Razzia dabei, Herr Kommissar, dann wissen Sie doch sicher, wovon ich rede.«

Ohne darauf einzugehen, sagte der Angesprochene: »Ihr Kunde, Herr Linnig.«

»Kommen wir mal auf Ihre SMS Stufe drei zu sprechen, wie Sie das genannt haben«, übernahm Bert wieder die Gesprächsführung. »Sie haben an dem besagten Donnerstag zwei SMS an Kröger geschickt. Warum?«

»Die Versendung von SMS dient eigentlich nur der Erinnerung. Was mein Chef zu sagen hat, das sagt er mündlich und da war

Carsten schon deutlich von ihm verwarnt worden. Aber das schien den nicht wirklich beeindruckt zu haben. Ich habe zufällig mitbekommen, dass Carsten dabei sogar zu meinem Chef sowas sagte wie: ›Da wäre ich mal ganz vorsichtig!‹ Um was es da genau ging, weiß ich nicht. Aber mit Mr. Spock sollte keiner so reden. Fehlender Respekt ist etwas, was er überhaupt nicht duldet. Aus dem Grund gab es nach dem versäumten Termin an dem Donnerstag gegen neunzehn Uhr und nach meiner zweiten SMS auch keine Kulanz mehr. Deshalb wurden Sven und ich danach auch von unserem Chef losgeschickt.«

»Mit welchem Auftrag?«, wollte Nina wissen. Jetzt kamen sie genau an den entscheidenden Punkt.

»Carsten hatte in seiner SMS geschrieben, dass er bei der Strandfete in Neuharlingersiel ist. Mein Chef wäre bald explodiert, dass es einer der säumigen Spieler wagt, den vereinbarten Termin nicht einzuhalten und ihm eine solche respektlose Antwort, sogar noch mit einer versteckten Drohung, zu schicken.«

»Das beantwortet nicht die Frage meiner Kollegin«, mahnte Bert an.

»Der Auftrag lautete wörtlich: ›Bringt ihm Respekt bei und beschafft das Geld!‹«

»Und was heißt das im Klartext für die Ausführung?«, hakte Nina nach.

»Auch da gibt es bei Mr. Spock Stufen. Sven und ich sind Kickboxer. Stufe eins ist die kleine körperliche Verwarnung mit Androhung von Stufe zwei. Bei der wird es dann schon schmerzhafter für den Betreffenden.«

»Sie sprechen von Körperverletzung. Hat das denn keiner angezeigt?«, konnte es die Kommissarin nicht fassen.

»Sie müssen darauf nicht antworten«, mischte sich der Anwalt ein, »und sich mit Tatbeständen selbst belasten, die Ihnen hier eingangs gar nicht vorgeworfen wurden.«

»Ich sage ja nicht, dass ich das gemacht habe, sondern nur das, was mein Chef aus meiner Sicht erwartet hätte«, relativierte der Angesprochene seine Aussage.

»Okay, was hätte Ihr Chef denn erwartet, wenn Stufe zwei nicht greift oder der Betreffende sogar mit Anzeige droht?«, bohrte Bert nach.

»Dann folgt Stufe drei. Das ist in der Regel ein Bild der Liebsten des Betreffenden, zum Beispiel im Schwimmbad oder beim Einkaufen im Supermarkt. Die meisten kapieren dann schon.«

»Was sollen sie kapieren?«, fragte Nina scheinheilig nach.

»Dazu befragen Sie am besten den Chef meines Mandanten«, hakte der Anwalt ein.

»Okay, Herr Anwalt. Aber nochmal an Sie, Herr Porat, die Frage: Bei welcher Stufe war Carsten Kröger?«, wollte es Nina endlich auf den Punkt gebracht haben.

»Das weiß ich ehrlich gesagt überhaupt nicht. Mr. Spock diktierte mir nur die jeweilige SMS. Kommentiert oder erläutert hat er diese mir gegenüber nicht. Manchmal hab ich aus der Formulierung meine eigenen Schlüsse gezogen. Aber die jetzt hier zu nennen, wäre reine Spekulation.«

»War denn an dem besagten Samstag irgendetwas anders als normalerweise üblich?«, blieb Nina hartnäckig.

»Das schon. Es gab an dem Samstag, nachdem Carsten aus dem Spiel ausgestiegen war, ein längeres Gespräch unter vier Augen mit meinem Chef in der Küche. Was da gesprochen wurde, weiß ich nicht. Jedenfalls hatte Carsten wohl das Limit bei Mr. Spock erreicht. Ich glaube, in jeder Hinsicht.«

»Was bedeutet ›in jeder Hinsicht‹?«, wollte Bert wissen.

»In Bezug auf Kredithöhe, Kulanz und Toleranz, wie Sie wollen.«

»Herr Porat, ich muss Sie nochmal warnen, sich zu Dingen zu äußern, die nicht unmittelbar im Zusammenhang mit den Vorwürfen stehen, die Ihnen am Anfang dieses Gespräches gemacht wurden«, mahnte erneut der amtlich bestellte Anwalt.

»Also nochmal, Herr Porat. Sie wurden von Ihrem Chef nach Neuharlingersiel zu der Strandfete geschickt. Was sollten Sie da tun?«, wurde Bert konkret.

»Als Erstes sollten wir schauen, ob Carsten wirklich da war. Das haben wir gemeldet. Dann war der Auftrag, eine günstige Gelegenheit abzupassen und Carsten aufzufordern, uns sofort das

Geld auszuhändigen. Da er ja aber schon in der SMS geschrieben hatte, dass das Päckchen zu Hause liegt, war die Alternative, dass wir mit oder ohne ihn zum Haus fahren und dann gegebenenfalls den Zweitschlüssel zum Haus aus seinem Auto nehmen und das Geld aus dem Haus holen.«

»Woher wusste Ihr Chef denn von einem Zweitschlüssel im Auto?«, hakte Nina ein.

»Das habe ich ihn auch gefragt. Carsten hatte mal mit seiner Firma bei ihm zu Hause die Alarm- und Haussteuerungsanlage eingebaut. Und dabei hat ihn mein Chef gefragt, wie man es am einfachsten mit einem Ersatzschlüssel macht, den man nicht bei Nachbarn hinterlegen will. Carsten hatte ihm damals gesagt, dass er immer einen solchen Schlüssel in seinem Auto liegen hat.«

»Wir waren selbst auch bei der Strandfete. Da hatten Sie ja keine Chance, unbemerkt an den DJ ranzukommen. Warum sind Sie denn dann nicht gleich zu seinem Haus gefahren?«, fragte Bert nach.

»Die Hoffnung stirbt zuletzt, Herr Kommissar. Und bei Mr. Spock wollte ich nicht nochmal nachfragen. Sowas nervt ihn. Wir hatten uns schon gefreut, dass kurz nach zweiundzwanzig Uhr Schluss war mit der Fete. Aber dann bauten die noch ihre Anlagen ab. Ich wollte eigentlich schon fahren, aber Sven meinte, dass vielleicht Fokke, der uns ja kennt, und der andere danach Feierabend machen und zu sich nach Hause fahren oder, falls sie einen Wagen auf dem Platz haben, dorthin gehen würden. Taten sie aber nicht, die gingen alle vier zu Carstens Wohnmobil. Spätestens da wäre ich am liebsten gefahren, aber Sven war sich sicher, dass die bald Schluss machen. Wir wollten dann in Kauf nehmen, dass seine Freundin uns sieht, denn die kannte uns ja nicht. Carsten hätte dann schon gewusst, was die Glocke geschlagen hat. Aber es dauerte und dauerte.«

»Das wissen wir. Und es war mittlerweile schon zwei Uhr. Was gedachten Sie zu tun?«

»Wir hatten gerade überlegt, doch direkt zu seinem Haus nach Wittmund zu fahren, als Fokke und der andere aus dem Wohnwagen kamen. Dann gab es einen heftigen Streit im Wagen und Carstens Freundin schrie ihn an, dass sie ihn verlässt und nach Hause fährt. Kurz darauf kam sie raus. Sven ist ihr nach, um zu sehen, ob sie wirklich fährt.«

»Und was machten Sie?« Für Nina stand fest, dass sie jetzt der Sache langsam näherkamen.

»Ich wollte gerade zu Carsten hin, um unseren Auftrag zu erledigen. Dabei hatte ich die Hoffnung, dass er das besagte Päckchen vielleicht doch im Wohnwagen hatte. Porat sah die Situation vor seinem geistigen Auge. Schließlich ging es hier für ihn selbst um Kopf und Kragen.

***

Sven folgte Carstens Freundin, die nach einem heftigen Streit der beiden das von Porat und Later observierte Wohnmobil verlassen hatte. Endlich sturmfreie Bude bei Carsten. Wurde aber auch Zeit, ging es Porat durch den Kopf, als nach den beiden Roadies endlich auch die junge Frau weg war. Sven würde schon dafür sorgen, dass sie nicht so schnell zurückkäme.

Porat wollte gerade von seinem Versteck hinter einem der Camper zum Wagen des säumigen Pokerspielers gehen, als er schemenhaft eine Person wahrnahm, die plötzlich zwischen den Stellplätzen wie aus dem Nichts auftauchte und direkt auf das Wohnmobil des DJs zusteuerte. Die Platzbeleuchtung war zu spärlich, um Genaueres zu erkennen. Deshalb zog Porat sich erst einmal auf seinen Beobachtungsposten zurück. Könnte ja sein, dass da jemand noch so spät beim Waschhaus gewesen war und nur zu seinem Stellplatz zurückwollte.

Obwohl, wieso ging diese Person dann nicht auf dem Weg und krauchte stattdessen zwischen den Stellplätzen herum?, fragte sich Porat. Oh Mann, bin ich blöd. Innerlich musste er über sich selbst lachen. Da kam wahrscheinlich gerade jemand von einem heimlichen Date oder ging zu einem solchen. Aber dann ausgerechnet jetzt zu dem DJ, dem er endlich einen Besuch abstatten wollte? Verdammt!

Tatsächlich. Porat traute seinen Augen nicht. Die Person öffnete Carstens Wagentür. Drinnen war nur eine schwache Beleuchtung. Von der Größe der Silhouette her, die er für einen kurzen Moment sah, bevor die Tür von innen zugezogen wurde, bekam der DJ wohl Damenbesuch.

Er ging näher an das Wohnmobil des DJs heran. Drinnen hörte er eine leise Frauenstimme. Carsten schien nicht gerade über den Besuch erfreut zu sein, denn er blaffte die Frau an: »Du hast mir gerade noch gefehlt!« Sah ja fast so aus, als wenn die Frau nur darauf gewartet hatte, dass die Roadies und die Freundin des DJs verschwanden.

Aber bevor Porat sich darüber noch weitere Gedanken machen konnte, vibrierte das Smartphone in seiner Tasche und zeigte den Eingang einer Nachricht an. Es war eine WhatsApp-Nachricht von Sven: »Bin am Parkplatz beim Hafen. Die Tussi ist gerade mit ihrem Auto weg. Komme zurück.«

Noch länger darauf zu warten, dass Carsten wieder allein sein würde, machte keinen Sinn. Porats Geduld war jetzt wirklich am Ende. Das hätten sie schon vor ein paar Stunden machen sollen. Dann wären sie schon längst mit dem Geld wieder in Wilhelmshaven zurück. Deswegen antwortete er über WhatsApp: »Ich hole unser Auto. Wir fahren nach Wittmund.«

An der Parkplatzausfahrt des BadeWerkes kam ihm Sven entgegen, der schnell zustieg und sagte: »Du hattest recht. Die Zeit hätten wir uns sparen können. «

***

»Dann haben Sie mit Mr. Spock telefoniert. Worum ging es da?«, wollte Bert nach den Schilderungen des Befragten wissen.

»Er war ziemlich sauer, dass wir unseren Auftrag immer noch nicht erledigt hatten. Als ich ihm sagte, dass wir mitbekommen hatten, dass Carstens Freundin nach Hause wollte, wurde er wütend. ›Verdammt, dann hindert sie daran!‹, raunzte er mich an und legte auf.«

»Und was haben Sie dann gemacht?«, war Nina auf seine Antwort gespannt.

»Ich hab Gas gegeben. Wir mussten die Frau einholen. Als wir ihr Auto vor uns sahen, musste sie uns wohl auch gesehen haben, denn sie wurde auf einmal schneller. Natürlich hatte sie gegen den

BMW keine Chance und wir haben sie bald eingeholt. Ich wusste zwar, dass das bei der Geschwindigkeit sehr riskant war, aber mir saß Mr. Spock im Nacken und das war ein noch unangenehmeres Gefühl. Als ich auf ihrer Höhe war, genügte ein kurzer Schlenker nach rechts und Sekunden später hing sie am Baum. Dann sah ich im Rückspiegel, dass bei ihr eine Flamme aus dem Motorraum hochzüngelte.«

»Ihren Auftrag hatten sie doch erledigt und die Frau daran gehindert, nach Hause zu fahren. Warum sind Sie nicht weitergefahren?«, wollte Nina ihm an dieser Stelle eine faire Brücke bauen.

»Ja, meinen Auftrag hatte ich erledigt. Aber ich wollte doch nicht, dass die junge Frau stirbt. Sie konnte doch nix dafür, dass Carsten sich nicht an die Spielregeln meines Chefs gehalten hatte.«

»Spricht für Sie«, lobte Bert. »Wie ging es dann weiter?«

»Bin voll in die Eisen gegangen und rückwärts bis kurz vor die Unfallstelle gefahren. Dann haben Sven und ich die Frau aus dem Auto rausgezogen. Plötzlich waren zwei junge Männer da und riefen, dass Hilfe unterwegs sei. Auf einmal ging der Wagen in die Luft. Es dauerte wohl nur Minuten, bis ein Rettungswagen da war. Wahrscheinlich waren die gerade in der Nähe unterwegs, als der Notruf einging. Jedenfalls übernahmen die Sanitäter die Frau. Sven und ich haben uns dann ganz schnell dünne gemacht, bevor uns da jemand dumme Fragen stellen konnte. Zumal Ihre Kollegen sicher bereits im Anmarsch waren.«

»Dann haben Sie Ihren Auftraggeber informiert. Haben Sie ihm auch den Unfallhergang geschildert?«, wollte Bert es genau wissen.

»Nur, soweit das für ihn wichtig war. Sein Kommentar war: ›Das wird ihm eine Lehre sein.‹ Als wir beim Haus ankamen, war es ein Kinderspiel, den alten Ford zu knacken. Der Schlüssel war noch nicht einmal versteckt. Lag einfach im Handschuhfach unter einigen Papieren. Wir sind dann rein ins Haus. Da das noch Baugebiet ist und die nächsten Häuser ziemlich weit wegstehen, konnten wir im Haus Licht machen. Latexhandschuhe hatten wir dabei. In seinem Büro haben wir dann auch relativ schnell das

Päckchen gefunden. Wir hatten Kameras am und im Haus gesehen. Und da wir nicht wussten, ob die Anlage lief, haben wir einfach den Computer mitgenommen und später mit dem Päckchen Mr. Spock übergeben.«

»Haben Sie das Geld gezählt?«, wollte Nina wissen.

»Sie kennen unseren Chef nicht. Nein. Ich habe nur eine Ecke aufgerissen und gesehen, dass große Geldscheine drin waren. Das genügte mir. Außerdem, wenn nicht der volle Betrag in dem Päckchen gewesen wäre, hätte mein Chef sicher gedacht, dass Sven und ich uns bedient hätten. Jedenfalls haben wir zugesehen, dass wir da wegkommen. Ich habe von unterwegs Mr. Spock informiert, dass wir alles erledigt haben. Er sagte mir, dass ich das Päckchen und den Computer am nächsten Tag zur Spielhalle mitbringen sollte, was ich auch gemacht habe.«

»Sie sagten eingangs, dass weder Sie noch Ihr Kollege, Sven Later, Carsten Kröger umgebracht haben. Das können wir Ihnen glauben oder auch nicht. Sie waren nämlich noch gut fünf Minuten in unmittelbarer Nähe des Wohnmobils, wie Ihr Handysignal von Google Maps belegt. Zeit genug, um den Schuldner Ihres Chefs in seinem Wagen anzusprechen und ihn zu töten. Als Kickboxer sind Sie körperlich sicher sehr fit und der Getötete hatte ganz schön Alkohol im Blut. Da hätten Sie leichtes Spiel gehabt. Was können Sie zu Ihrer Entlastung vorbringen?«, ließ Kommissar Linnig nicht locker.

»Herr Linnig, Ihre Frage läuft darauf hinaus, dass mein Mandant seine Unschuld beweisen soll«, griff hier der Anwalt erneut ein. »Das wäre die Umkehr der Beweislast. Es ist Ihr Job, meinem Mandanten seine Schuld nachzuweisen. Herr Porat hat sich in Bezug auf das Unfallgeschehen geständig und reumütig gezeigt. Er hat Ihnen aber ebenso klar gesagt, dass er mit dem Tod von Carsten Kröger nichts zu tun hat. Das muss genügen!«

»Okay, lassen wir es dabei«, erwiderte Bert, der eigentlich nur testen wollte, ob sich der Befragte in Bezug auf das Tötungsdelikt in Widersprüche verwickelt.

»Würden Sie die Stimme der Frau, die zu Carsten in das Wohnmobil gegangen ist, wiedererkennen?«, bohrte Nina unbeirrt nach.

»Die Frau sprach zu leise, um sie zu verstehen. Daher glaube ich, eher nicht. Aber dass es eine Frauenstimme war, da bin ich mir sicher.«

»Vielen Dank, Herr Porat. Fürs Erste waren das unsere Fragen zu den Delikten in unserem Zuständigkeitsbereich. Damit übergebe ich an Sie, Herr Jaspers.«

Der Anwalt bat für seinen Klienten vor der Fortsetzung des Verhörs um eine kurze Pause und ein frisches Getränk. Kommissar Jaspers veranlasste das Entsprechende, bevor er nach der Pause das Verhör fortsetzte.

Bei seinen Fragen ging es vor allem darum zu ermitteln, wie hoch die Einnahmen des Betreibers waren. Eine Frage, die gerade das Finanzamt besonders interessieren würde. Denn Einnahmen aus einem Spielbetrieb, egal ob legal oder illegal, waren in jedem Fall steuerpflichtig. Dazu kamen dann noch eventuelle Säumniszuschläge.

Wie sich aus den Antworten an die Wittmunder Kollegen gezeigt hatte, wusste wohl nur einer über die entsprechenden Geldbeträge Bescheid. Und das war Mr. Spock. Dass dieser de facto aber der Betreiber war, obwohl das Gewerbe der Spielhalle auf andere Namen angemeldet war, war schon durch Porats vorherige Aussage belegt. Danach war Mr. Spock ausschließlich derjenige, der allein das Sagen hatte und die Aufträge erteilte. Diese Aussage wiederholte Porat nochmal auch auf entsprechende Fragen von Kommissar Jaspers.

Nach Beendigung des Verhörs sagte Kommissar Jaspers zu Nina und Bert: »Das Ergebnis der Razzia vor einem Jahr war für uns alle hier wirklich frustrierend. In Bezug auf einzelnen Personen genau zuordenbare Geldbeträge sind wir dieses Mal auch nicht viel weiter. Mich würde interessieren, wo Klaas seine Gewinne aus dem illegalen Spielgeschäft lässt. Auch bei der Hausdurchsuchung sind unsere Leute nicht fündig geworden. Es wurde nur das Geld sichergestellt, welches wir auf und unter den Spieltischen in Form von Chips und als Bargeld in einer Metallkassette auf der Theke und dort in großen Scheinen im Mülleimer gefunden haben. Aber diesmal kann er sich wenigstens nicht mehr als Unbeteiligter rausreden. Vor einem Jahr wurden nach der Razzia nur die Galionsfiguren in der Gewerbeanmeldung ausgetauscht und Mr. Spock machte nach der Wiedereröffnung unverändert weiter seine Geschäfte, wie wir jetzt gesehen haben.«

»Immer die gleiche Leier«, bestätigte Bert. »Aber diesmal kommen er und seine Helfershelfer nicht mehr so ungeschoren davon.«

»Hoffen wir das Beste«, sagte sein Kollege und erzählte von der Frau eines Spielers und ihres Kindes, das bei einem Unfall mit Fahrerflucht auf dem Fahrrad schwer verletzt worden war. Und dass es keine Verurteilung gegeben hatte, weil selbst der Vater des Kindes die Anzeige seiner inzwischen von ihm geschiedenen Frau nicht mit einer entsprechenden Aussage unterstützte. Ein anderer Zeuge zog seine Aussage mit einer fadenscheinigen Begründung zurück. Abschließend sagte Kommissar Jaspers: »Und mit Ihrem Mordfall Fokke Kopmann, den wir gestern noch hier zur Gegenüberstellung hatten, sind Sie auch noch ganz am Anfang. Es würde mich nicht wundern, wenn da der lange Arm von Mr. Spock dahintersteckt.«

»Vorsorglich haben wir gestern die Kollegen in Oldenburg um Personenschutz für Meite Hansen gebeten«, bestätigte Bert seinen Kollegen, bevor er sich mit Nina auf den Heimweg machte.

Kaum waren sie unterwegs, klingelte Ninas Handy. Fokkes Vater aus Mallorca war in der Leitung.

»Herr Kopmann, da wir uns nicht persönlich kennen, ich aber eine sehr wichtige persönliche Nachricht für Sie habe: Können Sie mir zur Identifizierung das Geburtsdatum Ihres Sohnes nennen?«, fragte Nina. Nachdem er es genannt hatte, fuhr sie fort: »Es tut mir sehr leid, Herr Kopmann, ich habe eine schlimme Nachricht für Sie. Ihr Sohn wurde heute Nachmittag tot in seinem Haus aufgefunden. So wie es aussieht, ist er keines natürlichen Todes gestorben. Näheres darf ich Ihnen leider noch nicht sagen. Es tut mir sehr leid. Mein aufrichtiges Beileid.«

Die Leitung schien wie tot. Keine Antwort, keine Reaktion. Dann: »Neeiiin! Nein! Nein! Das darf doch nicht wahr sein«, brüllte der Mann ins Telefon. Und nach einer ganzen Weile: »Was ist denn passiert?«

»Herr Kopmann, es tut mir leid, mehr darf ich Ihnen zum gegenwärtigen Zeitpunkt nicht sagen. Bitte melden Sie sich, wenn Sie wieder zu Hause sind. Entweder über die Telefonnummern, die Sie bereits haben, oder persönlich bei uns im Kommissariat in Wittmund.«

Es knackte in der Leitung, der Mann hatte wortlos aufgelegt.

»Ich denke, er wird sich sicher noch einmal melden«, meinte Bert. »Das muss der jetzt mit seiner Frau erst einmal verkraften.«

»Vielleicht nimmt er morgen den ersten Flieger nach Deutschland«, überlegte Nina.

Von unterwegs fragte Bert noch den aktuellen Stand der Spurensicherung bei seinem Freund Sören ab. Der meinte, dass seine Leute noch den ganzen Sonntag zu tun haben würden. Das Handy des ermordeten Fokke sei aber nicht aufgetaucht und auch nicht erreichbar. Bewegungsprofil und Verbindungsnachweise seien angefordert. Über das Festnetz waren an dem Abend keine Gespräche geführt worden. Man hätte auf der Schreibtischunterlage lediglich eine Handynummer gefunden und prophylaktisch ebenfalls ein Bewegungsprofil und den Verbindungsnachweis angefordert. Da offensichtlich alle Fingerabdrücke, die Aufschluss über den Täter hätten geben können, beseitigt worden waren, müssten sich Bert und Nina mindestens noch bis Montag gedulden, bis die DNA-Auswertungen vorlägen.

Das war für die beiden Kommissare eine gute und eine schlechte Nachricht zugleich. Einerseits bedeutete diese einen freien Sonntag, in Bezug auf die Mordaufklärung jedoch einen verlorenen Tag.

11. Kapitel

Der Sonntagmorgen begrüßte die ostfriesische Wattenmeerküste mal wieder mit einem traumhaften Sonnenaufgang. Auch Nina und Bert hatte es bereits früh aus dem Bett zu einer kleinen Joggingrunde getrieben. Von unterwegs hatten sie sich leckere Brötchen mitgebracht. Beim Frühstück sagte Bert: »Malte sprach doch gestern davon, dass er mit Fokke eigentlich eine Radtour zur Krummhörn geplant hatte. Das wär doch bei einem solchen Traumwetter auch für uns eine Idee, oder was meinst du?«

»Super Idee, Bert. Zumal wir heute Morgen ohnehin nur die kleine Joggingrunde gemacht haben. Früh genug ist es für die Strecke auch noch. Da könnten wir gegen Mittag dort sein. Dann machen wir in Greetsiel eine größere Pause, essen da zu Mittag und danach radeln wir gemütlich wieder nach Hause. Seit wir in Caro wohnen und öfter mit den Rädern zum Dienst fahren, sind wir doch gut trainiert. Da dürfte für uns die Strecke gut zu packen sein. Außerdem ist es heute Morgen ziemlich windstill.«

»Stimmt. Und da oft gegen Abend von Westen her der Wind auffrischt, hätten wir auf dem Heimweg sogar noch Rückenwind.«

Kurz darauf standen die beiden mit ihren Rädern abmarschbereit vor dem Haus. Als Bert das Ziel Greetsiel in sein Smartphone eingab, konnte sich Nina mit einem Lachen nicht verkneifen zu sagen: »Du bist dir aber schon bewusst, dass Google Maps spätestens ab jetzt genau registriert, wo du wann gewesen bist? Also, falls du doch mal die Seiten wechseln willst und was Kriminelles vorhaben solltest, dann denke nur an Sörens Recherchen über das Trio Klaas, Porat und Later! Und das GPS braucht keine Funkmasten.«

»Dann muss ich mir über Datenschutz im Zusammenhang mit meinem Bewegungsprofil keine Gedanken machen. Habe nicht vor, die Seiten zu wechseln«, erwiderte Bert ebenfalls lachend. Als sie nebeneinander auf dem Radweg herfuhren, griff Bert den Handy-Gedanken noch einmal auf: »Wenn wir Fokkes Handy hätten, wüssten wir, ob er vielleicht jemand angerufen hat, um den Abend nicht allein verbringen zu müssen. Denn Fakt ist, dass er seinem Mörder wohl selbst die Tür geöffnet hat. Möglicherweise war dessen Besuch ja kurz vorher telefonisch abgesprochen worden. Geplant war das jedenfalls nicht, wie Malte sagte.«

»Könnte sein, dass du recht hast«, sagte Nina. »Das wäre dann aber kein Auftragsmord. Allerdings wäre genauso denkbar, dass der Täter überraschend vor der Tür gestanden hat. Aber wenn wir unterstellen, dass er seinen Mörder gekannt hat, dann ergeben sich zwangsläufig in Bezug auf die Annahme eines Auftragsmordes zwei Möglichkeiten.«

Die Kriminalistin in Nina konnte das Profiling auch am Sonntag und selbst bei einer Radtour durch die schöne ostfriesische Feen- und Weidelandschaft mit den vielen Wasserläufen und historischen Windmühlen nicht abschalten. »Erstens: Es müsste eine Person aus Mr. Spocks Umfeld gewesen sein, die er kannte. Da käme zum Beispiel jemand vom Personal oder von den Stammspielern in Betracht. Porat und Later jedenfalls nicht, die sind inhaftiert.«

»Okay, und was wäre Möglichkeit zwei?«

»Dann wäre es kein Auftragsmord und wir sind da auf der völlig falschen Fährte«, erwiderte Nina lachend. »Aber dann käme eventuell wieder deine These, dass er jemand eingeladen haben könnte, zum Zug. Wenn wir unterstellen, dass es der gleiche Mörder wie beim DJ ist, dann müssten wir nochmal im persönlichen Umfeld von Carsten Kröger graben und die Schnittmenge der gemeinsamen Kontakte suchen. Da die Jungs sehr eng befreundet waren, können wir davon ausgehen, dass Fokke die meisten persönlichen Kontakte seines Freundes auch gekannt hat, also dürfte die Schnittmenge recht groß sein. Um diese herauszufinden, müsste man beide befragen können, was aus bekannten Gründen aber nicht mehr möglich ist.«

»In Bezug auf die beiden Toten eine Tatsache, Nina. Im Zusammenhang mit dem Umfeld der beiden gibt es aber noch eine Person, die wir fragen könnten, nämlich Malte. Schade, dass uns dieser Gedanke nicht früher gekommen ist. Heute wird er sich vom gestrigen Schock vielleicht etwas erholt haben und für ein Gespräch offen sein. Da hätten wir, statt jetzt hier durch die Landschaft zu radeln, einen Termin mit ihm machen können und wären morgen zu Dienstbeginn eventuell schon einen wichtigen Schritt weiter.«

»Wohl wahr, Bert. Andererseits haben wir auch mal Anspruch auf etwas Privatleben. Und was hatten wir vereinbart, als wir in Caro zusammengezogen sind? Der Dienst bleibt draußen vor der Tür. Und ich muss mich hier selbst zur Raison rufen!«

»Nina, wenn wir es wörtlich nehmen, haben wir uns doch an unsere Vereinbarung gehalten. Wir sind ja draußen vor der Tür«, erwiderte Bert lachend. »Aber du hast recht. Lass uns die wunderbar grüne Landschaft und das schöne Wetter genießen. Der Dienst holt uns morgen schon früh genug wieder ein. Wenn wir nicht noch so viele Kilometer vor uns hätten, dann könnten wir gerade einen kleinen Abstecher zur Seriemer Mühle dahinten machen. Vielleicht haben die gerade einen kleinen Flohmarkt oder eine interessante Ausstellung. Von hier sind das höchstens fünfhundert Meter.«

Da den beiden Kriminalisten jetzt auf dem Radweg neben der Großholum-Dorfstraße eine Gruppe Radler entgegenkam, mussten sie brav hintereinander fahren und ihr Gespräch unterbrechen. Man rief sich gegenseitig ein fröhliches »Moin« und »Wohin des Wegs?« zu. So erfuhren Nina und Bert, dass die Gruppe aus Esens kam und auf dem Weg zur Seriemer Mühle zu einer Ausstellung war. Von dort wollten sie zum Kutterhafen und zum Sielhof von Neuharlingersiel. Zurück nach Esens sollte es dann über Bensersiel und den dortigen Yachthafen gehen. Das Fahrtziel der Polizisten in der Krummhörn rang Ortskundigen in Bezug auf eine Hin- und Rückfahrt Respekt ab.

In Esens auf dem Marktplatz machten Nina und Bert erst einmal eine kurze Pause. Dazu luden einige Sitzbänke vor dem malerischen, traditionsreichen Rathaus aus dem siebzehnten Jahrhundert ein. Wasser und kleine Snacks hatten sie in den Packtaschen ihrer Fahrräder dabei.

Dann ging es weiter über Holtgast und Utarp nach Westerholt. Von dort über den Königsweg nach Südcoldinne. Bei der Südcoldinner Tjaden-Mühle hatten sie etwa zwei Drittel der Wegstrecke geschafft und legten eine kurze Rast ein. Der Mühlenverein war gerade dabei, mit dem örtlichen Kindergarten in der Mühle einen Bastelnachmittag für die Kleinen vorzubereiten.

Danach ging es weiter in Richtung Halbemond, Leezdorf und Osteel, um kurz hinter Ortsausgang Neuwesteel auf die Greetsieler Straße zu stoßen, die direkt zu ihrem Zielort führte. Da es kaum Gegenwind gab, waren sie trotz der Pausen gut in der Zeit. Es war kurz vor eins, als sie in Greetsiel das Ortszentrum beim Hafen erreichten.

»Bevor wir jetzt direkt zum Hafen gehen, sollten wir uns um einen Platz zum Essen kümmern«, schlug Bert vor, dem inzwischen der Magen knurrte.

Am Markt, direkt am Hafen, gab es reichlich Lokale, die in den Saisonmonaten Bewirtungszonen im Freien eingerichtet hatten. Allerdings konnten Nina und Bert auf Anhieb keinen freien Tisch entdecken. Sie wollten sich schon schweren Herzens bei dem schönen Wetter im Inneren der Lokale umschauen, als Nina an einem Vierertisch vor dem Lokal *Captains Dinner* Malte mit seiner neuen Freundin entdeckte. Als Bert fragte, ob die beiden unbesetzten Plätze noch frei seien, antwortete Jutta mit einem schalkhaften Lächeln: »Herr Kommissar, die haben wir extra für Sie freigehalten.« Sogar Malte huschte ein Lächeln über das Gesicht.

»Vielen Dank!«, antwortete Bert, ebenfalls mit freundlicher Miene. »Aber Herr Linnig reicht schon. Wir kennen unsere Dienstbezeichnungen.«

Nachdem sie sich gesetzt hatten, wollte Nina wissen, wie es den beiden heute ging.

»Geht schon«, meinte Malte. »Es muss ja weitergehen. Und ich kann nur sagen, meine Jutta hat mir der Himmel geschickt. Ohne sie würde ich mit Sicherheit alleine zu Hause sitzen und Trübsal blasen. Nur schade, dass Carsten und Fokke sie nicht mehr kennengelernt haben …« Für einen Moment musste Malte sichtbar schlucken und Jutta legte den Arm um seine Schultern. »Jedenfalls kam Jutta heute beim Frühstück auf die Idee, dass ich ihr doch mal die Krummhörn und Greetsiel zeigen könnte. Sie kommt ja nicht von hier, aber ihre Eltern waren schon mal während eines Urlaubs in Neuharlingersiel auch am Großen Meer.«

»Ja, da waren wir heute Vormittag schon und sind ein Stück um den See marschiert«, erzählte die junge Frau mit Begeisterung in der Stimme. »Allerdings nicht ganz rum. Die fünfzehn Kilometer waren uns dann doch zu viel. Toll, die Boote auf dem See zu sehen. Eigentlich hätte ich da den ganzen Tag bleiben können. Aber Malte wollte mir noch Greetsiel und nachher den Pilsumer Leuchtturm zeigen. Den kenne ich nur von Bildern. Ja, und essen wollten wir auch noch was. Als wir vorhin hierherkamen, hatten wir gerade Glück, dass hier der Tisch frei wurde. Wir warten jetzt auf unsere Getränke. Sie wollen sicher auch was essen, die Speisekarten liegen hier noch.«

»Gute Idee! Mir knurrt inzwischen wirklich der Magen. Nina, lass uns mal etwas aussuchen. Dann können wir das gleich mitbestellen, wenn die Bedienung kommt.«

»Wir haben uns schon entschieden«, sagte Jutta.

Nachdem die vier ihre Bestellungen aufgegeben hatten, sagte Malte: »Es ist gut, dass wir uns hier treffen, ich hätte Sie sonst noch angerufen. Fokkes Vater hat sich telefonisch bei mir gemeldet und mich gefragt, was los ist. Ich habe es ihm erzählt. Er hat dann nur gesagt: Das hätte die von der Polizei mir doch auch sagen können. Worauf ich ihm sagte, dass Sie wahrscheinlich aus ermittlungstaktischen Gründen nichts sagen dürfen. Jedenfalls versteht er die Welt nicht mehr. Für Fokkes Mutter mussten sie gestern noch den Notarzt kommen lassen. Es war der Kreislauf. Geht aber schon wieder. Deswegen fliegen die Kopmanns erst am Montag zurück. Fokkes Vater will sich melden.«

»Vielen Dank, Herr Berens. Da haben Sie mich ja toll verteidigt. Aber es ist tatsächlich so, dass wir Polizisten zu laufenden Ermittlungen keine Details nennen dürfen«, antwortete die Kommissarin, um dann das Thema zu wechseln: »Es ist schön, Herr Berens, dass Sie in Ihrer Situation jetzt etwas Trost und Unterstützung durch Ihre Freundin erhalten. Wie haben Sie beide sich eigentlich kennengelernt?«

Nina wollte die Gelegenheit nutzen, um aus Malte ein paar Informationen herauszuholen. Die Bedienung hatte bereits um Verständnis dafür gebeten, dass es heute wohl wegen des außergewöhnlich großen Andrangs etwas länger dauern würde. Auch drinnen sei das Lokal sehr gut besetzt. Sie würden also eine Weile ungestört sein.

»Meine Eltern sind vor Kurzem vom Niederrhein hierher nach Wittmund gezogen«, übernahm Jutta die Antwort. »Mein Vater hat als Handelsvertreter für seine Firma eine Gebietsvertretung für das nordwestliche Niedersachsen übernommen. Er hätte natürlich auch in eine Großstadt wie Oldenburg ziehen können. Aber meine Eltern bevorzugten auch im Rheinland das Dörfliche. Außerdem kannten sie Ostfriesland. Sie haben in den letzten Jahren regelmäßig in Neuharlingersiel Campingurlaub gemacht. Ich wohne bis heute immer noch im Hotel Mama und bin natürlich mitgezogen. Nur meine beiden älteren Brüder wohnten nicht mehr bei meinen Eltern und haben schon selbst Familien im Rheinland gegründet. Bei mir hat das bisher noch nicht so richtig klappen wollen. Aber ich bin ja auch gerade mal erst Anfang zwanzig.«

»Ja, und dann hat Jutta bei uns in der Firma in Wittmund eine Stelle bekommen und diese letzte Woche angetreten. Schon als ich ihr das erste Mal die Hand gab, war ich hin und weg.«

»Ging mir aber nicht anders«, bestätigte die junge Frau und schmiegte sich an Malte, der neben ihr saß.

»Das nennt man Liebe auf den ersten Blick«, kommentierte Nina lachend. »Ich will ja nicht neugierig sein«, fuhr sie dann augenzwinkernd fort, »haben Sie denn vielleicht sogar schon Pläne, wie es weitergehen soll?«

»Ich habe Malte gestern, nachdem wir von Fokke kamen, spontan meinen Eltern vorgestellt. Die waren ganz angetan von ihm. Daher habe ich sofort die Gunst der Stunde genutzt und gleich ein paar Sachen zum Wechseln mitgenommen und wir sind zu Malte gefahren. Dass ich mit zu Malte wollte, um ihn jetzt zu unterstützen, dafür hatten meine Eltern volles Verständnis. Dann haben wir bei seinen Eltern zu Abend gegessen.«

»Auch meine Eltern fanden es ganz toll, dass Jutta mir Trost spendet. Mein Gott, ich darf gar nicht drüber nachdenken. Carsten, Fokke und ich haben uns meistens mehrere Male in der Woche gesehen. Und das seit unserem Kindergarten. Wir sind fast wie Brüder aufgewachsen …« Malte musste wieder einen Moment Pause machen und man sah ihm an, wie er zu kämpfen hatte.

»Herr Berens, Sie brauchen sich nicht zu schämen, dass Ihnen das nahegeht«, versuchte der Kommissar tröstende Worte zu finden. »Das ist angesichts solch dramatischer Ereignisse völlig normal und verständlich. Im Gegenteil, wenn es nicht so wäre, müsste man sich als Außenstehender fragen, was da an Ihrem freundschaftlichen Verhältnis untereinander nicht gestimmt hat.«

Malte nickte nur.

»In dem Zusammenhang hätte ich mal eine Frage, Herr Berens«, hakte Nina ein. »Wenn Sie sich regelmäßig mehrmals die Woche gesehen haben, dann haben Sie doch sicher auch alle Freundinnen gekannt, mit denen Ihre Freunde zumindest eine Zeit lang zusammen waren, oder?«

»Natürlich, das blieb ja nicht aus. Bis auf die One-Night-Stands von Carsten zum Beispiel nach Veranstaltungen. Dann konnte es sogar schon mal passieren, dass unser traditionelles Single-Malt-Besäufnis ausfiel.«

»Sie selbst sprachen gestern davon, dass Sie bei Fokke Angst vor einem Auftragsmord hatten. Das ist grundsätzlich auch tatsächlich nicht auszuschließen, obwohl die uns bekannten Akteure hinter Gitter sitzen. Andererseits ist aber auch nicht ausgeschlossen, dass hinter beiden Morden ganz andere Motive stehen. Ich denke da zum Beispiel an verschmähte Liebe. Wenn Sie mal in aller Ruhe nachdenken: Gäbe es da jemand, von dem Sie wissen, dass Carsten diese Person sehr verletzt hat?«

»Wenn eine Liebesbeziehung auseinandergeht, geschieht das doch in vielen Fällen nicht gerade einvernehmlich. Also ist sehr oft einer der Partner verletzt. Aber daraus gleich ein Mordmotiv abzuleiten? Andererseits gab es bei Carsten immer wieder mal Freundinnen, die sehr darunter gelitten haben, dass eine Liebesbeziehung mit ihm zerbrach. Er war ja nicht nur als Mann für Frauen ein Hingucker, er konnte auch sehr charmant sein. Da fällt mir beispielsweise gerade Carmen ein. Ausgerechnet sie musste ihn dann auch noch finden. Ich will damit jetzt auf keinen Fall sagen, dass sie ihn umgebracht hat. Aber sie fühlte sich unheimlich von Carsten verletzt. Allerdings gingen ihre Wahrnehmung und die Realität doch weit auseinander.«

»Können Sie konkretisieren, was Sie damit meinen?«, bohrte Nina nach.

»Carmen war der Meinung, dass Carsten sie nicht heiraten wollte, weil er keine Leichenwäscherin zur Frau nehmen wollte. Ich kenne ihre Version. Es stimmt, sie hatte mal nach einer Bühnenshow schon im Bett gelegen, weil es ihr nicht gut ging. Das lag daran, dass sie schon während der Veranstaltung einiges getrunken hatte. Irgendwie hing bei Carsten und ihr an dem Abend der Haussegen schief.«

»Ich denke, Single Malt gibt es immer erst im Wohnmobil, wenn alles erledigt ist«, hakte Bert ein.

»Das ist auch so. Aber irgendein Fan hatte Carsten eine Flasche Ouzo auf die Bühne gestellt und da ist sie drangegangen. Von uns hat sie auch keiner dran gehindert. Jedenfalls lag sie später ziemlich gaga mit Eimer im Bett, während Fokke und ich noch mit Carsten zusammensaßen. Da meinte sie, gehört zu haben, dass er doch keine Leichenwäscherin heiraten würde. Das hat er aber so nicht gesagt. Ich war ja dabei und auch noch klar in der Birne. Carsten hat uns erzählt, dass sie glaubt, er würde sie nicht wollen, weil sie eine Leichenwäscherin ist – dass aber genau das nicht stimmt. Carsten sprach also nicht von dem, was er empfand, sondern von dem, was sie dachte und ihm schon vorgehalten hatte. Das ist meines Erachtens ein nicht unerheblicher Unterschied.«

»Wollen Sie damit sagen, dass Carmen Niehus nur etwas falsch verstanden hat?«, wollte Bert sichergehen.

»Ja, genau das. Jedenfalls sagte Carsten an dem Abend fast wörtlich zu Fokke und mir: ›Carmen glaubt wohl, dass ich sie nicht heiraten will, weil sie eine Leichenwäscherin ist. Sie versucht mir das zwar immer wieder in den Mund zu legen, aber das stimmt nicht! Sie ist im Bett eine tolle Frau, aber wenn es um einen Bund fürs Leben geht, ist Sex nicht alles. Und ich kann einfach keine echte Liebe für sie empfinden. Aber soll niemand sagen, ich hätte ihr und mir selbst keine Chance gegeben.‹ Wahrscheinlich wollen Sie jetzt wissen, warum ich das so genau wiedergeben kann. Ganz einfach: Weil es immer wieder auf den Tisch kam, auch zwischen uns drei Freunden. Fokke war nämlich in Carmen verliebt. Aber sie nicht in ihn. Das Leben ist manchmal schon verdammt ungerecht.«

»Stimmt es, dass Carmen von Carsten mal schwanger war?«, versuchte sich Nina an den nächsten Punkt langsam heranzutasten, ohne ihr Wissen preiszugeben.

»Ja, das hat er uns an diesem Abend erzählt. Er sagte, dass er im Nachhinein froh sein konnte, dass dieser Kelch damals als Siebzehnjähriger an ihm vorbeigegangen war. Dabei glaube ich aber, dass der *Kelch* sich vor allem auf die Konsequenzen durch seinen Vater bezog. Carmens Version davon kenne ich auch. Und die war für sie inzwischen zur fixen Idee geworden. Fokke und ich haben natürlich erkannt, dass Carmen da offensichtlich irgendetwas in den völlig falschen Hals bekommen hatte. Wir wollten das in einem klärenden Gespräch, sozusagen als objektive Zeugen, richtigstellen und die Wogen glätten. Carsten war aber dagegen. Er sagte dazu: ›Nee, lasst sie ruhig in diesem Glauben. Dann ist sie eben sauer auf mich, lässt mich aber wenigstens in Ruhe. Sonst macht sie sich nur noch immer weiter Hoffnung.‹ Dabei ist es dann auch geblieben.«

Für die beiden Polizisten eine plausible Erklärung. Im Wesentlichen deckte sich die Aussage Maltes auch mit den Erklärungen der Frau. Nur hatte sie verschwiegen, dass der viele Alkohol an dem besagten Tag der Grund dafür gewesen war, dass sie bereits im Bett gelegen hatte. Damit erschien Maltes Version, dass Carmen etwas missverstanden und vielleicht hinein-interpretiert hatte, durchaus plausibel.

Einer Eingebung folgend, fragte Nina Malte, ob ihm der Name Bine West etwas sagte.

»Na klar«, antwortete er. »Das ist so eine ähnliche Never-Ending-Story wie mit Carmen. Sabine Westphal ist vor zwei Jahren mit einem Freund nach Wittmund gezogen. Das ist irgendwie auseinandergegangen. Dann lag sie nach einer Bühnenshow mit Carsten in seinem Wohnmobil im Bett. Auch Sabine fand Carsten im Bett klasse, aber eben für ihn keine Frau fürs Leben. Irgendwann hat er uns mal erzählt, dass Sabine ihn nicht in Ruhe lässt. Deswegen war er auch fast froh, dass Carmen böse auf ihn war, aber nichts mehr von ihm wollte. Er hatte schon längere Zeit nichts mehr über Sabine gesagt, wahrscheinlich hat sie auch inzwischen einen anderen.«

Nina fragte nach der Adresse. Malte hatte diese tatsächlich in seinem Smartphone gespeichert. »Ich hab Carsten mal bei ihr abgeholt, sonst hätte ich die auch nicht«, sagte er fast entschuldigend und mit hochrotem Kopf. »Sie wohnt in einem Vierfamilienhaus, Hochparterre links. Hat da eine Dreizimmerwohnung mit Balkon.«

Dann schickte er die Adresse an das Handy der Polizistin. Nina musste unwillkürlich schmunzeln, als sie seinen roten Kopf sah. Na, dachte sie sich, wirklich nur Carsten abgeholt? Vielleicht war die Frau einer der Krümel, die bei Carsten gelegentlich für seine Freunde abgefallen waren. Aber das war jetzt nicht wichtig.

Nach dem Essen, mit dem alle vier sehr zufrieden waren, ging das jungverliebte Paar austreten. Nina nutzte die Gelegenheit und sagte zu Bert: »Bine West hat Meite das Sex-Video geschickt. Für mich sah das sehr danach aus, dass sie Meite und Carsten damit auseinanderbringen wollte. Was Malte uns über sie erzählt hat, scheint das zu bestätigen. Irgendwie habe ich das Gefühl, wir sollten Sabine Westphal heute noch einen dienstlichen Besuch abstatten. Morgen ist sie wahrscheinlich wieder auf der Arbeitsstelle, und so könnten wir Glück haben, sie zu Hause anzutreffen. Ein Besuch, mit dem sie mit Sicherheit nicht rechnet.«

»Nina, daran habe ich auch schon gedacht. Aber wenn wir jetzt fünf Stunden für die Rückfahrt rechnen, dann ist es fast zwanzig Uhr, bis wir zu Hause sind. Mal ganz davon abgesehen, dass wir dann ziemlich ausgepowert sind.«

»Malte und seine Freundin sind doch mit dem Auto da. Ich werde sie fragen, ob sie uns nachher mitnehmen. Wir können ja sagen, dass wir gerade einen Anruf von der Dienststelle erhalten hätten. Und bezüglich unserer Räder sollten wir den Wirt fragen, ob wir die bis morgen bei ihm im Hof unterstellen können. Wir begründen das mit einem unvorhergesehen dienstlichen Einsatz.«

Als Malte und Jutta wieder an den Tisch kamen, war rasch geklärt, dass Malte die beiden Beamten in seinem Auto zur Dienststelle nach Wittmund bringen würde. Auch die Unterbringung der Fahrräder war schnell geregelt. Den Besuch des Pilsumer Leuchtturms verschob das frischverliebte Paar, damit Nina und Bert keine unnötige Zeit verlieren würden.

***

Wie nicht anders zu erwarten, stand Sörens Auto auch am Sonntag auf dem Parkplatz des Wittmunder Kommissariats, als Nina und Bert dort ankamen. Schließlich waren seine Leute mit der forensischen Auswertung im Zusammenhang mit Fokkes Ermordung voll im Einsatz. »Lass uns eben mal bei Sören vorbeigehen«, schlug Bert vor. »Vielleicht hat er schon Ergebnisse für uns.«

Vorher tauschten die beiden ihren Radsportdress gegen normale Zivilbekleidung, die sie immer als Ersatz in ihrem Spind hatten.

»Euch ist ja wohl wirklich nicht zu helfen«, wurden sie vom Leiter der Forensik mit einem Augenzwinkern gerügt. »Ihr könntet euch einen schönen Sonntag machen. Was macht ihr? Hängt hier in der Dienststelle rum. Wir würden uns gerne einen schönen Sonntag machen. Und was machen wir? Dasselbe wie ihr! Meint ihr nicht auch, dass hier etwas nicht stimmt? Ich würde vorschlagen, ihr übernehmt unsere Arbeit und wir machen frei.«

»Könnten wir ja mal drüber nachdenken. Aber vorher hätten wir noch eine andere Denksportaufgabe«, antwortete Nina lachend. »Bine West sagt dir was, oder?«

»Was für eine Frage, Nina. Wir konnten immer noch nicht herausfinden, wer sich dahinter verbirgt.«

»Aber wir, Sören! Sabine Westphal! Irgendwie habe ich das Gefühl, wir sollten mal unsere Datenbank bemühen.«

Sören gab den Namen sofort ein. »Mensch, Nina, deine Intuition! Treffer! Sie ist vorbestraft wegen Stalking. Ich schicke euch die Daten auf den Rechner. Unabhängig davon können wir uns die Akte gleich hier bei mir auf dem Bildschirm anschauen. Und da wir hier auch eine DNA von ihr haben, lasse ich eben einen Abgleich mit den DNA durchführen, die wir in beiden Mordfällen aufgenommen haben. Wenn die Analyseergebnisse erst einmal vorliegen, dann ist es fast wie bei dem Vergleich der Fingerabdrücke. Dann geht es schnell.«

Sören ging in das Nebenzimmer, um entsprechende Anweisungen an seine Leute zu geben. Währenddessen hatte Nina schon mal ein wenig in den Daten von Sabine Westphal gestöbert.

Als Sören zurück war, sagte Nina: »Dr. Rabe sprach gestern von Anatomiekenntnissen des Täters. Sie ist medizinisch-technische Radiologieassistentin.«

»Kann auch Zufall sein«, stellte Bert fest. »Würde aber ins Bild passen.«

»Sieht so aus«, bestätigte Sören. »Einen Treffer haben meine Leute schon. Wir haben ihre DNA im Wohnmobil aufgenommen. Sie ist also da gewesen. Die ersten DNA von gestern aus dem Haus von Fokke Kopmann werden auch gerade noch abgeglichen.«

In diesem Moment kam eine Mitarbeiterin und meldete: »Chef, der nächste Treffer aus dem Wohnmobil und der erste Treffer aus dem Haus von gestern.«

»Wartet einen Moment«, sagte Sören zu Nina und Bert. »Ich will mich selbst davon überzeugen, aber dann brauchen wir einen Haftbefehl und einen Durchsuchungsbeschluss.«

»Ich kümmere mich schon mal darum«, sagte Bert und nahm sein Handy, um den Staatsanwalt über die aktuelle Entwicklung zu informieren. Im Hinblick darauf, dass Flucht- und Verdunkelungsgefahr als gegeben vorausgesetzt werden konnte, stimmte dieser einem sofortigen Einsatz zu. Vorausgesetzt, dass sich die ersten Erkenntnisse aus den DNA-Abgleichen nachhaltig verdichten ließen, was im nächsten Moment bereits von Sören bestätigt wurde.

»Da wir es hier mit einer Einzeltäterin zu tun haben, werden wir keine Spezialeinsatzkräfte anfordern«, entschied Bert. »Unser

Stammteam zusammenzutrommeln, dauert mir aber auch zu lange. Nina, wir beide übernehmen mit Schutzwesten unter unserer Zivilkleidung die Spitze und dann sollten vier Kollegen aus der Bereitschaft dazu genügen. Sören, du kannst auch schon mal ein Team für die Spurensicherung bereitstellen.«

Kurz darauf saßen vier Leute aus der Bereitschaft und vier Spurensicherer im Meetingraum. Nina hatte die Wohnadresse gegoogelt und ein Satellitenbild auf den Beamer geholt.

»Wir nehmen nur zivile Einsatzwagen. Ich will da in der Wohnsiedlung so unauffällig wie möglich agieren«, gab der leitende Kommissar die Anweisungen. »Das Fahrzeug der Spurensicherung bleibt in Sichtweite und wartet auf Abruf.«

Dabei wies Bert mit dem Zeigestock auf einen Parkstreifen unweit des Hauses. Dann zeigte er, wo sich die Wohnung der Verdächtigen befand.

»Ich werde mit meiner Partnerin hier parken und als Erstes aussteigen. Wenn wir an der Haustür sind, folgen die vier Kollegen der Bereitschaft. Zwei bleiben bei der Haustür, die anderen beiden gehen um das Haus herum und sichern möglichst unauffällig und nah an der Hauswand den Balkon. Die Wohnung liegt Hochparterre links. Es ist nicht ausgeschlossen, dass die Zielperson einen Fluchtversuch unternimmt. Dann Zugriff. Sobald wir Sicherheit hergestellt haben, folgen auf Zeichen die Kollegen der Spurensicherung.«

Als sie auf dem Weg zu den Fahrzeugen waren, erhielt Bert einen Anruf der Staatsanwaltschaft auf sein Handy. »Haftbefehl und Durchsuchungsbeschluss haben Sie bereits auf Ihrem Rechner. Ich habe mir die Auswertungen der Forensik angeschaut. Sabine Westphal hat sich eindeutig an beiden Tatorten aufgehalten. Die zeitliche Zuordnung wird sich – auch wenn sie erst angefordert ist – durch das Bewegungsprofil ihres Handys sicher nachweisen lassen. Aber so lange sollten wir mit dem Zugriff nicht warten. Viel Erfolg, Herr Linnig!«

Während Nina ging, um das Auto zu übernehmen, holte Bert die Papiere aus seinem Computer. Dann war die kleine Kolonne der drei Fahrzeuge ohne Blaulicht und Sirene unterwegs zu der Wohnsiedlung, in der Sabine Westphal wohnte.

Es war gegen achtzehn Uhr, als Nina an der Haustür des Vierparteienhauses klingelte. Eine Gegensprechanlage gab es nicht. Es dauerte einen Moment, bis der Türöffner summte. Die beiden Polizisten betraten den Hausflur. Eine mittelgroße dunkelhaarige schlanke Frau stand eine halbe Treppe über ihnen in der geöffneten Wohnungstür, um zu sehen, wer da etwas an einem Sonntagnachmittag von ihr wollte.

Nina stellte sich und ihren Chef vor, während beide die fünf Stufen nach oben gingen. »Wir haben ein paar Fragen im Zusammenhang mit dem Tod von Carsten Kröger. Können wir einen Moment reinkommen?« Nina vermied es ganz bewusst, an dieser Stelle bereits auf den Haftbefehl zu verweisen.

Die Frau zögerte. Sie hatte offensichtlich keinen Besuch erwartet, denn sie trug nur ein leichtes Top mit Spaghetti-Trägern, ohne BH, wie unschwer erkennbar war, und dazu extrem kurze Shorts. Die Bräunung ihrer Haut in Verbindung mit Sonnencreme ließ darauf schließen, dass sie wohl bis gerade auf ihrem Balkon in der Sonne gelegen hatte. »Carsten? Ich hab davon gehört. Ich kann Ihnen nichts dazu sagen.«

Bei diesen Worten war sie in ihre Wohnung zurückgetreten und versuchte im nächsten Moment die Tür zuzuschlagen. Dabei hatte sie aber die Schnelligkeit der Karatekämpferin Nina unterschätzt, die bereits den Fuß in der Tür hatte. Der Wohnungsinhaberin nützte es auch nichts, dass sie versuchte, sich mit ganzer Kraft von innen gegen die Tür zu stemmen. Gegen das Gewicht und die Kräfte von Bert hatte sie keine Chance. Dann gab sie auf einmal mit einem Sprung die Tür frei. Ihr Ziel war eine kleine Konsole unter einem Wandspiegel. Dort lag etwas, das Nina sofort als einen Elektroschocker identifizierte. Sie sprang der Frau nach, und ehe diese das Gerät zum Einsatz bringen konnte, hatte sie ihr bereits den Angriffsarm so schmerzhaft auf den Rücken gedreht, dass der Elektroschocker zu Boden fiel.

Bert ließ seinen Spruch zur Festnahme ab und Nina führte die Frau mit Handschellen auf dem Rücken zu einer Couch im Wohnzimmer. Bert gab Anweisung an die beiden Kollegen, die inzwischen nachgefolgt waren, dass die Spurensicherung zum Einsatz kommen sollte.

Der Festgenommenen war ihre Wut anzusehen. »Sie können mir nix beweisen!«, presste sie schließlich heraus. »Ich will einen Anwalt! Und ich brauche was zum Anziehen. Das habe ich im Schlafzimmer.«

»Werden wir veranlassen«, sagte Bert. »Okay, Sie können sich gerne etwas anderes anziehen. Meine Kollegin wird Sie in Ihr Schlafzimmer begleiten.«

Es war noch keine Minute vergangen, dann war auf einmal heftiges Rumpeln zu hören und Nina rief nach Bert. Dieser lief sofort ins Schlafzimmer. Nina drückte mit dem Ellenbogen die Wohnungsinhaberin in eine Ecke zwischen Wand und Schrank. Einen Arm hatte sie ihr auf den Rücken gedreht. Den anderen Arm hielt die Frau eingeklemmt zwischen Wand und Schank nach oben.

»Sie hat noch einen Schocker«, sagte Nina.

Das hatte Bert aber bereits erkannt und der Frau diesen aus der Hand gewunden. Die Festgenommene stand mit freiem Oberkörper vor Bert. Trotzdem entschied er: »Ich bleibe jetzt hier mit im Raum, bis meine Kollegin Ihnen wieder die Handfesseln angelegt hat! Nachher haben Sie hier noch irgendwo eine Schusswaffe versteckt.« Dann stellte er sich so, dass er direkt neben ihr beim Schrank stand und genau beobachten konnte, was sie aus dem Schrank holte.

»Spanner!«, fauchte die Verdächtige ihn an.

»Frau Westphal, sparen Sie sich solche Kommentare«, wurde Nina langsam sauer. Mit so viel Gegenwehr hatten sie eigentlich nicht gerechnet.

Als die Frau angezogen war, legte ihr Nina wieder die Handschellen an, führte sie zu ihrem Auto und ließ sie einsteigen. Bert sprach noch kurz mit Sörens Leuten, bevor er die vier Kollegen der Bereitschaft zurück zur Dienststelle schickte und zu Nina in den Wagen stieg.

In der Dienststelle führte Nina zunächst mit Sabine Westphal die erkennungsdienstlichen Maßnahmen durch. Bert verständigte derweil einen Pflichtanwalt, der in etwa einer Stunde da sein wollte. Sören hatte inzwischen seine bisherigen Ergebnisse in einer Mappe zusammengetragen und brachte diese selbst zu Nina und Bert.

Die beiden hatten sich gerade mit einer Tasse Kaffee in Berts Büro an den Besprechungstisch gesetzt. Schnell stand auch für Sören eine dampfende Tasse auf dem Tisch und Nina hatte ein wenig Gebäck aus dem Schrank geholt und dazugestellt. Eigentlich wäre jetzt die Zeit für ein Abendessen gewesen. Aber so ging das manchmal im Polizisten-Alltag.

»Das war ja jetzt eine überraschende Wende«, kommentierte der Leiter der Forensik. »Gestern hatten wir noch in eine ganz andere Richtung gedacht. Auftragsmorde. Aber so kann es gehen. Der Mörder ist doch nicht immer der Gärtner«, schob er dann noch schalkhaft grinsend nach.

»Und oft kommt es anders, als man denkt, wenn ich an Meite Hansen denke«, räumte Bert seinen Irrtum ein.

»Alles gut«, bestätigte Nina. »Aber jetzt kommt es darauf an, der Täterin die Morde nachzuweisen. Vor Gericht zählen nur die beweisbaren Fakten. Bin mal gespannt, ob sie weiterhin so zickig und stumm bleibt.«

»Und da sind dann vor allem wir gefragt«, sagte Sören. »Aber so wie es aussieht, sind schon die bisher vorliegenden Fakten erdrückend. Was uns noch fehlt, ist die zeitliche Zuordnung.«

»Sicher wird sie zugeben, sich an beiden Orten aufgehalten zu haben, aber eben nicht zum Zeitpunkt der Morde«, stellte Nina fest. »Kann man nur hoffen, dass bei ihr auch Google Maps aktiviert ist. Dann dürfte das kein Problem sein.«

»Die Daten sind bereits angefordert. Meine Mitarbeiter haben drei Handys bei ihr zu Hause sichergestellt. Jedenfalls konnten wir an beiden Tatorten jede Menge DNA-Spuren von Sabine Westphal sicherstellen und jetzt auch zweifelsfrei zuordnen. So wie es aussieht, muss sie an Haarausfall leiden.«

»Da könnte was dran sein«, bestätigte Nina. »Ich bin ihr ja zwangsläufig bei der Festnahme im Schlafzimmer sehr nahegekommen. Sie hat Haarbruch. Das fiel mir auf. Vielleicht durch zu viel oder falsches Färben oder zu heißen Föhn.«

»Das würde die außergewöhnlich vielen Haare von ihr, die wir an beiden Orten gefunden haben, erklären. Meine Leute hatten auch schon sowas vermutet. Tja, da nützt dann das Abwischen von Fingerabdruckspuren auch nichts, was sie in Fokkes Haus an vielen Stellen gemacht hat.«

Kurz nachdem Sören wieder zu seinen Leuten gegangen war, meldete sich der Anwalt und Bert übergab ihm die Akte mit den bisherigen Ermittlungsergebnissen.

12. Kapitel

»Um Gottes willen, Malte, was ist mit Fokke passiert? Meine Eltern waren hier und haben mir erzählt, dass er auch tot ist«, schluchzte Meite Hansen ins Telefon. »Ich kann es gar nicht glauben. Hat das doch was mit der Zockerbande in Wilhelmshaven zu tun? Sie haben mir hier auch schon seit Freitag Polizeischutz vor mein Krankenzimmer gestellt. Das hat mich schon gewundert. Ich hab richtig Angst.«

Malte erzählte ihr, was passiert war und was er wusste. Aber auch von Jutta, seiner neuen Freundin, worüber sich Meite sehr freute und beiden viel Glück wünschte.

Dann kam Meite aber nochmal auf Fokke zurück: »Fokke hat sich am Freitag, nachdem er von dir gekommen ist, von meinen Eltern meine Telefonnummer hier im Krankenhaus geben lassen. Er sagte, dass er mich schon längst mal hätte anrufen wollen. Und dann hat er mir auch davon erzählt, dass er zur Gegenüberstellung in Wilhelmshaven gewesen ist. Ich hab ihm dann von meinem Unfall erzählt. Er wollte von mir wissen, warum ich euch überhaupt rausgeschmissen habe und betrunken gefahren bin. Ich habe ihm erzählt, dass ich von einer Facebook-Freundin, Bine West, ein Video auf WhatsApp bekommen habe, in dem Carsten mit einer anderen Frau Sex hat. Deswegen wollte ich noch in der Nacht von Carsten weg und nach Hause.«

»Meite, ich weiß, wer Bine West ist.«

»Das hat Fokke auch gesagt. Sabine Westphal. Und er wollte der mal nach unserem Telefonat gehörig die Meinung sagen. Und jetzt ist er tot.«

»Nach Bine West hat mich heute Nachmittag schon die Kommissarin gefragt. Den Kommissar und sie haben wir in Greetsiel zufällig in einem Lokal getroffen. Jetzt wird mir auch klar, warum die so plötzlich nach Hause wollten. Die waren nämlich mit dem Fahrrad von Carolinensiel aus dort. Jutta und ich haben die beiden dann mit dem Auto zurück nach Wittmund zum Kommissariat gebracht. Ihre Räder stehen jetzt noch im Hof bei dem Lokal. Meite, ich muss sofort die Kommissarin anrufen. Die muss das unbedingt wissen, dass Fokke Sabine anrufen wollte.

Wer weiß, die wird doch wohl nicht die Mörderin von beiden sein?«

Im Kommissariat war der Anwalt mit dem Aktenstudium und dem Gespräch mit seiner Klientin fertig. Die beiden Kommissare wollten gerade in den Verhörraum gehen, als Ninas Handy klingelte.

»Moment, Herr Berens, ich stelle mal den Lautsprecher an, dann kann mein Chef mithören.«

Malte berichtete von Meites Anruf und dem Gespräch mit ihr. Abschließend fragte er: »Hat Sabine etwa Carsten und Fokke auf dem Gewissen? Vielleicht hat sie es dann auch noch auf mich abgesehen?«

»Vielen Dank für Ihren Anruf und Ihre Informationen, Herr Berens«, antwortete Nina. »Zum Stand unserer Ermittlungen darf ich Ihnen leider nichts sagen. Aber Sie brauchen sich um sich selbst keine Sorgen zu machen. Das kann ich Ihnen versichern. Ihnen und Ihrer lieben Freundin noch einen schönen Abend.«

»Na, das könnte doch der Auslöser für einen Besuch von Westphal bei Fokke gewesen sein«, stellte Bert fest. »Fokke ging wahrscheinlich nur davon aus, dass Sabine Westphal Meite und Carsten mit dem Video auseinanderbringen wollte. Was aber beinahe auch für Meite tödlich geendet hätte. Er wollte die Stalkerin zur Rede stellen, was auch für ihn tödlich ausging. Und ich bin jetzt gespannt, wie das hier bei uns gleich ausgeht.«

Bert startete die Vernehmung mit den üblichen Belehrungen. Bevor er aber die ersten Fragen stellen konnte, meldete sich der Anwalt zu Wort: »Meine Klientin ist nicht für die ihr zur Last gelegten Taten verantwortlich. Ich bin zwar kein Psychologe, aber eigentlich gehört Frau Westphal in psychiatrische Behandlung und nicht in eine Untersuchungshaft. Sie war in einem problematischen Elternhaus von klein auf immer von Liebesentzug und Gewalt bedroht, was für sie offensichtlich zum Trauma geworden ist. Das heißt, ich werde mit dem Einverständnis meiner Klientin ihre Einweisung in eine Fachklinik beantragen. Unabhängig davon habe ich ihr aber geraten, nicht zur Sache auszusagen, damit ihr später nicht daraus ein Nachteil entsteht.«

»Herr Anwalt, Sie meinen, kein *taktischer* Nachteil entsteht, falls der Psychologe in seinem Gutachten zu einer anderen Einschätzung kommt als Sie, oder?«, fragte Nina nach.

»Wenn Sie es so sehen wollen, Frau Linnig«, war die Antwort des Anwalts.

»Okay«, übernahm Bert die Gesprächsführung. »Frau Westphal, Ihnen wird vorgeworfen, Carsten Kröger und Fokke Kopmann mit einem Messer erstochen zu haben. Ist dieser Vorwurf zutreffend?«

»Dazu werde ich mich nicht äußern«, war die Antwort der mutmaßlichen Täterin.

»Dann beenden wir an dieser Stelle die Vernehmung und überlassen das weitere Verfahren den Juristen und der Forensik«, sagte Bert.

»Und den Psychologen«, ergänzte der Anwalt.

»Von mir aus auch das, Herr Anwalt«, schloss Bert nun endgültig die Vernehmung und ließ die Frau in eine Zelle bringen.

***

Montagmorgen, Nina und Bert waren in seinem Combi unterwegs nach Greetsiel, um ihre Fahrräder abzuholen. »Es ist gut, dass du heute fährst«, sagte Nina.

»Warum das denn?« Bert schüttelte verständnislos den Kopf.

»Na, als ich beim letzten Mal gefahren bin, um unsere Räder abzuholen, hatten wir eine Leiche im Wohnmobil. Nicht, dass wir in Greetsiel ankommen und es liegt eine Leiche im Hafenbecken, nur weil ich wieder gefahren bin.«

»Mal den Teufel nicht an die Wand. Aber es hätte für uns sowieso keine Auswirkung, wenn in Greetsiel eine Leiche im Hafenbecken schwimmt. Dann müsste die Polizeiinspektion Aurich ran«, gab Bert mit einem Grinsen zurück.

Aber diesmal lief alles glatt. Keine Leiche im Hafen und die Fahrräder unversehrt im Hof des Lokals. Auf dem Heimweg informierte Nina Silke, dass Bert und sie zwei Überstunden abfeiern würden.

Und prompt kam auch von Silke: »Nina, holt ihr etwa wieder Fahrräder ab? Dann passt bloß auf, dass ihr unterwegs nicht wieder über eine Leiche stolpert.«

»Keine Sorge, Silke, diesmal fährt Bert, da kann nichts passieren. Außerdem haben wir die Fahrräder schon an Bord und sind im Anmarsch. Aber wir haben eine Nachricht von Sören. Er hat eine Überraschung für uns. Bitte für elf Uhr den Meetingraum herrichten, für Stammteam und Sören.«

Pünktlich um elf Uhr saßen das Ermittlerstammteam und der Leiter der Forensik im Meetingraum. Silke hatte für Kaffee gesorgt, Rita und Oke für die Logistik.

Bert informierte zunächst über die Ereignisse des Wochenendes, die gestern mit einer überraschenden Festnahme geendet hatten. Sabine Westphal war tatsächlich im Laufe des Vormittags in eine psychiatrische Klinik nach Oldenburg überführt worden. Der Anwalt hatte das offensichtlich bei Staatsanwalt und Richter durchdrücken können.

Dann übernahm Sören. Er hatte heute sein Notebook mitgebracht und mit dem Beamer verbunden. »Ich habe euch eine Überraschung versprochen. Das war nur die halbe Wahrheit. Es ist nicht nur eine! Aber der Reihe nach. Vorweg möchte ich sagen, dass nach unseren Auswertungen und Einschätzungen die Einlieferung von Sabine Westphal in eine psychiatrische Klinik durchaus berechtigt war. Ich bin zwar kein Psychologe, aber man hat nach so viel Dienstjahren auch seine Erfahrungen. Nach dem, was wir gefunden haben, deutet für mich vieles auf paranoide Wahnvorstellungen hin. Aber dazu werden wir sicher in Kürze ein Sachverständigengutachten vorliegen haben.«

»Was bedeuten würde, dass man sie im Grunde für ihre Taten gar nicht wirklich verantwortlich machen kann«, warf Nina ein.

»Nina, darauf wird es hinauslaufen. Ihr könnt euch gleich selbst ein Bild machen. Vieles von dem, was ihr zu sehen bekommt, basiert wohl kaum auf rationalen Entscheidungen eines psychisch gesunden Menschen. Dazu gehört zum Beispiel, dass wir drei Handys bei ihr sicherstellen konnten. Zwei davon waren in einer

Glasvitrine verwahrt wie Trophäen. Die Vitrine stand in dem dritten Zimmer ihrer Wohnung. Der Raum war abgedunkelt und wie ein kleiner Kultraum ausgestattct. Mit Kerzen auf einem Sideboard, roten Samtvorhängen vor dem Fenster. Jedenfalls lagen in der Vitrine das Handy von Fokke und ihr eigenes Prepaidhandy. Darauf haben wir nicht nur das Selfie gefunden, welches sie an Meite schickte. Da waren noch einige andere drauf.«

»Sören, lass mich raten, das dritte Handy war ihr offizielles, auf ihren Namen angemeldetes Handy«, vermutete der Leiter des Ermittlerteams.

»Richtig, Bert. Ich lege euch mal ihr Bewegungsprofil auf den Beamer. Die von uns markierten Punkte sind die Zeitpunkte der beiden Morde. Sie war exakt zu dieser Zeit genau am jeweiligen Tatort.«

»Wow, von gestern auf heute Morgen und dann schon ein Bewegungsprofil! Ihr hattet doch erst gestern Abend das Handy der Verdächtigen«, staunte Oke, der Technikfreak im Team.

»Ganz so schnell wäre es auch nicht gegangen, Oke, das hast du absolut richtig erkannt«, bestätigte Sören. »Aber wir haben am Samstag bei der Spurensicherung in Fokkes Haus auf der Schreibtischunterlage eine Handynummer gefunden und auf gut Glück dazu das Bewegungsprofil und Verbindungsnachweise angefordert. Da wussten wir natürlich noch nicht, dass das die Handynummer einer Sabine Westphal war. Wir wissen inzwischen, dass Fokke sie am Freitagabend mit seinem Handy angerufen hat. Sie war aber nicht in seinem Handy als Kontakt gespeichert. Daher gehen wir davon aus, dass er die Nummer irgendwo anders hatte, möglicherweise in seinem PC, und sich deshalb die Handynummer von ihr auf seine Schreibtisch-unterlage geschrieben hat.«

»Ich komme nochmal auf das Bewegungsprofil zurück«, meldete sich Nina zu Wort. »In Verbindung mit ihrer Haar-DNA, die die Mörderin an jedem Tatort hinterlassen hat, brauchen wir doch kein Geständnis mehr von ihr.«

»Kann man so sagen«, stimmte ihr der Leiter der Forensik zu. »Aber ich hatte euch ja noch mehr Überraschungen versprochen.« Der Beamer zeigte ein großes Küchenmesser in einer Glasvitrine.

»Was ist denn das?«, entfuhr es Rita. »Ist das etwa die wirkliche Tatwaffe, mit der Carsten Kröger erstochen wurde?«

»Genau richtig erkannt, Rita.« Sören wechselte das Bild und zeigte den vergrößerten Griff des Messers. Dort stand, mit rotem Filzstift geschrieben: »Du hattest die Wahl!«

»Damit steht Meite Hansens Unschuld doch fest«, musste Silke ihren Kommentar loswerden. Sie hatte Meite zwar nicht persönlich kennengelernt, aber sie war ihr aus der Akte irgendwie als Opfer ans Herz gewachsen.

»Okay, hier jetzt ganz offiziell: Ich gestehe, ich habe mich in Bezug auf Meite Hansen geirrt«, bekannte Bert mit einer gespielt wehleidigen Miene, was ihn aber nur als schlechten Schauspieler outete.

»Einsicht …«, kommentierte Sören grinsend. »Ja, es ist sogar forensisch nachzuweisen, dass das die Tatwaffe ist. Wir konnten aus Blutresten, die wir auf dem schon in die Jahre gekommenen Holzgriff gefunden haben, nachweisen, dass es das Blut von Carsten Kröger ist. Wir haben jetzt auch die Erklärung, wie das Blut des Opfers an das von Meite zum Brotschneiden verwendete Küchenmesser gekommen ist. Für uns hatte es so ausgesehen, als wenn das Messer am T-Shirt des Toten abgewischt und hingelegt worden war. Aber da wurde nichts abgewischt, sondern draufgewischt. Nämlich das Blut des DJs, damit es wie die Tatwaffe aussah. Wahrscheinlich hat die Täterin Meites Messer nach der Tat zufällig in der Spüle entdeckt.«

»Das war dann aber doch eine sehr rationale Handlung der Täterin«, stellte Nina fest. »Aber sicher auch nicht untypisch für ein Krankheitsbild, wie es sich hier abzeichnet.«

»Wohl wahr«, bestätigte Sören. »Darauf deutet auch vieles in der letzten von mir angekündigten Überraschung hin.«

Das Bild auf dem Beamer zeigte ein Buch, welches im mittleren von fünf Fächern der Vitrine auf einem Ständer abgelegt war. Auf dem schwarzen Einband stand mit dicker goldener Schrift: »Mein Leben X«.

»Es ist das zehnte Buch. Die anderen neun stehen im unteren Fach der Vitrine und sind auf den Buchrücken ebenfalls mit römischen Zahlen nummeriert. Ich zeige euch mal ein paar Bilder aus Seiten der ersten neun Bücher.«

Es waren selbstgemalte kindliche Bilder, die aber eines gemeinsam hatten, etwas Düsteres und Bedrohliches. »Diese Art Bilder zieht sich durch alle Bände. Bei manchen stehen Texte, die für einen Außenstehenden scheinbar keinen Sinn ergeben. Jetzt versteht ihr, warum wir in der Forensik zu dem Schluss kamen, dass die Einweisung von Sabine Westphal heute Morgen wahrscheinlich gerechtfertigt war. Die Tagebücher gehen auch nach Abschluss unserer Auswertung an den Gutachter in der Klinik.«

Für einen Moment war bedrückendes Schweigen in der Runde. »Kommen wir jetzt zu den Eintragungen im Zusammenhang mit unseren Morden«, setzte Sören seinen Vortrag fort. »Ich schenke mir jetzt die eingeklebten Fotos, die das Stalking, für das sie schon mal verurteilt wurde, zeigen. Ebenso die, die belegen, dass auch Carsten Kröger von ihr systematisch gestalkt wurde. Aber ich zeige euch, was sie nach dem Mord an Carsten in ihr Tagebuch schrieb.«

Mit wirren Zeichnungen umrahmt stand dort: »Carsten, du hattest die Chance! Meite hatte es begriffen, als sie dich verließ! Du hättest nur ›Ja‹ sagen müssen! Aber du hast alles zerstört! ›Du hast mir gerade noch gefehlt!‹, waren deine Worte! Als ob ich es geahnt hätte! Ich war gut vorbereitet! Ein Stich genügte und es waren deine letzten Worte! Geh aus meinem Leben!«

»Die nächste Eintragung scheint von einem der nächsten Tage nach der Tat zu sein«, erläuterte der Forensiker.

Auch hier war der Text mit skurrilen Zeichnungen eingerahmt. »Endlich frei! Endlich Schlaf! Er ist weg! Für immer!«

»Das sieht ja fast so aus, als hätte sie Carstens Tod als Befreiung empfunden«, mutmaßte Nina.

»Könnte man meinen«, antwortete Sören. »Aber schau dir das nächste Bild an.

Auch hier umrahmten wilde Zeichnungen einen Text: »Tot ist tot! Carsten, was willst du noch von mir! Du bist tot, tot, tot!!! Lass mich in Ruhe! Ich will dich nie mehr sehen!«

»Wie Nina schon sagte, hier bedarf es keiner verbalen Geständnisse der Täterin mehr«, stellte Bert fest. »Aber traurig, was ein krankes Gehirn aus einem Menschen macht. Stellt sich für mich immer wieder die Frage: Steuert der Mensch sein Gehirn oder wird der Mensch von seinem Gehirn gesteuert?«

»Sicher insbesondere eine Frage für die Psychologie und die Neurowissenschaft«, kommentierte der Leiter der Forensik. »Und im Zusammenhang mit unserem Fachgebiet, der Kriminologie, berücksichtigt die heutige Rechtsprechung daher auch sicher zu Recht die Einflussnahme frühkindlicher Prägungen während der Entwicklungsphase eines menschlichen Gehirns. Aber wir werden sehen, dass ein solches Gehirn durchaus zu rationalen Überlegungen und Entscheidungen kommen kann. Hier der Eintrag nach dem Tod von Fokke Kopmann.«

Auch dieser Text war mit verrückten Zeichnungen umgeben: »Fokke, du wolltest wildfremde Menschen, die Polizei, Psychologen und wen noch in meiner Gedankenwelt rumwühlen lassen! Das konnte und durfte ich nicht zulassen! Fehlt noch, dass der Dritte aus eurem Trio auf die gleiche Idee kommt wie du! Aber was sein muss, muss einfach sein!!! Wäre für euch doch gar nicht schlecht. Dann könnt ihr euer neues Zusammensein auf der anderen Seite wieder mit eurem Single Malt begießen!«

»Das klingt wie die Beschreibung eines rationalen Mordplanes«, stellte Nina fest. »Möglicherweise hat Fokke schon am Telefon von psychologischer Hilfe gesprochen. Das war dann sein Todesurteil. Und als sie vor seiner Tür stand, hat er ihre Gefährlichkeit unterschätzt. Ich frage mich nur, warum sie dann nicht ihr Mordmesser wieder zum Einsatz gebracht hat.«

»Möglicherweise war ihr das heilig, allein schon, wie das in der Vitrine aufbewahrt wurde …«, hatte Sören eine Erklärung. »Dass sie auch bei ihm in der Küche ein geeignetes Messer finden würde, konnte sie voraussetzen.«

»Aber da lese ich auch heraus, dass Malte ebenfalls in Gefahr geschwebt hat«, warf Rita in den Raum.

»Mit der Feststellung könntest du durchaus recht haben, Rita«, stimmte ihr der Forensiker zu. »Auf einer weiteren Seite spricht sie von einer Seelenverwandtschaft des Freundestrios. Und dass sie etwas Gutes täte, dieses Trio wieder zusammenzuführen.«

Epilog

Wochen waren ins Land gegangen, da kamen die Mordfälle Carsten Kröger und Fokke Kopmann nochmal beim Kommissariat in Wittmund in einem Meeting zur Sprache. Kommissar Hauke Jaspers aus Wilhelmshaven hatte mitgeteilt, dass es zu einigen Geldstrafen für Teilnehmer an den illegalen Pokerrunden gekommen war. Die Spielhalle war endgültig geschlossen worden und wurde jetzt von einem Restpostenhändler genutzt.

Beim Umbau der Halle war ein geheimer Safe entdeckt worden, der hinter einer Wandverkleidung verborgen war. Durch eine ausgeklügelte Mechanik ließ sich diese öffnen, obwohl sie äußerlich als fester Einbau erschien. Dadurch war sie selbst durch die Spurensicherung nach den beiden Razzien nicht entdeckt worden. Erst als für den Restpostenmarkt die Wand eingerissen wurde, kam der Safe zum Vorschein, in dem Gernot Klaas alias Mr. Spock über eine Million Euro Bargeld gebunkert hatte. Dass es sein Geld war, belegten seine Fingerabdrücke.

Da es die gleiche Wandverkleidung auch im Keller seines Privathauses gab, ging die Spurensicherung nochmals in den Einsatz. Im Gegensatz zur Wandverkleidung in der Spielhalle, die manuell bedient wurde, war die im Privathaus an die Haussteuerungsanlage angeschlossen. Der Zugang war nur mit einer PIN möglich, die durch Spezialisten erst entschlüsselt werden musste. In dem dortigen Safe wurden sogar fast drei Millionen Euro sichergestellt. Von beiden Geldfunden ging über die Hälfte inklusive Säumniszuschläge ans Finanzamt, das den Fall angesichts der Höhe der zu fordernden Summe in Rekordzeit bearbeitet hatte.

Da die Haussteuerungsanlage in Mr. Spocks Privathaus von Elektro-Kröger installiert worden war, stand für die Ermittler in Wittmund fest, dass Carsten von dem geheimen Safe gewusst hatte. Er lag also mit seiner Behauptung, dass er dafür sorgen könnte, dass Mr. Spock ganz schnell im Gefängnis landet, gar nicht so falsch.

Gernot Klaas und Sven Later wurden zu lebenslänglichen Haftstrafen verurteilt. Es hatte sich in der Szene herumgesprochen, dass Mr. Spock der Prozess gemacht werden sollte. Da gab es wohl noch einige alte offene Rechnungen. Jedenfalls meldeten sich plötzlich Zeugen, die vorher geschwiegen hatten. Und es konnte eine Strafaktion der Stufe drei, wie Porat es ausgedrückt hatte, mit tödlichem Ausgang aufgedeckt werden. Auch da war das Kind eines bei Mr. Spock verschuldeten Zockers auf dem Weg zur Schule von einem Auto angefahren und tödlich verletzt worden. Als Fahrer konnte durch die Zeugenaussagen Sven Later identifiziert werden und als Auftraggeber Gernot Klaas.

Peter Porat bekam für seine Attacke auf Meite Hansen fünf Jahre. Eine Anklage wegen versuchten Mordes war aufgrund seines Geständnisses und seiner Hilfeleistung nach dem Unfall, wodurch das Leben der Verunglückten gerettet werden konnte, fallen gelassen worden.

In allen drei Fällen flossen die Aktivitäten im Zusammenhang mit der unerlaubten Veranstaltung von Glücksspielen je nach Grad der Verantwortung und Gewichtung in die Urteilsfindungen ein.

Sabine Westphal alias Bine West würde wahrscheinlich lebenslang in der geschlossenen Abteilung einer psychiatrischen Klinik bleiben. Der Gutachter hatte tatsächlich paranoide Wahnvorstellungen diagnostiziert. Allerdings gab es eine kleine Chance, dass Westphal sich als therapierbar erweisen würde.

Nina hatte überlegt, ob sie nochmal ein aufklärendes Gespräch mit Carmen Niehaus führen sollte, sich aber dann doch dagegen entschieden. Carmen hatte, wie ihr sehr rationaler Umgang mit dem Tod des DJs gezeigt hatte, ihren Frieden gefunden. Warum sollte man das alles bei ihr wieder aufwühlen?

Meite hatte sich nach der Reha physisch bald erholt. Umso mehr trauerte sie jetzt ihrem geliebten Carsten nach.

Die Eltern von Carsten und Fokke kamen nur schwer über den Verlust ihrer einzigen Söhne hinweg. Carstens Vater suchte einen Käufer für sein Unternehmen. Fokkes Vater war schon kurz vor dem Rentenalter. Fokkes Eltern spielten mit dem Gedanken, das Haus zu verkaufen und nach Mallorca zu ziehen.

Jutta war gleich nach den Ereignissen bei ihren Eltern aus- und bei ihrem Malte eingezogen. Da sie inzwischen schwanger war, hatten die beiden bereits das Aufgebot bestellt.

ENDE

Liebe Leserin, lieber Leser,

es freut mich sehr, dass aus meiner Ostfrieslandkrimi-Serie »Die Kommissare Bert Linnig und Nina Jürgens ermitteln« der elfte Band »Fetenmord in Neuharlingersiel« Ihr geschätztes Interesse gefunden hat. Noch mehr würde es mich natürlich freuen, wenn Sie durch die Lektüre meines Buches durchgehend eine spannende Unterhaltung gefunden haben.

Dann wäre ich Ihnen für eine Rezension oder eine Rückmeldung per E-Mail (rolf-uliczka@ewetel.net) sehr dankbar. Auch konstruktive Kritik ist sehr hilfreich, damit habe ich die Möglichkeit, weiter an mir als Autor zu arbeiten.

Da der Onlinehandel Sie automatisch zur Abgabe einer Rezension auffordern wird, ist das dort für Sie ganz einfach. Sie brauchen nur den Links zu folgen. An dieser Stelle schon meinen herzlichsten Dank. Denn was für den Künstler auf der Bühne der Applaus ist, das ist für den Autor eine positive Rezension.

Sollten Sie sich für weitere Fälle
aus meiner ersten Ostfrieslandkrimi-Serie »Die Kommissare Bert Linnig und Nina Jürgens ermitteln« oder aus meiner zweiten Ostfrieslandkrimi-Serie »Kommissarin Femke Peters ermittelt« interessieren, dann finden Sie diese unter meiner Website www.rolf-uliczka.de oder auf meiner Facebook-Fanpage https://www.facebook.com/Rolf-Uliczka-753214611363796 oder unter meinem Autorennamen beim Klarant Verlag https://klarant-verlag.de beziehungsweise bei Amazon, Weltbild, Hugendubel oder Thalia.

Herzliche Grüße
Ihr Rolf Uliczka

Ein herzliches Dankeschön geht an den Administrator der Facebook-Gruppe *wi sünd Oostfreesen un dat mit Stolt*, Siegfried Klock, für seine Übersetzungen einiger Passagen des Buches in Ostfriesenplatt.

Einen ganz besonderen Dank möchte ich an meine liebe Frau richten, die mich wieder mit viel Geduld und konstruktiver Kritik beim Schreiben begleitet hat.

»Wattmord in Carolinensiel«, Band 4
Taschenbuch-ISBN: 978-3-95573-804-4
eBook-ISBN: 978-3-95573-805-1

»Sektenmord in Neuharlingersiel«, Band 5
Taschenbuch-ISBN: 978-3-95573-866-2
eBook-ISBN: 978-3-95573-867-9

»Campermord in Bensersiel«, Band 6
Taschenbuch-ISBN: 978-3-95573-922-5
eBook-ISBN: 978-3-95573-923-2

»Kluntjesmord in Carolinensiel«, Band 7
Taschenbuch-ISBN: 978-3-95573-950-8
eBook-ISBN: 978-3-95573-951-5

»Strandmord in Neuharlingersiel«, Band 8
Taschenbuch-ISBN: 978-3-96586-031-5
eBook-ISBN: 978-3-96586-032-2

»Skippermord in Bensersiel«, Band 9
Taschenbuch-ISBN: 978-3-96586-079-7
eBook-ISBN: 978-3-96586-080-3

»Küstenmord in Harlesiel«, Band 10
Taschenbuch-ISBN: 978-3-96586-159-6
eBook-ISBN: 978-3-96586-160-2

»Fetenmord in Neuharlingersiel«, Band 11
Taschenbuch-ISBN: 978-3-96586-209-8
eBook-ISBN: 978-3-96586-210-4

Klarant Verlag

Lernen Sie die Ostfrieslandkrimi-Titel des Klarant Verlages kennen und besuchen Sie uns im Internet unter:

www.ostfrieslandkrimi.de

und

www.klarant.de

Sie können dort Näheres über unsere Autoren erfahren, viele weitere interessante Bücher und eBooks finden und Leseproben herunterladen. Mit dem kostenlosen Newsletter auf

www.ostfrieslandkrimi-lesen.de

erhalten Sie aktuelle Informationen rund um das Verlagsprogramm, wie beispielsweise spannende Neuerscheinungen und Gewinnspiele.